Jessica Lind

Kleine Monster

Roman | Hanser Berlin

Das Gedicht »Ich liege, Herr, in deiner Hut« auf
S. 80 ist aus Jochen Klepper, *Kyrie. Geistliche Lieder*.
© 1938, Eckart-Verlag, Berlin-Steglitz.

2. Auflage 2024

ISBN 978-3-446-28144-8
© 2024 Hanser Berlin in der
Carl Hanser Verlag GmbH & Co. KG, München
Wir behalten uns auch eine Nutzung des Werks für Zwecke
des Text und Data Mining nach § 44b UrhG ausdrücklich vor.
Umschlag: Nurten Zeren, zerendesign.com
Motiv: © eberhard grossgasteiger / Unsplash;
© kiankhoon / iStock / Getty Images Plus
Satz: Sandra Hacke
Druck und Bindung: GGP Media GmbH, Pößneck
Printed in Germany

Kleine Monster

Ein Kind verlieren. Wenn man im Supermarkt kurz nicht aufpasst und das Kind versteckt sich zwischen Nudeln und Packerlsuppen. So klingt das. Und dann wird es ausgerufen, du nimmst es mit, gibst ihm Abendessen, putzt ihm die Zähne und deckst es zu. Aber etwas ist seltsam. Ein Unbehagen beschleicht dich, als hättest du das falsche Kind mit nachhause gebracht.

Teil I

I

Als ich mit dem Auto vorgefahren komme, wartet Jakob schon vor dem Schulgebäude. Sein Fahrrad lehnt am Geländer. Ich bin aus der Arbeit gekommen, er von Zuhause.

»Ich weiß auch nicht mehr«, antworte ich, als er nachfragt, was die Lehrerin am Telefon gesagt hat, und merke, wie gereizt ich bin. Ich spüre seine Hand auf meinem Rücken und muss mich zusammennehmen. Er meint es gut. Aber so war ich schon immer: im Zweifel besser nicht berühren. Wir treffen uns mit Frau Bohle beim Lehrerzimmer, gehen hinter ihr her in einen leeren Klassenraum. Die Tische sind in Form eines U angeordnet. Frau Bohle deutet uns, Platz zu nehmen. Jakob zögert, die Stühle sind in Kindergröße. Ich setze mich auf einen der Tische und verschränke meine Arme vor der Brust.

»Sie sagt, es ist mehr als einmal passiert«, schließt Frau Bohle ihren Bericht. Sie hat am Lehrerpult Platz genommen, wir sitzen ihr gegenüber.

»Gibt es Zeugen?«, frage ich.

»Zeugen?«, wiederholt Frau Bohle mit einem Stirnrunzeln.

»Hat sie jemand dabei gesehen.«

Frau Bohle schüttelt den Kopf. »Es war in der großen Pause. Die anderen Kinder waren im Hof. Die zwei waren alleine in der Klasse.«

»Ist es nicht Ihre Aufgabe, aufzupassen?« Ärger mischt sich in meine Stimme.

Frau Bohle sieht mich an.

»Wir wissen ja noch gar nicht, was wirklich passiert ist«, versucht Jakob die Situation zu beruhigen.

»Sie glauben mir nicht? Mädchen behaupten so etwas nicht einfach«, sagt Frau Bohle.

»Nein, das habe ich nicht ...«

»Wir als Schule nehmen den Vorfall ernst. Auch wenn es in dem Alter dazugehört, sich auszuprobieren und Grenzen auszutesten.«

»Wir nehmen das auch sehr ernst«, sagt er.

Frau Bohle atmet ein. »Hat Luca vielleicht etwas gesehen, das ihn verwirrt haben könnte?«, fragt sie.

Ich spüre Trotz in mir aufsteigen. »Wir schließen die Schlafzimmertür, wenn wir miteinander schlafen«, sage ich trocken.

»Pia«, flüstert Jakob.

»Ist er manchmal mit anderen Erwachsenen allein? Einem Onkel, zum Beispiel, oder einem Nachbarn?«

»Nein«, sagt Jakob.

»Mit dir ist er doch allein«, sage ich. »Du bist auch ein Mann.«

Jakob sieht mich entsetzt an.

»Können wir mit den Kindern reden?«, fragt er an Frau Bohle gewandt. »Mit dem Mädchen?«

Sie schüttelt entschieden den Kopf. Sie selbst hat bereits mit ihr gesprochen und auch eine der Hortpädagoginnen. Sie glauben ihr. Natürlich glauben sie ihr.

»Und was sagt Luca?«, fragt Jakob.

Ich kann es mir vorstellen. Wie Luca nichts sagt. Die Lippen aufeinanderlegt und den Mund nicht mehr öffnet. Zugesperrt, Schlüssel weggeworfen.

»Bisher hat er nichts gesagt«, sagt Frau Bohle und fügt hinzu, dass sie sein Schweigen nicht automatisch als Schuldeingeständnis deutet, sie weiß ja, wie er ist. Ihre Stimme wird heller. Schwingt von Moll nach Dur. Für einen kurzen Moment ist sie wieder Lucas freundliche Lehrerin.

Mich täuscht sie damit nicht, ich lehne mich zurück, ohne ihr Lächeln zu erwidern. Der Angeklagte hat das Recht zu schweigen.

Ich knie mich hin und lasse Luca in meine Arme laufen, wie ich es immer tue, wenn ich ihn abhole. Bald wird er zu groß dafür sein und ich ihm peinlich. Aber heute lässt er sich in meine Arme fallen und ich fange ihn auf.

Die Schulsekretärin hat auf ihn aufgepasst, während wir mit der Lehrerin gesprochen haben. Im Hinausgehen nicke ich ihr zu.

Wir setzen uns ins Auto. Jakob auf die Rückbank, ich auf den Beifahrersitz. Nur Luca sitzt an seinem gewohnten Platz. Ein komisches Bild, als wäre unser alter Ford ein Fluchtauto, in dem die Bankräuber darauf warten, dass der Fahrer zurückkommt. Wir warten auf jemanden, der weiß, wo es hingehen soll. Luca hat den Blick gesenkt, die Schultern eingezogen.

»Was war da genau los?«, frage ich.

Luca beginnt auf seiner Unterlippe herumzukauen.

»Jetzt sag schon«, sage ich in dem lockeren Ton, in dem ich normalerweise mit ihm spreche. Aber etwas Bemühtes schwingt mit.

»Nichts«, flüstert Luca fast tonlos.

»Wegen nichts haben wir dich aber nicht abgeholt. Frau Bohle hat gesagt ...«

Jakob legt Luca eine Hand auf die Schulter. Die Geste hat etwas Tröstliches. Sie ärgert mich. Wir sollten alle wütend sein.

»Lasst uns in den Hammerpark gehen«, schlägt Jakob vor. »Treffen wir uns da?«

Ich nicke. Wir steigen aus. Jakob schließt sein Fahrradschloss auf. Er ist einer, der sein Fahrrad immer absperrt. Deswegen ist es ihm auch noch nie gestohlen worden. Ich beeile mich, auf der Fahrerseite wieder einzusteigen, das Auto ist ein Schutzraum. Ich starte den Motor und fahre los.

»Bist du böse, Mama?«

»Weiß ich noch nicht.«

Unsere Blicke treffen sich im Rückspiegel, bevor ich auf die Bremse springe.

»Fuck!«

Luca japst nach Luft. Es hat ihn unsanft in den Gurt gedrückt. Fast hätte ich eine rote Ampel übersehen.

Wir waten durch Blätter, gelbe, rote, orange. Unsere Schuhe verschwinden darin. Ich hebe meinen Blick, das Laubwerk wirkt nicht ausgedünnt. Prall und voll und bunt sind die Baumkronen. Dazu das goldene Herbstlicht und diese ganz bestimmte Luft, noch warm, aber mit der Ahnung auf Kälte. In der Sonne will man die Jacke ausziehen, im Schatten eine Mütze aufsetzen. Wir gehen an dem Teich mit den Enten vorbei. Luca läuft vor auf den Spielplatz. Er klettert auf das Gerüst, das wie ein Spinnennetzball aussieht, bis ganz nach oben. Jakob und ich bleiben am Rand des großen Sandkastens stehen, die Hände in den Jackentaschen, schweigend. Heute ist ein höchst ungewöhnlicher Tag, Luca hat es aufgegeben, zu raten, was als Nächstes kommen wird. Er hat seine Sorge abgeschüttelt, nur ab und zu wirft er einen zögerlichen Blick über seine Schulter.

»Scheiße«, sage ich. Ich flüstere, obwohl wir beinahe alleine am Spielplatz sind. Daneben ist der Bereich für die Kleinen, dort sind mehr Mütter, auch ein Vater, aber hier sind wir die Einzigen. Ich drehe mich zu Jakob.

Jakob zieht die Unterlippe in den Mund. Wenn er das macht, sieht er aus wie Luca. Es macht ihn traurig, dass alle sagen, Luca sei ganz die Mama. Die blonden Haare, die grauen Augen, die helle Haut. Aber die Gesichtsausdrücke, die Mimik, die haben sie gemeinsam. Nur, dass Jakobs Lippenkauen meistens etwas ankündigt. Etwas Unangenehmes.

»Frau Bohle hat gesagt, Kinder machen so etwas nicht ohne Grund.« Er sieht mich so von unten an, es ist mir ein Rätsel, wie er das schafft, obwohl er größer ist als ich. »Was könnte ein Grund sein?«, fragt er. Die Andeutung der Lehrerin beunruhigt ihn.

Ich mache eine abwehrende Handbewegung. »Wir wissen doch gar nicht, ob es wirklich so passiert ist. Ein Mädchen hat eine Geschichte erzählt und jetzt sind alle in heller Aufregung.«

»Glaubst du, sie hat es erfunden?«

Ja – das glaube ich.

Ich halte inne.

Glaube ich das wirklich?

Frauen muss man glauben – ohne Wenn und Aber. Zu viele Frauen trauen sich nicht, etwas zu sagen, aus Angst, dass ihnen nicht geglaubt wird. Deswegen, glauben, immer. Das ist meine Überzeugung. Ich denke an Lucas kleine Finger, wie er als Baby eine ganze Hand brauchte, um meinen Zeigefinger zu umgreifen.

»Er muss uns sagen, was passiert ist. Seine Perspektive. Ich will es von ihm hören«, sage ich.

Jakob seufzt.

Wenn sich Luca erschreckt, wird er ganz still. Wenn wir schimpfen, zieht er die Schultern ein und senkt den Blick. Wie eine Schnecke, die sich in ihr Haus verkriecht. Nicht einmal wenn wir ihn zu Unrecht bestrafen, rechtfertigt er sich. Deswegen sind wir vorsichtig geworden.

»Hast du nicht Jesper Juul gelesen?«, frage ich.

Jakob lacht auf. »Das war vor hundert Jahren, Pia. Du hast doch gesagt, ich soll aufhören mit den Elternratgebern, weil das deine Intuition kaputtmacht.«

»Aber jetzt habe ich keine Intuition«, sage ich.

Wir blicken gleichzeitig zu Luca. Er hängt in den Seilen, wie ein Äffchen. Seine blonden Haare hängen herunter. Seit er auf der Welt ist, habe ich diese Gedanken: Ich stelle mir vor, wie er einschläft und nicht mehr aufwacht. Wie der Kinderwagen auf die viel befahrene Straße rollt, weil ich die Fußbremse nicht richtig reingegeben habe. Wie er eine unheilbare Krankheit bekommt. Ich stelle mir den Schmerz vor. Die Taubheit. Das Leugnen. Den unbändigen Wunsch, die Zeit zurückzudrehen, und die Verzweiflung, weil es nicht geht.

Ich sehe die Gefahren, ich stelle mir vor, wie er vom Klettergerüst fällt und sich das Genick bricht, und ich halte das Gefühl aus, ohne einzugreifen.

Am Abend will Luca jetzt immer beten. Dafür müssen wir uns vor sein Bett knien. Jakob nervt es irrsinnig. Ich sage ihm, es ist nur eine Phase, wenn wir ihn lassen und es ignorieren, legt es sich von selbst. Also bin seit einigen Wochen nur ich beim Abendritual dabei. Ich spiele mit. Ich falte meine Hände. Aber heute schließe ich meine Augen nicht. Lucas Lippen formen tonlose Worte.

»Darf ich dich etwas fragen?«, sage ich, nachdem er laut »Amen!« gerufen hat und ins Bett geklettert ist.

»Weiß Gott alles?«

Luca sieht mich an.

»Oder erzählst du ihm, was passiert ist, wenn du betest?«
»Er weiß alles«, sagt Luca.
»Und was sagst du ihm dann?«
»Das ist ein Geheimnis«, flüstert er, mit feierlichem Ernst.

Auf einmal bin ich so unendlich müde. Ich lösche das Licht und lege meinen Nasenrücken an seine Wange. Ich kenne ihn besser als jeden anderen Menschen. Aber die Stunden, die er ohne mich verbringt, all die Dinge, die er ohne mich erlebt, werden mehr, je älter er wird. So muss das auch sein. Er gehört mir nicht. Er gehört sich selbst. Und doch wünsche ich mir gerade, er hätte so eine Kamera eingebaut, wie einige dieser modernen Autos, wo man nach einem Verkehrsunfall zurückspulen und nachsehen kann, wer Schuld hat.

Lucas Atem geht gleichmäßig, er ist eingeschlafen. Ich greife nach meinem Telefon auf dem Nachtkästchen. Den ganzen Nachmittag habe ich gegoogelt. »Verhaltensauffällige Kinder«, »Kinder Sexualität«, »Kinder zum Reden bringen«. Mir raucht der Kopf von den ganzen Seiten und Foren. Ich öffne die WhatsApp-Gruppe der Eltern. Dass keine Nachrichten gekommen sind, hat mich eigentlich beruhigt. Jetzt sehe ich, warum. Ich wurde aus der Gruppe entfernt.

2

»Dann halt nicht«, brülle ich ins Telefon und lege auf, ohne mich zu verabschieden. Dass ich zittere, macht mich noch wütender. Und Jakobs verdutzter Gesichtsausdruck. Er hat nicht gehört, was Sophie gesagt hat, hat nur meinen Teil des Gesprächs mitbekommen. Gerne würde ich das Telefon auf den Boden schleudern, aus dem Fenster, gegen den flackernden Fernseher. Jakob hat den Ton abgedreht, als ich vorhin aufgeregt ins Zimmer gekommen bin, das Telefon in die Höhe haltend, wie einen Beweis. Wir haben nachgesehen, auch er ist nicht mehr in der Elterngruppe. Jakob will nicht verstehen, was das bedeutet. Er glaubt an ein Missverständnis. Aber ich weiß es besser. Es bedeutet, dass sie über uns reden, die Eltern, hinter unserem Rücken, über Luca. So fängt es an. Jakobs Versuche, es zu relativieren, sie helfen nicht. Es war seine Idee, Sophie anzurufen. Sophie ist Mattis' Mutter. Mattis ist Lucas bester Freund. Sie ist alleinerziehend und Deutsche. Ich mag ihren Berliner Dialekt, ihre direkte Art, ich unterhalte mich gerne mit ihr. Manchmal, nicht oft, aber doch, haben wir ein richtiges Gespräch geführt, anstatt nur Floskeln auszutauschen. Außerdem, weil sie Deutsche ist, gehört sie nicht wirklich dazu. Zu den anderen, zu den Eltern. Wir gehören auch nicht dazu. Jakob stört es nicht, darüber bin ich froh. Es bleibt unausgesprochen, aber wir wissen beide, ich bin der Grund. Es gibt etwas, das mich von den anderen trennt.

Jakob will wissen, was Sophie gesagt hat. Und ich versuche, es möglichst genau wiederzugeben. Wie sie abgehoben hat und ich schon an ihrer Stimme erkennen konnte, dass es aus Versehen passiert sein muss, wahrscheinlich hat sie meinen Namen auf dem Display aufleuchten sehen und kurz vergessen, dass es Probleme in der Schule gibt. Wie sie versucht hat abzuwiegeln, aber dann doch zugegeben hat, dass in der Gruppe über Luca geschrieben wird. »Aber wirklich nichts Schlimmes«, hat sie gesagt. »Die müssen einfach ein bisschen Dampf ablassen.« Sie wollte mir nicht sagen, wer die Eltern sind, wer das Mädchen ist. Stattdessen sagte sie, dass in so Chats schnell mal was hochkocht. Sie riet mir, Ruhe zu bewahren und abzuwarten. Wie zuversichtlich das klang. Wie einfach. Ich würde ihr gerne glauben, dass wir nichts tun müssen, dass alles vorbeigehen wird, ohne Spuren zu hinterlassen. Aber dann fragte sie mich, ob es denn stimmt, was Luca vorgeworfen wird. Und ich sagte nein, natürlich nicht, und dass sie mir bitte genau sagen soll, was in dem Chat steht. Von mir aus auch ohne Namen. Dafür hatte sie angeblich gerade keine Zeit. Ich bat sie um Screenshots. Sie fragte mich, was das bringen soll, und ich konnte es nicht beantworten. Das Schweigen hing zwischen uns, unsere Stimmen so nah, unsere Körper in ganz unterschiedlichen Räumen. Meinem Vorschlag, Mattis am nächsten Tag direkt in der Schule einzusammeln, wich sie ungelenk aus, es passe diese Woche nicht so gut, und das ist eben doch ein Beweis dafür, dass die ganze Sache einen Unterschied macht, dass sie nicht einfach über uns hinwegziehen wird wie ein Gewitter.

»Die haben ja alle keine Ahnung!« Meine Stimme ist laut. »Sie sind sieben Jahre alt. Das war ein Spiel, das haben wir alle gemacht. Er ist ein Kind und kein Kinderschänder!«

»Das hat Sophie gesagt?«

»Sophie ist ein verdammter Feigling.«

Jakob nimmt mich in den Arm. Ich wundere mich kurz,

dann bemerke ich die warmen Tränen, die mir über die Wangen laufen.

Wer ist das Mädchen? Fieberhaft denke ich darüber nach. Welche Mädchen gibt es in der Klasse? Zwei Emmas, eine Lisa, eine Siri, eine Anna, eine Alena, eine Mila, eine Karolina, eine Emeshe – wen noch? Luca spielt mehr mit den Jungs. Mit Mattis und Nael und Oliver und Finn. Es macht mich rasend, dass wir einfach sang- und klanglos aus der Gruppe ausgeschlossen worden sind. Dass niemand den Mut hat, direkt bei uns nachzufragen. Stattdessen wird lieber über uns geredet. Es ist nicht nur unfair, es ist feig.

3

Jakob rutscht nah an mich heran. Wir liegen im Bett, können beide nicht schlafen. Jetzt greift er nach meiner Hand. Vorhin gab es doch noch richtig Streit. Er tröstet mich, wenn ich weine, das ist wie ein Reflex bei ihm. Aufgeschlagene Knie zu küssen, die richtigen Worte zu finden, eine Schulter zum Anlehnen zu sein. Da nimmt er sich ganz zurück, geht auf in der Rolle des Trösters. Ich habe schon oft davon profitiert, zum Beispiel, wenn sich Luca in der sogenannten Autonomiephase auf den Boden geschmissen hat, ganz überwältigt von dem Gefühl der Wut, und meine eigenen Nerven zum Zerreißen gespannt waren, dann war es Jakob, der sich zu ihm auf den Boden gekniet hat, die kleinen Schläge abfangend und das Mantra wiederholend: »Alle Gefühle sind okay, alle Gefühle sind okay.« Weil er sich gekümmert hat, konnte ich mir die Ohren zuhalten oder ins andere Zimmer gehen; und trotzdem. Auch wenn Jakob kein Lob dafür erwartet, es nervt mich, wie selbstzufrieden es ihn macht. Jakob, der unerschütterlich ist wie ein Stein, dabei tröstlich wie ein Kuscheltier. Nur halt nicht aufrichtig.

Nachdem ich mich aus seiner Umarmung gelöst hatte und er sicher war, dass es mir wieder gut ging, wollte er reden. Dass ich nicht reden wollte, hat ihn nicht abgehalten. Er erzählte mir, wie er das Telefonat wahrgenommen hat. Ich war ja schon bei dem Gespräch mit Frau Bohle feindselig gewesen. Nein, das hat er nicht gesagt, sondern »unkooperativ« – das ist ein Wort, das Jakob benutzt. Er findet, ich übertreibe.

Aber ich weiß, wie das ist, wenn die Leute über einen reden. Ich weiß, wie gefährlich das sein kann. Ich ärgere mich noch immer über ihn, mag seinen warmen Körper nicht an mir spüren, mag nicht einmal seinen Geruch.

»Alles okay«, fragt Jakobs Stimme in die Dunkelheit.

Ich nicke, was er nicht sehen kann, und sage: »Klo.«

Ich stehe vor dem Spiegel im Badezimmer und betrachte mein Gesicht. Blasse Haut, graue Augen. Jakob sehe ich in Lucas Mimik. Die anderen sehe ich, wenn er stillhält. Wenn er schläft. Meinen Vater. Meine Mutter. Aber am häufigsten sehe ich Linda. Von Anfang an. Als mir das winzige Neugeborene auf die Brust gelegt wurde – gerade war es noch in meinem Bauch –, da dachte ich: Linda.

Jakob meint, das ist Blödsinn. Ich weiß nicht genau, was ihn daran ärgert, wenn ich Luca mit Linda vergleiche. Er sagt, ich sehe selber aus wie meine Schwester und deswegen sieht Luca nicht ihr, sondern mir ähnlich. Die DNA von Geschwistern unterscheidet sich weniger als die von Eltern und ihren Kindern. Das ist gut, sollte man einmal eine Organspende brauchen, aber Nähe untereinander garantiert es nicht. Jakob telefoniert selten mit seiner Schwester, sie lebt in Tirol. Sie führt ein ähnliches Leben und doch ist da eine Distanz.

Im Schlafzimmer drehe ich das Licht auf. Jakob schirmt sein Gesicht mit den Händen ab. Das Licht ist grell, es blendet auch mich. Ich schalte es wieder aus.

»Entschuldige«, sage ich. Die Dunkelheit ist jetzt noch viel schwärzer als vorhin. Aber ich höre, wie Jakob sich aufsetzt.

»Ich kann nicht schlafen«, sagt er.

»Ich auch nicht.«

»Wollen wir jetzt reden?«

Ich krieche zu ihm unter die Bettdecke, setze mich neben ihn. Jetzt kommt mir sein Körper vertraut vor, nicht mehr fordernd, sondern wie eine Boje, an der ich mich in der Dunkelheit festhalten kann.

4

Ich spüre einen Tropfen und blicke hinauf zu den Baumkronen. Durch das Blätterdach kann ich den Himmel sehen, er ist dunkel verhangen von Regenwolken. Wir sind in den Wald gegangen, um zu spielen. Eigentlich schirmen uns die Bäume ab, so sind wir sicher vor dem Regen. Der Wald beschützt uns. Wir kennen ihn gut. Wir können uns orientieren, selbst wenn wir den Weg verlassen. Aber manchmal kommt es mir doch so vor, als hätten zwei Bäume miteinander den Platz getauscht, oder es kommt eine Biege, die ich ganz woanders hingetan hätte. Der Wald behält ein Geheimnis. Schnell wird der Regen dichter. Es donnert und blitzt. Das Gewitter hat uns überrascht. Wir halten uns an den Händen und laufen, laufen, so wie Kinder eben laufen, mit jedem Mal, dass sich unsere Füße vom Boden abstoßen, könnten wir fortfliegen. Linda kann nicht mehr, also nimmt Romi sie huckepack, obwohl die nasse Kleidung genauso schwer an ihr kleben muss wie an mir. Wie ein Äffchen hängt die kleine Schwester an der mittleren, ich als größte gehe voran, lotse uns durch den dichten Regen. Aber Romi schafft es nicht weit. Mit dem Fuß bleibt sie an einer Wurzel hängen und stürzt. Mittlerweile ist der Regen so stark, die Blätter halten ihn nicht mehr auf. Blitz. Einundzwanzig, zweiundzwa... – Donner. Das Gewitter ist jetzt ganz nah. Ich sage: »Eichen sollst du weichen, Buchen sollst du suchen.« Wir wissen aber nicht, wie Buchen aussehen – allein an den Bucheckern könnten wir sie erkennen. Also finden wir Zuflucht unter einer Tanne, deren Geäst am Boden nicht ganz so dicht ist. Wir sitzen beieinander und zittern, weil wir nass sind bis auf die Knochen, und ich schaue zu Linda und bin mir nicht sicher, ob das Tränen in ihrem Gesicht sind oder nur Tropfen. Und ich sage, du musst keine Angst haben, hier passiert uns nichts, und sie sagt, ich weiß. Und Romi fragt, warum, und Linda sagt: »Wir drei sind eins.«

5

Ich wache auf und fühle mich orientierungslos. Als hätte mir jemand den Boden unter den Füßen weggezogen. Ich greife nach dem Wasserglas auf dem Nachtkästchen und nehme einen großen Schluck. Das Telefon sagt mir, es ist 6:30 Uhr. Normalerweise würde jetzt der Wecker läuten, aber wir haben gestern beschlossen, Luca heute zuhause zu lassen. Jakob gibt vormittags nie Schlagzeug-Unterricht und ich habe Herrn Eduard noch in der Nacht Bescheid gesagt, dass ich später komme. Trotzdem stehe ich auf. Rechter Fuß, linker Fuß. Ich bin nicht abergläubisch, aber darauf achte ich, seit ich ein Kind bin. Die kleinen Dinge. Nützt es nichts, schadet es nicht.

An der Tür höre ich, wie Jakob sich im Bett auf die andere Seite wälzt. Ich bin es, die Luca morgens auf dem Weg zur Arbeit absetzt. Ich mag die Zeit mit ihm allein. Die Stille der Wohnung am Morgen. Wir erzählen uns gegenseitig unsere Träume, während wir im Herbst Haferbrei, im Frühling Chia-Pudding löffeln. Luca träumt genauso gern wie ich. Träumen kann man üben und das Erinnern daran auch, indem man sich davon erzählt. Es sind nicht nur schöne Träume. Es gibt auch die, aus denen man verschwitzt oder sogar weinend aufwacht. Dennoch sehne ich mich gerade nach diesen, weil die Gefühle so stark sind und gleichzeitig ohne Konsequenzen. Aus dem gleichen Grund habe ich Horrorfilme immer gemocht.

Vorsichtig öffne ich die Tür zu Lucas Zimmer. Ich will einen Blick auf mein schlafendes Kind werfen. Aber Luca liegt nicht in seinem Bett. Ich eile hin, schlage die Decke zurück. Ein nasser Fleck am Laken.

Ein Gespenst sitzt auf dem Sofa im Wohnzimmer. Es hat sich die weiße Wolldecke über den Kopf gezogen und rührt sich nicht. Als könnte ich es nicht sehen, wenn es sich nicht bewegt. Ich setze mich daneben. Ich versuche, die Decke anzuheben, aber es hält sie fest. Also bleibe ich still neben dem Gespenst sitzen. Ich höre es atmen und schließlich spüre ich, wie sich seine Hand in meine legt. Ich drücke die Geisterhand und jetzt lässt mich das Gespenst zu sich herein. Das Licht kriecht durch die Ritzen des gewebten Stoffs und wirft ein Muster auf sein Gesicht. Das hier ist nicht nur ein Deckenzelt, es ist ein Versteck. Er hat mich hereingelassen. Lucas Augen sind groß und traurig. Weil er schon wieder etwas falsch gemacht hat.

»Mama«, sagt er und ich lasse die Decke fallen, die ich mit meinen Händen hochgehalten habe, und schlinge meine Arme um ihn.

»Ist nicht so schlimm«, sage ich und meine mehr als nur das nasse Laken. Und ich weiß nicht, warum, aber ich glaube mir selbst und spüre die Erleichterung, die sich wie die Decke um uns beide legt.

Ich überlege, ob jetzt der richtige Moment ist.

In der Nacht haben Jakob und ich ausgemacht, dass wir nach dem Frühstück mit ihm reden. Nach dem Frühstück. Nicht jetzt.

Wir haben auch besprochen, wie wir mit Luca reden wollen: Wir machen ihm keine Vorwürfe. Wir unterstellen ihm nichts und legen ihm keine Worte in den Mund. Wir wollen seine Version hören. Dass Kinder früher oder später ihre Körper entdecken wollen, gehört dazu. Wir wollen nicht, dass er sich schämt. Wirklich bedenklich ist doch nur, dass es heißt, er hat sie gezwungen. Wir werden ihm also erklären, dass Sexualität und Neugierde etwas Normales sind, aber auf Konsens beruhen müssen.

So weit die Theorie.

Nach dem Frühstück werfen Jakob und ich uns einen langen Blick zu. Luca ist damit beschäftigt, die letzten Müslireste mit seinem Löffel zusammenzukratzen. Keiner möchte anfangen. Unsere Augen führen einen stillen Ringkampf. Bis Jakob sich geschlagen gibt. »Also, Kumpel«, sagt er. Und ich finde es schon falsch. Er sagt sonst nie »Kumpel«.

»Du weißt, es gibt nichts, was du uns nicht sagen kannst.«

Luca nickt ganz leicht, aber dabei wandert sein Blick tiefer.

»Frau Bohle hat uns ja schon erzählt, was passiert ist.«

»Was sie glaubt, dass passiert ist.« Ich kann nicht anders, als Jakob zu unterbrechen.

»Bin ich deswegen heute nicht in der Schule?«, fragt Luca kleinlaut.

Jakob und ich sehen uns an.

»Das ist, damit wir darüber reden können«, sage ich, »ganz in Ruhe.« Es wäre so einfach, zu sagen, er muss den Mund aufmachen, damit er wieder in die Schule darf. Aber so erziehen wir nicht. »Damit wir ein bisschen Familienzeit haben.« Ich lächle und schenke mir Kaffee nach, nebenbei, harmlos. »Also, was war da wirklich los?«

Luca verzieht die Mundwinkel nach unten.

»Hast du Angst, dass wir schimpfen?«, fragt Jakob.

»Das ist kein Spaß«, sage ich. »Du musst mit uns sprechen, damit wir ...« – *dich beschützen können* – »damit wir damit umgehen können.«

Luca sitzt da, ohne sich zu rühren.

»Du und ... das Mädchen, ihr seid in der Pause in der Klasse geblieben«, versucht Jakob einen anderen Ansatz. »Was wolltet ihr tun? Wolltest du sie küssen?«

Luca müsste nur den Faden aufnehmen und weitererzählen. Egal was er sagt, alles wäre mir lieber als dieses Schweigen. Wie ist er auf die Idee gekommen? War es als Scherz gemeint oder steckt mehr dahinter? Wir können nicht einfach die Version der anderen übernehmen, ich brauche seine. Jakob lächelt tapfer gegen die Luca-Wand. Wir zwei unserem Kind gegenüber, das ist ein Verhör. Klar ist das einschüchternd. Warum habe ich vorhin unter der Decke nicht weitergefragt?

»Es ist völlig in Ordnung, neugierig zu sein«, probiert Jakob es weiter. »Berührungen sind etwas Schönes.«

Was redet er denn da? »Nicht alle Berührungen sind schön«, sage ich. Genau darum geht es doch!

Jakob räuspert sich. »Luca, was ich sagen will, man darf anderen keine Berührungen aufzwingen. Du musst vorher immer fragen. Und dann müssen beide einverstanden sein.«

In Lucas eingezogenen Schultern, dieser Schutzhaltung, steckt auch ein Stolz, den ich von mir kenne.

»Du machst es nur schlimmer, wenn du nicht redest.«

Lucas Unterkiefer beginnt zu zittern.

»Du hast etwas gemacht«, sagt Jakob, sein Blick fängt Lucas ein und sie sehen sich an. Bis aus Lucas Zittern ein Nicken wird.

6

Ich bin alleine in der Wohnung. Jakob ist mit Luca Fußball spielen gegangen, in den kleinen Park ums Eck. Mehr als dieses Zucken war nicht aus ihm herauszubekommen. Reicht es als Schuldeingeständnis? Ich bin mit der Zeit vorsichtiger geworden. Auf dem Spielplatz beginnt ein Kind neben Luca zu weinen und er sagt: »Es war keine Absicht.« Später kommt heraus, das Kind ist auf eine Biene getreten. Wir liegen zusammen im Bett und ich küsse seinen Bauch und er küsst mich zurück, seine weichen Lippen auf meiner Haut, bis er zubeißt. Ich zucke erschrocken zurück und merke erst da, dass ich ihn mit meinem Ellbogen eingeklemmt hatte. Ich hole Luca aus dem Kindergarten ab und er sagt mir, dass die Leiterin mit mir reden möchte. Seine Stimme klingt dabei anders, fast fremd. Das macht er auch beim Spielen, jedes Kuscheltier hat seine eigene Stimme. Diese kenne ich noch nicht, sie klingt kurzatmig und geht mir unter die Haut. Ich greife nach seiner Hand, aber er sagt mir nicht, was passiert ist. Als die Leiterin erzählt, er habe ein Spielzeug kaputtgemacht, bin ich einfach nur erleichtert, dass kein anderes Kind zu Schaden gekommen ist.

Ich weiß, dass Kinder erst lernen müssen, mit ihren Gefühlen umzugehen. Ich weiß, dass es normal für ein Kleinkind ist, von der Wut oder Scham überwältigt zu werden, zu beißen, zu schlagen, zu kratzen. Sie tun es nicht aus Bösartigkeit, sondern weil die Gefühle über sie hereinbrechen wie Wellen, die alles mitreißen. Deswegen habe ich Luca früher Angebote gemacht: »Der Luftballon ist zerplatzt – macht dich das traurig, wütend oder hat dich das Geräusch erschreckt?« Das soll Kindern helfen, sich ihrer Gefühle bewusst zu werden, aber ich war mir nie sicher, ob ich ihm damit nicht doch etwas einredete oder ob er sich nur deswegen für ein Gefühl entschied, um mich zufriedenzustellen.

Wie einen Ohrwurm höre ich Jakobs Satz in meinem Kopf: »Du hast etwas gemacht.« Lucas Nicken. Ich hänge diesem Bild nach, betrachte es von verschiedenen Seiten. Es ist wie die Antwort auf eine Ahnung, die ich schon lange in mir trage. Als hätte ich damit gerechnet, dass früher oder später etwas geschehen wird. Nun ist es so weit und ich bin doch nicht vorbereitet. Oder aber es ist wie damals mit der Biene.

Ich trinke den kalten Rest meines Kaffees. Der Ekel lässt mich erzittern. Ich sammle die Tassen ein und trage sie zur Spüle. Mit einem feuchten Lappen wische ich über die Küchenablage und den Tisch. Die Möbel in unserer Wohnung sind sorgfältig ausgewählt, gebrauchte Lieblingsstücke, dazu das schwarz-weiß karierte Linoleum auf dem Küchenboden. Es sieht aus, als lebten wir in einer Puppenstube. Das liegt auch an den niedrigen Decken in unserem Fünfziger-Jahre-Bau. Als wir hier eingezogen sind, ich im siebten Monat schwanger, hatte es nur eine Übergangslösung sein sollen. Und es liegt nicht nur am Geld, dass wir siebeneinhalb Jahre später immer noch hier sind, sondern auch daran, dass uns die bunte Schuhschachtel ans Herz gewachsen ist. Wir haben uns eingerichtet im Ungefähren, da ist zum Beispiel die wuchtige türkisfarbene Kredenz mit den aufgemalten Blumen, ein altes Bauernmöbel, in das ich mich sofort verliebt habe, für das die Wohnung aber eigentlich zu klein ist. Jetzt ragt sie etwas unbeholfen in den Raum hinein, unsere Hüften weichen automatisch aus, wenn wir durch die Küche ins Wohnzimmer gehen. Der wackelige Haken im Vorraum bleibt frei. Und das verzogene Fenster in der Speisekammer wird nie geöffnet. Diese Wohnung ist mehr Zuhause, als es das große Haus am Wald oder die WG in Wien je waren. Sie ist das einzige Zuhause, das Luca kennt.

Als ich ins Badezimmer gehen will, fällt mir das nasse Laken ein. Luca hat ins Bett gemacht. Auf seltsame Art beruhigt mich das. Denn auch wenn ihm die Worte fehlen, gibt es eben doch eine Reaktion. Einmal habe ich ihn in die Badewanne gesetzt. Ich war gestresst, meine Gedanken kreisten um etwas anderes. Erst als ich ihm die Haare waschen wollte, merkte ich, wie heiß das Wasser war. Danach wollte er zehn Tage keine Socken tragen. Das war kein Einzelfall. Mit Übung gelingt es mir, Auswirkung und Auslöser in Zusammenhang zu bringen.

Ich gehe rüber in sein Zimmer und ziehe das Laken ab, wie meine Mutter es getan hat. Mit eleganten, großen Bewegungen, die Arme weit ausgebreitet, schüttle ich den Bettbezug über die Decke, es ist wie ein Tanz mit dem Stoff. Romi hat auch ins Bett gemacht. Lange. So oft, dass Mutter ihr eine Unterlage unter das Leintuch legte, die knisterte, wenn sich Romi in der Nacht wälzte. Wenn ich das hörte, wusste ich, dass sie wach lag, aber ich sagte nichts, weil ich nicht wollte, dass sie zu mir kam und vielleicht mein Bett einnässte. Ein paar Mal ist es passiert. Dieses Gefühl, wenn sich die feuchte Wärme unter den Oberschenkeln und dem Po ausbreitet. Der Geruch.

Ich blicke auf das Laken in meinen Händen. Ich schnuppere daran. Rieche nichts. Es ist kein Fleck zu sehen, nicht einmal ein leichter ausgefranster gelblicher Rand, auch nicht auf der Matratze. Auf dem Nachtkästchen steht ein leeres Wasserglas. Jeden Abend stelle ich Luca ein Glas mit Wasser neben das Bett, in der Hoffnung, dass er mehr trinkt.

Ich stelle die Matratze auf, nehme die Decke mit und hänge sie zum Lüften über die Brüstung des Balkons. Was eigentlich nicht notwendig ist, weil es nicht stinkt. Dann, endlich, ziehe ich mich an.

7

Auf dem Weg zum Park blicke ich mehrmals über meine Schulter. Ich werde dieses Gefühl nicht los. Ich kenne es von damals. Nach Lindas Unfall haben die Leute über uns geredet. *Ist sie die, die beim Unfall dabei war? – Nein, das war die andere, die Zarte, Dunkelhaarige, die Adoptierte ...* Damals wollte ich mich verstecken. Damals war ich froh, dass sie nicht mit mir geredet haben, sondern nur über uns. Mitbekommen habe ich es trotzdem. Und ich bin gut darin geworden, unauffällig zu sein, wenn ich meinen Namen höre, nicht den Kopf in die Richtung zu drehen, sondern beschäftigt auszusehen, während ich konzentriert lausche.

Auch jetzt höre ich ihre Stimmen. *Ein Kind macht so etwas nicht ohne Grund. Vielleicht hat er ja zuhause etwas erlebt.* Aber auf der Straße sind keine Eltern, niemand, den ich kenne. Die Kinder sind in der Schule, die Eltern arbeiten. Ich gehe den Weg entlang des Hainfelder Bachs. Jakob und Luca spielen auf dem Feld. Luca ist nicht sonderlich geschickt im Sport, aber mit seinem Vater spielt er gern. Er jagt dem Ball hinterher, nimmt ihn im Laufen auf, es gelingt nur für einen Moment, dann verheddern sich seine Beine und der Ball schießt davon. Wie er dem Ball hinterhertrottet, wie ein alter Hund. Eigentlich sieht nur Jakob glücklich aus, der ihn lautstark anfeuert, ihn fast dazu anstachelt, sich zu bewegen. Wenn sein Vater vorschlägt, spielen zu gehen, ist Luca immer sofort Feuer und Flamme. Aber wenn er es nur tut, um ihm eine Freude zu machen? Damit Jakob ihn gernhat.

Ich schüttle den Gedanken ab. Absurd, Luca weiß doch, dass wir ihn lieben. Egal was er tut. Egal wie er ist. Er muss uns nicht gefallen. Ich bin die, mit der etwas nicht stimmt. Diese ganze Sache macht mich viel zu dünnhäutig. Luca ist ein gutes Kind, was auch immer in der Schule passiert ist. Auch gute Kinder machen manchmal Fehler.

Ich sehe den beiden zu, bis sie mich bemerken. Ich klimpere mit den Schlüsseln. »Die werdet ihr brauchen.« Ich klinge so unbeschwert. Jakob nimmt die Schlüssel.

»Du bist die Beste.«

»Gehst du jetzt arbeiten?«, fragt Luca.

Ich nicke.

»Kann ich mitkommen?«

Luca liebt den Antiquitätenladen. Er übt einen Zauber auf Kinder aus und wird umgekehrt von Kindern verzaubert. Die alten Möbel werden durch ihr Spiel lebendig, sie stehen nicht mehr neben der Zeit, sondern rücken ins Jetzt. Der Esstisch mit Tischtuch wird zur Ritterburg, der Bürostuhl aus den Siebzigern zum Raumschiff. Wenn ich sehe, wie die Kinder neue Welten erschaffen, möchte ich am liebsten mit ihnen abtauchen. Meistens aber kommen die Kunden allein, zu groß ist die Ehrfurcht vor den Antiquitäten. Was niemand bedenkt, ist, wie lange die Möbel schon überdauern. Es sind von Hand gefertigte Gebrauchsgegenstände, keine Ausstellungsstücke in einem Museum.

»Papa hat sich extra freigenommen«, sage ich.

»Noch ein Match?«, fragt Jakob und versucht den Ball zu dribbeln. Der Ball rollt weg und Luca läuft ihm hinterher.

8

Es ist ein zäher Tag, fast ohne Kundschaft, wie meistens unter der Woche. Die Wiener Paare, die auf der Jagd nach Schnäppchen nicht einmal vor dem seelenlosen St. Pölten zurückschrecken, kommen nur am Wochenende. Den schlechten Ruf unserer Stadt halte ich in vielerlei Hinsicht für ein Vorurteil, doch es hält sich hartnäckig. Die Frau in meinem Alter, die sich in den Antiquitätenladen verirrt hat, möchte in Ruhe gelassen werden. Das sehe ich an ihrer Körperhaltung. Verstohlen macht sie Fotos von einer Kommode. Dann googelt sie. Wahrscheinlich benutzt sie die Fotosuchfunktion um die gleiche Kommode bei *willhaben.at* günstiger zu finden. Selbst mein Versuch, den Postboten in ein Gespräch über das Wetter zu verwickeln, scheitert. Es ist ein anderer als sonst. Es scheint, er hat es eilig. Also setze ich nur schnell meine krakelige Unterschrift auf sein Tablet.

Ich lasse die Tür zum Verkaufsraum weit offen und ziehe mich in die »Werkstatt« zurück – mein Schreibtisch im Hinterzimmer. Dort liegt eine Pendeluhr, sie ist nichts Besonderes, aber sie hat schöne Intarsien. An manchen Stellen sind sie abgesplittert. Es ist eine Fitzelarbeit, das auszubessern, und eigentlich ist die Zeit, die darauf vergeht, zu schade. Die Uhr ist kaum etwas wert. Ich mag aber die filigranen Handgriffe, die Arbeit mit der Pinzette und dem Leim, dessen Geruch angenehm in der Nase kitzelt. Es ist genau das Richtige, die Hände arbeiten zu lassen, damit die Zeit vergeht. Ich frage mich, was Luca und Jakob machen, ob sie noch am Fußballfeld sind. Oft liegt Luca uns am Morgen damit in den Ohren, dass er heute nicht zur Schule will. Als er noch im Kindergarten war, haben wir da manchmal eine Ausnahme gemacht. Dann habe ich Luca mit in den Laden genommen. Es waren schöne Tage.

Ich selbst bin auch nicht gerne in den Kindergarten gegangen. Während sich die anderen Kinder wie auf magische Weise zusammenfanden, hielt ich mich von Anfang an am Rand. Mutter versprach mir, es würde besser werden. Ich wartete darauf. Die Stunden im Gebäude unter den wachsamen Augen der Kindergärtnerin waren auszuhalten. Doch jeden Tag, jedem Wetter zum Trotz, wurden wir nach draußen in den Garten geschickt, wo sich die Kinder der verschiedenen Gruppen mischten und die Pädagoginnen am Rand standen und plauderten, während ihre Blicke über uns hinwegschweiften. Beim Baden wollte Mutter wissen, woher die blauen Flecken kamen. Sie fragte, ob ich hingefallen sei. Ich nickte. Doch kaum war ein Fleck verschwunden, kam ein neuer dazu, und irgendwann glaubte sie mir nicht mehr. Ich blieb öfter und öfter zuhause, bis ich gar nicht mehr hinging.

Am ersten Tag meines zweiten Jahres stand ich wieder in der Tür zum Gruppenraum, Mutter im Rücken. Aber etwas war anders, diesmal hielt ich Romi an meiner Hand und gemeinsam machten wir einen Schritt hinein. Als wir in den Garten geschickt wurden, lief Romi voraus zur Sandkiste, in der schon ein paar andere Kinder spielten. Ich folgte ihr zögerlich, aber doch so, dass kein zu großer Abstand zwischen uns entstand. Als ich sie eingeholt hatte, griff ich wieder nach ihrer Hand. Emmerich, der Junge, der mich das ganze letzte Jahr gepiesackt und herumgeschubst hatte, starrte Romi an. Schon sein Blick war grob. Ich hatte auch Romi nichts von ihm erzählt. Er wollte wissen, wer das neue Mädchen war. Ich antwortete, meine Schwester. Doch Emmerich nannte sie eine Tschuschin. Er deutete mit dem Finger auf Romi. Mir fiel keine Antwort ein, deswegen zog ich sie weg.

»Was ist eine Tschuschin?«, fragte sie mich, und weil ich nicht zugeben wollte, dass ich es nicht wusste, sagte ich, es wäre jemand, der zaubern kann.

Dieser Junge. Ich weiß noch genau, wie er ausgesehen hat, auch wenn ich so lange nicht mehr an ihn gedacht habe. Er hat sich eingebrannt in meine Erinnerung. Er hatte Macht über mich. Ein ganzes Jahr lang habe ich ihn für mich behalten, mit keinem Wort habe ich ihn erwähnt, Romi erzählte unserer Mutter nach ihrem ersten Tag von ihm. Und ich wundere mich noch, warum Luca den Mund nicht aufbekommt. Da ist er so wie ich. Verhalte ich mich jetzt so wie meine Mutter, die das Wort damals so wütend machte, dass wir ihr am nächsten Tag den Jungen zeigen mussten? Heute würde das anders geregelt werden, aber damals wurde Emmerich gezwungen, sich bei uns zu entschuldigen. Wie er da vor uns stand, mit seinen Tränen kämpfte, die Entschuldigung presste er zwischen zusammengekniffenen Lippen hervor.

Was wohl aus Emmerich geworden ist? Ich würde ihn gerne googeln, aber ich weiß seinen Nachnamen nicht.

Der Geruch von selbstgekochtem Essen empfängt mich, als ich nachhause komme. Es gibt Kartoffelauflauf. Das Gelb der Erdäpfel, zusammen mit dem glänzenden Beige des geschmolzenen Käses und dazwischen die glasigen Speck- und Zwiebelstückchen. Wir sitzen zu Tisch – Vater, Mutter, Kind. Wir plaudern über Belangloses. Jakob erzählt eine Anekdote vom Spielplatz. Wie sich ein Vater zu seiner Tochter hinuntergebeugt hat, um sie zu ermahnen: »Schön sprechen, Tschack-ä-lin-äh«, Jakob betont die einzelnen Silben und spricht sie übertrieben niederösterreichisch aus, »das heißt ANN-ER-RAK.« Ich muss so lachen, dass ich ein Zwiebelstückchen auf den Tisch spucke. Jakob wischt es mit seiner Serviette auf und ich halte mir die Hand vor den Mund.

Mein Blick streift das Fenster. Draußen ist es dunkel. Wir spiegeln uns in der Scheibe. Das ist es, was die Nachbarn von gegenüber sehen, wenn sie in unsere Wohnung blicken – eine glückliche Familie.

Nach dem Essen darf Luca eine halbe Stunde Netflix schauen. Ich begleite Jakob zur Tür. Donnerstagabend probt er mit seiner Band. Er hat nicht gefragt, ob er absagen soll. Er hat ja schon die Schlagzeug-Stunden mit seinen Schülern verschoben, um auf Luca aufzupassen. Sie haben einen schönen Tag miteinander verbracht, erzählt mir Jakob. Unbeschwert. Nach dem Fußballspielen gab es ein Eis. Es war einer von diesen sonnigen Tagen im Herbst, bei denen alle denken, es könnte der letzte sein in diesem Jahr. Ich frage, ob Luca etwas erzählt hat. Jakob schüttelt den Kopf. Mehrmals hat er versucht, ihr Gespräch auf das Thema zu lenken, es aber nicht forciert. Er glaubt, es ist wichtig, in die Bindung zu investieren, damit Luca sich uns anvertraut. Er ist zuversichtlich, dass es nur eine Frage der Zeit ist. Morgen können wir ihn ja wieder in die Schule schicken und am Wochenende etwas Schönes unternehmen, schlägt er vor.

Ich beiße mir auf die Zunge. Ich sage Jakob, er soll den anderen liebe Grüße ausrichten, und behalte für mich, was ich eigentlich sagen will. Dass ich nichts Schönes unternehmen, sondern verstehen will, warum unser Kind nicht mit uns spricht. Dass es mich langsam nervös macht, dass er nichts, gar nichts sagt.

»Schau«, sagt er, »es ist schon fast wieder normal. Wichtig ist, dass wir uns nicht verrückt machen lassen.«

Nicht verrückt machen lassen – warum sagt er das?

Ich nicke.

Jakob geht. Ich bin mit Luca allein.

Ich setze mich zu ihm vor den Fernseher und spüre die Enge der Wohnung. Jakob kommt mir plötzlich unendlich frei vor, unterwegs mit anderen Erwachsenen. Meine Freundinnen aus Wien sind alle dortgeblieben, keine von ihnen ist schwanger geworden, zwei haben geheiratet. Am Anfang ist es mir nicht so aufgefallen, aber nach und nach haben unsere Leben einen anderen Rhythmus bekommen, irgendwann waren sie dann nicht mehr in Einklang zu bringen. Vielleicht haben wir uns auch einfach nicht stark genug bemüht.

Es fällt mir schwer, der Handlung der quietschig bunten Comicserie zu folgen. Die schrillen Geräusche lassen mich zusammenzucken. Ich bin empfindlich, es ist, als könnte ich den Staub in der Luft schmecken, als würde er sich in meine Poren legen, als würde er mich durchdringen. Ich schaue auf Luca neben mir. Wie er auf den Bildschirm starrt, ohne zu blinzeln. Nur seine Mundwinkel zucken, wenn die Musik anschwillt oder etwas Lustiges passiert. Er lässt sich nichts anmerken. Wenn mich damals jemand nach Emmerich gefragt hätte, wenn sich jemand darum bemüht hätte, herauszufinden, was wirklich los war ... Ich folge einem Impuls und drehe den Fernseher ab. Luca protestiert. »Das war noch nicht fertig!«

Ich wende mich ihm zu.

»Wer ist das Mädchen«, frage ich und kann sehen, wie er den Mund schließt und sich sein Kiefer nach vorne schiebt.

Ich lege ihm meine Hand auf die Schulter. »Ich will dir helfen«, sage ich sanfter. »Ich bin auf deiner Seite.«

Ewas ändert sich an seinem Blick. Er zögert.

»Du kannst mir alles sagen.«

»Mama ...«

Ich nicke, gleich.

»Ich will weiterschauen!«

»Sag mir, was du gemacht hast, dann schauen wir weiter.« Er hält meinen Blick.

Ich lege meine zweite Hand auf seine andere Schulter.

»Sag es mir, Luca!« Meine Stimme klingt flehend und bedrohlich zugleich. Ich bin seine Mutter, ich habe ihn in mir getragen, aus mir herausgepresst, seinen Hintern abgewischt, ihn nie geschlagen, selten geschimpft, wenn er mir nicht vertraut, wem dann?

»Lass mich weiterschauen«, presst er zwischen den Zähnen hervor und klingt dabei wie ein knurrender Hund.

Meine Daumen bohren sich in das Weiche neben seinen Schlüsselbeinen. *Schütteln. Alles aus ihm herausschütteln.* Jetzt ist da ein neuer Ausdruck in seinem Blick. Überraschung. Ich lasse los.

»Geh Zähne putzen. Jetzt. Sofort.«

Ohne Widerworte rutscht Luca von der Couch.

Ich blicke ihm nach. Es macht mich fast atemlos, wie stur er ist. Er hat Geheimnisse vor mir und ich kann nichts dagegen tun. Wenn es nur so etwas wie eine Gebrauchsanweisung gäbe, wenn mir irgendjemand sagen könnte, wie ich mit ihm umgehen muss. Es sollte mir leichter fallen. Gerade weil er so viel von mir hat. Aber vielleicht macht es das auch schwieriger, ich weiß ja selbst nicht, was ich brauche.

Ich will ihn in den Arm nehmen. Auf einmal habe ich eine unglaubliche Sehnsucht nach meinem Kind. Im Bad ist er nicht. Ich öffne die Tür in sein Zimmer, mein Blick fällt aufs Bett. Es ist frisch überzogen und gemacht. Jakob muss sich darum gekümmert haben. Luca sitzt darauf, mit einem Buch in der Hand. Er schaut nicht einmal auf, als ich das Zimmer betrete.

»Ich hab gesagt, du sollst Zähne putzen.«

Keine Regung. Ich gehe einen Schritt auf ihn zu.

»Schau mich an, wenn ich mit dir spreche.«

Ich ziehe ihm das Buch weg, weil ich sein Gesicht sehen will. Wenn er weint, dann umarme ich ihn, dann werde ich ihn trösten. Dann werde ich wissen, dass all meine Ängste unbegründet sind. Aber er hält das Buch fest, wendet sein Gesicht von mir ab.

»Lass los, Mama!«

»Sag es mir. Hast du wirklich ins Bett gemacht?«

Er zieht an dem Buch, erstaunlich stark, reißt es mir aus der Hand. Dann blickt er mir ins Gesicht und da ist so viel Wut in seinen Augen, um seinen Mund, sie erschreckt mich und ich weiche zurück. Er holt aus, und das Buch trifft mich hart an der Schläfe. Der Schlag geht durch meinen Körper wie ein Blitz. Ich packe seine Haare, die er sich zu schneiden weigert, wir lassen ihn, weil wir Nagut-Eltern sind, weil wir ihn viel zu viele Dinge selbst entscheiden lassen. Ich ziehe an seinen Haaren und reiße seinen Kopf zurück. Unsere Gesichter sind sich ganz nah. Und da ist wieder dieser Blick, der mich aussperrt. Und mir fällt ein, woher ich ihn kenne. Auf einmal weiß ich, warum er mich so wütend macht. Es ist Romis Blick. Ein Blick ohne Ausdruck. Sie hat ihn aufgesetzt, wenn wir gestritten haben, wenn unsere Mutter sie ermahnt hat, später, wenn jemand Linda erwähnte. Ein Blick, als wäre sie über allem erhaben. Wenn wir rauften, verschwand der Blick irgendwann aus ihrem Gesicht und sie begann zu weinen. Dann tat es mir leid. Trotzdem konnte ich nicht anders. Ich konnte nicht zulassen, dass sich dieser Blick über mich lustig machte.

Luca windet sich aus meinem Griff. Ich lasse los.

»Du bist eine Scheiß-Mama«, schreit er und läuft aus dem

Zimmer. Wie ich ihm hinterherstarre, spüre ich meine ganze Hilflosigkeit. Ich schreie ihm nach: »Und wenn du jetzt nicht Zähne putzen gehst, dann setzt es was!«

9

Wir drei sind eins. Und die Liebe der Mutter ist unser Zuhause. Vater arbeitet viel, aber am Wochenende geht er mit uns in den Wald. Dort bauen wir uns eine Burg aus Ästen oder gehen eislaufen am zugefrorenen See. Vater zeigt uns, wie man Steinchen springen lässt.

Wir drei sind immer zusammen. Wir erfinden unsere eigenen Spiele. Zum Beispiel das Spiegelspiel.

Ich setze mich in dem Zimmer, in dem Romi und Linda schlafen, gegenüber von Romi auf den Teppich. Linda ist die Schiedsrichterin. Wir sehen uns an. Der Kopf ist jeweils leicht gesenkt, der Blick ist wachsam, beobachtend, lauernd. Wer wird als Erste einen Fehler machen? Es gilt, die Bewegungen der anderen vorauszuahnen, das Heben und Senken des Brustkorbes, das Blinzeln, das Schlucken. In dem Spiel geht es darum, in zwei Körpern zu einer Bewegung zu werden, nicht nur darum, wer länger stillhalten kann, das wäre zu einfach.

Ich kenne Romis Gesicht gut. Die langen Wimpern, den geraden Mund, die Linie von Kiefer zu Kinn. Auch wenn ich die Augen schließe, sehe ich alle Details vor mir. Romis Pupillen, schwarze Stecknadelköpfe, darauf konzentriere ich mich. Ich sehe mich selbst in den schwarzen Kreisen, erkenne meine eigenen Umrisse. Romis Gesicht verschwimmt. Linda beginnt uns zu umkreisen. Das nennt sie die erschwerten Bedingungen. So ist sie zwar keine gute Schiedsrichterin mehr, aber wir lassen sie trotzdem. Romis Gesicht und Lindas Körper, der dahinter verschwindet.

Ein anderes Spiel heißt Kokon. Ich lege mich auf eine Kante der ausgebreiteten Bettdecke, die am Boden liegt. Romi und Linda knien sich neben mich, greifen jede nach einer Ecke und rollen mich in die Decke über den Boden. Sie wickeln mich ganz fest ein. Es wird dunkel, meine Arme sind eng an meinen Oberkörper gepresst. Ich winde mich und versuche, mich zu befreien. Es gelingt mir nicht. Ich höre ihr dumpfes Kichern und muss auch lachen. Der Reiz des Spiels ist dieser schmale Grat zwischen Lachen und Weinen.

Wir drei sind eins. Drei Schwestern. Eine glückliche Familie. Bis wir es nicht mehr sind.

10

Ich liege neben Luca in der Dunkelheit. Unsere Körper sind sich nah, er kommt mir unglaublich weit weg vor. Heute habe ich eine Grenze überschritten. Er auch.

Normalerweise bleibe ich nicht bei ihm liegen, bis er eingeschlafen ist, sondern lese nur ein paar Seiten vor und lösche dann das Licht. Wenn ich Anstalten mache, die Tür ganz hinter mir zu schließen, ermahnt mich Luca, dass ich sie einen Spalt offen lassen soll. Ich erinnere mich daran, wie tröstlich so ein Lichtstreifen in der Dunkelheit sein kann.

Überraschend eigentlich, wenn man bedenkt, dass Licht erst Schatten macht. Die Finsternis müsste doch weniger furcht einflößend sein. Aber so ist es nicht. Der Lichtspalt beruhigt Luca, so wie mich damals das Nachtlicht in unserem Kinderzimmer. Auf dem Stecker, der den Raum in rosa Licht tauchte, war ein kleiner Elefant. Bevor meine Mutter das Kinderzimmer verließ, erinnerte Romi sie daran, ihn einzustecken.

Ich horche in die Dunkelheit. Lucas Atmen wird gleichmäßiger. Er ist eingeschlafen.

Oder?

Ich rutsche näher, ziehe eine Grimasse vor seinem Gesicht. Vorsichtig puste ich ihn an. Er atmet gleichmäßig weiter.

Ich bleibe neben ihm liegen, greife nach meinem Telefon und gebe verschiedene Schlagworte in die Suchmaschine ein. Ich stoße auf ein Video, in dem kleinen Jungen Kleider und kleinen Mädchen Hosen angezogen werden. Ein Kind wird jeweils mit einem Erwachsenen und einem Haufen Spielzeug auf einen Teppich gesetzt. Das Kind krabbelt zu einer Puppe, aber die Frau zieht es zurück und gibt ihm stattdessen einen Ball. Sie ist nicht die Einzige. Alle wählen Spielzeug »passend« zum scheinbaren Geschlecht. Ich lese, man solle Jungen genauso trösten, wie man ein Mädchen trösten würde. Dass sich der Vater in die Erziehung einbringen soll, dass es wichtig ist, dass er Gefühle zeigt und auch benennt. Ich stoße auf Tipps für Mütter von Jungs, dass sie die Lautstärke aushalten sollen, sich auf die Kampfspiele einlassen, die zerrissene Kleidung akzeptieren. Dass Jungen mehr Bewegung brauchen und weniger Worte benutzen, um ihre Gefühle auszudrücken. »Choose your battles« – steht da. Setze Grenzen, aber liebevoll.

Als ich schwanger war, haben mich alle immer zuerst nach dem Geschlecht gefragt. »Und, weißt du schon, was es wird?« Wir haben es uns sagen lassen, wir waren neugierig. Welche Erwartungen mit so einem Kind einhergehen und wie sie sich noch einmal durch die Benennung des Geschlechts intensivieren. Und dann wurde mir das Baby auf die Brust gelegt, nach dem letzten, kraftvollen Pressen, und ich sah zum ersten Mal in sein kleines, überraschend wenig zerknautschtes Gesicht und Luca sah aus wie Linda und ich weinte so sehr, weil ich ihn so schön fand. Und ich dachte, dass so ein Geschlecht nun wirklich keinen Unterschied macht. Und daran habe ich festgehalten, auch wenn die Leute sagten, dass männliche Babys öfter weinen und anstrengender sind. Dass er deshalb so gierig trinkt, weil er ein Junge ist. So oft wurde er für ein Mädchen gehalten, immer noch, einfach, weil er lange Haare hat und manchmal bunten Nagellack trägt. Selten habe ich die Leute korrigiert. Stattdessen dachte ich bei mir: Jedes Kind ist anders. Jedes Kind ist einzigartig. Luca ist Luca. Das Geschlecht ist doch ganz egal, alles nur Sozialisierung. Aber stimmt das? Mit ungefähr vier Jahren verdoppelt sich bei Jungs das Testosteron, seitdem bemerke ich, dass es Luca schwerer fällt, lange still zu sitzen. Jungen sind Täter und Mädchen sind Opfer. Emmerich hat mich geschlagen. Ich denke an den Satz: »Don't protect your daughters – educate your sons.«

Ich seufze. Ich schließe den Browser, öffne eine andere App. Ich muss nicht scrollen. Sie ist im ersten Beitrag. Eine Story. Ich schaue sie ohne Ton. Auf einem Event spricht sie in die Handykamera, Untertitel gibt es keine. Die Pailletten auf ihrem Einteiler reflektieren das Licht. Von dem schlaksigen, burschikosen Mädchen ist nicht mehr viel übrig. Ich sehe es trotzdem. Trotz der Schminke, den Lippen, die heute voller sind, trotz des Dekolletés. Es ist dieser Zug um ihren Mund. Mit offenen Lippen und leerem Blick ist sie damals dagesessen, bis unsere Mutter ihr einen Klaps auf den Hinterkopf gegeben hat. »Nicht ins Narrenkastl schauen.«

Ich drücke auf das Herzchen-Icon. Romi hat Tausende Follower. Ich glaube nicht, dass ihr auffällt, wenn das Profil eines Antiquitätenladens jede ihrer Storys liked. Dann höre ich, wie die Haustür geöffnet wird. Ich stehe auf. Das Licht im Vorzimmer blendet meine Augen, die sich an die Dunkelheit gewöhnt haben. Jakob schlüpft gerade aus seinen Sneakern. Er schaut auf, ich sehe an seinen Augen, dass er getrunken hat. Wahrscheinlich gar nicht mal viel. Trotzdem bin ich neidisch. Wenn Jakob so nachhause kommt, gibt es immer diesen einen Moment, an dem wir zu streiten beginnen könnten.

Heute umarme ich ihn. Er hält mich.

»War's schön?«, frage ich.

Ich spüre Jakob nicken. »Bei dir?«

Ich vergrabe mein Gesicht in seiner Schulter. »Warum sagt er nichts?«

»Vielleicht braucht er noch Zeit?«

Ich seufze. »Ich muss mit dir reden.«

Wir lösen uns voneinander, gehen rüber ins Wohnzimmer.

Das leere Wasserglas. Der geruchlose Fleck am Laken.

»Du glaubst, er hat Wasser auf die Matratze geleert, damit es so aussieht, als hätte er ins Bett gemacht?«

Es beruhigt mich, dass Jakob mir nicht glaubt.

»Wozu?«, fragt er.

»Damit wir Mitleid mit ihm haben«, sage ich.

»Glaubst du das wirklich?« Er schaut mich an, als wäre ich die mit dem Problem. »Ist es einem nicht eher furchtbar unangenehm, wenn man ins Bett macht?«

»Bettnässen kann ein Zeichen von psychosozialen Problemen sein«, sage ich.

»Ja – und ist das, was in der Schule passiert ist, kein psychosoziales Problem?«

Ich merke, es ist nicht leicht, es zu erklären. »Was, wenn er uns nur vorspielt, dass ihn bedrückt, was er getan hat? Wenn er das Wasser aufs Bett geleert hat, damit wir glauben, dass er ein schlechtes Gewissen hat, wie ein normales Kind?«

»*Normal?*«

Ich zucke mit den Schultern.

»Was, wenn er ins Bett gemacht hat, weil es ihn tatsächlich bedrückt, weil er sich schämt?«, fragt Jakob. »Luca weiß doch nicht, dass es ›psychosoziale Gründe‹ gibt, warum Kinder ins Bett machen. Woher soll er das wissen? Das macht doch überhaupt keinen Sinn.«

»Er ist schlau«, sage ich.

»Natürlich ist er schlau. Aber deswegen weiß er noch lange nicht, was Google übers Bettnässen sagt.«

»Er manipuliert uns.«

Jakob lacht auf. »Ist das dein Ernst?!

Ich lache nicht. »Kinder sind nicht nur kleine Engel. Ganz im Gegenteil.«

»Das sagt ja auch keiner.«

»Romi hat auch dauernd gelogen. Sie war richtig gut darin, alle gegeneinander auszuspielen.«

Jakobs Stirn legt sich in Falten. »Was hat das jetzt mit Romi zu tun?«

»Romi hat ständig Probleme gemacht.«

»Romi kam aus dem Kinderheim. Wir lieben Luca, seit er auf der Welt ist. Da ist ein Unterschied. Luca hat eine ganz normale Kindheit.«

Das macht es nur noch schlimmer, denke ich.

»Wir reden hier über unser Kind. Ich kapiere überhaupt nicht, wie du so denken kannst.«

»Ich habe Romi auch geliebt. Wir alle.«

»Ja, und? Was hat sie denn gemacht?«, fragt er. »Hat sie auch so getan, als würde sie ins Bett machen?«

»Vergiss es«, sage ich.

»Du hast davon angefangen!«

»Und jetzt höre ich damit auf.« Ich stehe auf und will aus dem Raum raus, aber Jakob springt hoch und stellt sich mir in den Weg.

»Lauf nicht immer weg!«, sagt er.

»Lass mich«, es klingt wie ein Zischen, mit jedem Wort, das ich sage, bin ich den Tränen näher. Ich versuche ihn wegzudrücken. »Jakob!«

»Rede mit mir!«

Ich sehe ihn an. Gestern, genau hier, da hat er mich in die Arme genommen. Ich ducke mich und tauche unter ihm hindurch. Ich laufe über den Flur und sperre mich auf der Toilette ein.

Mit angezogenen Beinen sitze ich auf dem Klodeckel und atme schwer. Jakob denkt wie einer, dem in seinem Leben nichts Schlimmes passiert ist. Und so ist es ja auch. Deswegen brauche ich ihn. Weil er glaubt, dass es mehr Gutes gibt als Schlechtes. Ich brauche das Helle, das Jakob ist. Auch wenn es mich regelmäßig an den Rand des Wahnsinns treibt.

Aber er hat nicht recht. Es gibt Dinge, die werden nicht mehr gut. Schon gar nicht, wenn man sie ans Licht bringt. Ich halte inne. Vielleicht ist Lucas Schweigen ja so gemeint. Er will uns vor der Wahrheit beschützen.

Ich lege meine Handflächen auf die Augen, um dem sirrenden Licht, das die Toilette ausleuchtet, zu entkommen. Der Lichtschalter ist draußen angebracht. Ich will nicht, dass mich irgendjemand für schwach hält, schon gar nicht mein eigenes Kind. Ich stütze meine Ellbogen auf den Oberschenkeln ab und versuche, mich in der Schwärze zu verlieren.

II

Es hat gerade zu schneien begonnen, als Mutter uns zum Bahnhof bringt. Im Dezember ist es immer schon dunkel oder am Dunkelwerden. Meine Augenlider sind schwer, sie brennen von der Kälte. Wir warten am Bahnsteig auf den Zug. Mutter steckt mir die Fahrkarten in die Tasche. In Salzburg werden die Großeltern uns abholen.

Romi zieht etwas aus ihrer Jackentasche. »Das ist für dich.«

Ich starre auf das goldfarbene Geschenkpapier. Romi hat mir nichts gesagt. Ich habe kein Geschenk für unsere Mutter. Mein Herz ist ein schwerer Stein. Mutter steckt das Geschenk in die Manteltasche. Da ist der Stein plötzlich fort. Vielleicht, weil in diesem Moment der Zug eingefahren kommt.

Sie setzt uns ins Abteil. Küsst mich auf die Wange und Romi auf den Scheitel. »Seid brav«, sagt sie noch.

Es ist das erste Mal, dass wir alleine mit dem Zug fahren.

Sie winkt uns durch das große Fenster und wir winken zurück. Der Zug setzt sich in Bewegung. Ich sehe zu Romi.

»Was ist in dem Geschenk?«, will ich wissen.

»Das Stirnband«, sagt sie.

Ich weiß, welches. Sie hat gerade häkeln gelernt, so wie ich im Jahr davor. Den ganzen Monat schon hat sie daran gearbeitet. Sie häkelt ganz gleichmäßige Maschen und sie verliert auch nicht das Interesse daran. Ich habe nicht gewusst, dass es schon fertig ist.

Bei den Großeltern ist es so weihnachtlich. Es gibt Massen an Schnee. Wir spielen draußen, bis unsere Nasen rot sind. Wenn wir hinein in die Wärme kommen, britzelt es auf der Haut. Großmutter ribbelt unsere Hände warm. Es riecht immer nach frisch Gebackenem und wir dürfen so viele Kekse essen, wie wir wollen. Wir gehen mit Großvater in den Wald und suchen einen Weihnachtsbaum aus. Wir sehen ihm zu, wie er ihn schlägt. Dann helfen wir, den Baum am Schlitten festzubinden. Er setzt uns obendrauf und zieht und tut, als sei er unser Pferd.

Eines Abends stelle ich fest, einen ganzen Nachmittag nicht an Linda gedacht zu haben.

Wir bleiben die ganzen Ferien, bis die Eltern am Dreikönigstag kommen, um uns abzuholen. Großmutter hat gekocht. Großvater den Kamin eingeheizt. Aber als wir gemeinsam am Tisch sitzen, ist die Stille wieder da. Die Eltern haben sie mitgebracht und auch die Großeltern kommen nicht dagegen an.

Als wir losfahren wollen, ist Romi weg. Wir rufen. In den zwei Wochen haben wir einige Verstecke gefunden. Am Heuboden ist Romi nicht. Im Stall auch nicht. Aber in der Scheune sitzt sie auf den Sprossen einer Stehleiter.

»Sag ihnen nicht, wo ich bin.«

Ich lege meinen Kopf in den Nacken, um zu ihr hochzusehen. »Aber Romi, wir fahren jetzt.«

»Ich will nicht fahren.«

»Du kannst doch nicht hierbleiben.«

»Warum?«

»Weil ...« Ich denke nach. »Weil ich sonst auch nicht fahren kann. Nicht ohne dich.«

Romi sieht mich an. »Aber ohne dich fahren sie nicht.«

»Ohne dich ja auch nicht.«

Romi schüttelt den Kopf.
»Romi, komm jetzt.«
»Streichle den Hund und ich komme.«

In der Scheune habe ich deswegen als Letztes nachgesehen, weil hier Blacky wohnt. Ich fürchte mich vor Blacky. Aber Großvater hat gesagt, dass jeder Bauer einen solchen Hund braucht, einen Hofhund, der aufpasst und bellt.

Er ist angebunden und nagt friedlich an einem Knochen.

Wenn ich mich anschleiche, so, dass Blacky nichts merkt, und ihn nur ganz kurz berühre, dann reicht das schon.

Meine durchbissene Lippe wird mit drei Stichen genäht.

12

Ich nehme die Hände von den Augen. Das Klo ist mein Rückzugsort. Es ist der einzige Raum in unserer Wohnung, der sich absperren lässt. Hier scrolle ich sinnlos auf Instagram, beantworte meine E-Mails, mache Atemübungen und lasse den Tränen freien Lauf. Wenn ich mir früher vorgestellt habe, wie das einmal wird, als Mutter, habe ich mir ganz bestimmt nicht ausgemalt, wie ich mich auf dem Klo verstecke.

In Wirklichkeit hat man keine Ahnung, wie es sein wird, wenn man Kinder hat, bis es so weit ist. Es liegt nicht nur daran, dass es verklärt wird. Selbst wenn mir mal jemand ins Gesicht gesagt hat, dein Leben, wie du es kennst, ist dann vorbei, habe ich es nicht geglaubt. Mir fehlte die Vorstellungskraft, und wie soll man auch wissen, wie man sich verändern wird, zu was man werden wird? Du weißt nicht, was für eine Mutter du sein wirst, was von dir übrig bleibt, bis es so weit ist, und noch nicht einmal dann, weil dieser Prozess so schleichend passiert. Ich erinnere mich wie durch einen rosaroten Schleier an die ersten Tage mit unserem Baby. Wie entzückt wir waren, wie lange Luca schläft, wie brav er ist. Wir dachten, dass es immer so weitergehen würde, dass wir, gerade wir von allen Eltern dieser Welt den Jackpot gezogen hatten – ein Baby, das die Nacht durchschläft. Dann kamen die Bauchschmerzen, das nächtliche Geschrei, die Stunden, die wir ihn an unseren Körper gedrückt durch die Wohnung trugen, bis er sich endlich beruhigt hatte und erschöpft in unseren Armen einschlief. Und trotz all seiner Herausforderungen, des Schlafmangels, der Überforderung war dieses erste Babyjahr noch vergleichsweise leicht. Denn ein Baby musst du nicht erziehen, da gilt es lediglich, Bedürfnisse zu erfüllen, so schwer es auch sein kann, diese zu erraten. Jakob schleppte Erziehungsratgeber an, er las mir daraus vor und ließ sie aufgeschlagen an strategischen Orten liegen, ich verstand die Aufforderung und ignorierte sie. Wir stritten uns, wenn Jakob mir zu verstehen gab, dass es falsch war, wie ich in bestimmten Situationen mit Luca umging. Ich bestand auf meiner Intuition. Er fragte mich, ob ich dann nicht einfach meine eigene Erziehung reproduzieren würde. »Und was ist so schlimm daran?«, fragte ich ihn zurück, begann aber heimlich doch in den Ratgebern zu blättern. Was ich las, tat mir weh. Ich räumte die Bücher ins Regal. Da stehen sie jetzt noch und setzen Staub an.

Dieser Abend. Einer der ersten, die schwierig waren. Luca war erst wenige Wochen auf der Welt, ein schutzbedürftiges kleines Wesen. Und ich habe ihn unter den Achseln gepackt, nicht einmal seinen Kopf gestützt, ihn weit weg von mir gehalten und ihn angeschrien: »Wenn du nicht sofort zu weinen aufhörst, dann schmeiß ich dich gegen die Wand.« Ich erinnere mich an das Gefühl. Es waren mehr als nur Worte.

Später.

Ich war ohne Kinderwagen unterwegs, hatte den Weg zum Schwimmbad unterschätzt, hin war schon eine Tortur gewesen, jetzt hing die Tasche mit den nassen Handtüchern noch schwerer an meiner Schulter und Luca wollte keinen Schritt mehr gehen. Ich musste ihn tragen. Dabei flüsterte ich ihm ins Ohr: »Wegen dir geht die Mama kaputt. Du bist schuld, dass die Mama kaputtgeht.«

Die Liebe fließt nicht aus mir heraus wie Wasser aus einer nie versiegenden Quelle. Sind andere dabei, lasse ich es gerne so aussehen, als fiele mir alles leicht. »Ich habe ja nur ein Kind«, sage ich dann und lächle milde. Oder ich stöhne mit den anderen, wir übertrumpfen uns mit Geschichten, wie anstrengend alles ist, aber hinter unseren Worten steht die Gewissheit, dass wir es uns so ausgesucht haben, dass wir dafür gemacht sind und es gut machen. Bemitleidenswert sind die Frauen mit unerfülltem Kinderwunsch. Nicht wir. Wir haben alles richtig gemacht. Ich bin gut darin, die Fassade aufrechtzuerhalten. So gut, über weite Strecken glaube ich mir selbst. Und doch. Die Liebe ist keine Selbstverständlichkeit für mich. Die Mutterhaut, die ich trage, passt nicht wie angegossen. Ich bin nicht Aschenputtel, ich bin eine ihrer Schwestern, die sich erst die Ferse abschneiden muss oder den großen Zeh. Und ich sitze hier und lasse die Tränen zu, weil ich weiß, dass Luca etwas Besseres verdient hat.

13

Es liegt knapp außerhalb des Dorfes im Niemandsland, so haben wir es genannt, als wir Kinder waren, das Gebiet zwischen den Ortsschildern Kaumberg und Ziersdorf. Heute ist der Weg, der hoch zum Haus führt, asphaltiert. Das Haus liegt am Waldrand. Links davon beginnen schon die Bäume, hohe Tannen, die dem Garten das Licht nehmen und deren Nadeln sich in die Sohlen bohren, wenn man mit nackten Füßen durchs Gras läuft.

Ich klingle und warte. Mein Vater öffnet die Tür. Er umarmt mich zur Begrüßung.

»Na, mein Großer«, sagt er zu Luca, der sich in seine Arme wirft.

»Hallo, Opa.«

Es ist am Morgen, die Luft ist klar und kühl. Für Atemwolken ist es noch nicht kalt genug, für Raureif schon.

»Ich hole dich am Abend wieder ab«, sage ich.

Luca nickt.

»Geht es dir gut?«, fragt mein Vater.

»Viel zu tun. Aber gegen sechs bin ich da.«

»Lass dir Zeit.«

»Und keine Sorge, es ist wahrscheinlich nichts. Er war nur so warm heute Morgen, seine Augen ein bisschen glasig, du weißt schon.«

Mein Vater nickt.

»Ist das die Pia?«, dröhnt Mutters Stimme aus dem Haus.

»Ich habe es eilig, Mama«, rufe ich hinein.

Sie taucht im Türrahmen auf und lächelt mich breit an.

»Oma!« Luca umarmt sie in der Hüfte. Meine Mutter hebt ihn mit Schwung in die Höhe. Sie ist noch immer eine starke Frau.

»Gut siehst du aus«, sagt sie mit einem Blick zu mir.

»Macht euch einen schönen Tag«, sage ich.

Ich gehe, beim Auto drehe ich mich noch einmal um und kann sehen, wie Luca nach der Hand seines Opas greift, bevor die Tür hinter ihnen ins Schloss fällt. Manchmal vergesse ich, wie klein Luca noch immer ist.

Ich habe ihn heute nicht in die Schule gebracht, sondern in das Haus, in dem ich aufgewachsen bin. Es ist kein gutes Versteck. Die doppelten Böden knarzen, in den Winkeln sammeln sich Erinnerungen, der Staub lässt sich wegwischen, die Vergangenheit nicht. Aber ich weiß nicht, wohin sonst. Mein Kopf fühlt sich schwer an auf meinem Nacken, die Stelle, an der mich das Buch getroffen hat, pulsiert immer noch. Meine Haare verdecken die Beule. Ich lege meine Stirn am Lenkrad ab, nur für einen Moment, und die Ereignisse des Morgens laufen in meinem Kopf ab, wie ein Film. Als ich Luca wecke, muss er nichts sagen, an seiner Art, mich anzusehen, der Vorsicht in seinem Blick, kann ich erkennen, dass mein Auszucker vom Vorabend auch bei ihm eine Wunde hinterlassen hat. Auch wenn wir uns entschuldigt haben, wir haben uns gegenseitig wehgetan. Trotzdem, als wir beim Frühstück sitzen, Jakob aus dem Schlafzimmer kommt und Luca fragt, wie unser Abend ohne ihn war, sagt Luca: »Schön.« Ganz lapidar, ganz sorglos, einfach so, als wäre es die Wahrheit. Ich schlucke, aber auch ich sage nichts, sondern lächle nur unbestimmt vor mich hin.

Schnitt.

Wir sitzen im Auto, gleich starte ich den Motor, gleich bringe ich Luca in die Schule, ich muss nur den Schlüssel im Zündschloss drehen und losfahren, aber ich bringe es nicht über mich. Ich suche Lucas Blick im Rückspiegel und sage mit Nachdruck, dass ich ihn nur noch dieses eine Mal frage, nur noch ein Mal. Dass wir keine Geheimnisse haben, er mir also die Wahrheit sagen muss. Und er sagt mit einer Stimme, die so harmlos klingt, dass es wehtut, er habe den Papa nur angelogen, damit ich keinen Ärger bekomme. Nur deshalb habe er gesagt, es sei schön gewesen gestern. Aber gestern war nicht schön.

Es ist nicht der Klang, es sind die Worte, die mir vorkommen wie eine Drohung. Wir teilen jetzt ein Geheimnis. Er schützt mich vor seinem Vater, der, das weiß Luca, immer auf seiner Seite wäre. Ich kann nicht mehr. Ich schlucke und steige aus. Wortlos. Im Stiegenhaus lehne ich meinen Kopf gegen die Wand neben den Briefkästen. Ich spüre die Kühle an der Stirn und meinen Herzschlag in den Schläfen. Ich muss die Oberhand behalten in dieser Situation. Er soll nicht glauben, dass er mich einschüchtern kann. Ich nehme mein Telefon und rufe auf dem Festnetz meiner Eltern an. Mein Vater hebt ab. Ich sage, Luca fühlt sich nicht so gut. Dass ich ihn lieber nicht in die Schule schicken möchte. Ob ich ihn gleich vorbeibringen kann.

Der Schrank ist viertürig, aus Nussholz gefertigt, mit liebevollen Schnitzereien am oberen Rahmen, der konkav geschwungen ist. Dass er auf vier abgeflachten Kugeln als Beinen steht, gibt ihm etwas Gemütliches und lässt ihn weniger wuchtig erscheinen. Es gibt auch noch einen Schlüssel, der sogar sperrt. Die Türen sind leicht verzogen und die Scharniere müssen geschmiert werden. Ich hole das WD-40 aus dem Lager und kümmere mich darum, eine Arbeit von nicht einmal fünf Minuten. Dann nehme ich mir die Front vor, bearbeite sie mit Möbelpolitur und einem weichen Staubtuch. Ich fahre über die Maserung, bewundere die Schönheit des Holzes, was für ein Material, dem die Zeit, die es überdauert, erst Charakter und Wert gibt. Als ich fertig bin, gehe ich ein paar Schritte zurück. Es ist ein besonderes Stück, ohne Frage – aber etwas stimmt nicht. Etwas stimmt nicht mit dem Platz, den ich für ihn ausgesucht habe. Heute ist die Lieferung gekommen, andere Möbel wurden beiseite gerückt, die beiden Spediteure haben mir dabei geholfen. Eigentlich steht er da gegenüber vom Fenster gut, so, dass, wenn sie den Laden betreten, der Blick der Kunden und Kundinnen als Erstes auf ihn fallen muss. Aber er braucht mehr Raum, um richtig wirken zu können. Jetzt bin ich allein, keine Chance mehr, ihn zu verrücken, nicht einmal einen Millimeter, nicht einmal wenn ich mich mit meinem ganzen Gewicht dagegenstemme.

Mein Telefon klingelt. Es ist die Nummer von Lucas Schule. Ein Zucken geht durch meinen Körper, ich erinnere mich, wie es vor zwei Tagen geklingelt hat und ich noch dachte, dass ich angerufen werde, weil Luca Fieber bekommen oder sich übergeben hat. Ich könnte nicht rangehen, schließlich ist es in meiner Arbeitszeit, und wie wichtig kann es sein, Luca ist ja bei meinen Eltern. Nur, wenn ich nicht rangehe, rufen sie womöglich Jakob an, wahrscheinlich sogar, so ist die Reihenfolge, erst die Mutter, dann der Vater.

»Frau Reiserer«, sagt Frau Bohle, ich erkenne ihre Stimme durch das Telefon, »ich wollte fragen, ob bei Ihnen alles in Ordnung ist.«

»Ich habe heute Morgen angerufen«, sage ich. »Ich habe Bescheid gesagt, dass es Luca nicht gut geht.«

»Oje. Was hat er denn?«

»Er hat sich übergeben«, sage ich entschieden und nicht ohne Vorwurf.

»Ich verstehe«, sagt sie langsam. Es klingt, als würde sie sich Zeit verschaffen wollen, um ihre nächsten Worte zu wählen. »Ich wollte nur nachfragen, persönlich, falls ... falls der Eindruck entstanden ist, Sie müssten Luca zuhause lassen.«

»Nein«, sage ich. »Er kotzt. Das ist alles.«

»Ich hoffe, es geht ihm Montag wieder gut.«

»Mal schauen«, ich warte nicht, ob sie noch etwas zu sagen hat. »Ein schönes Wochenende.« Ich lege auf. Dann starre ich auf das Telefon in meiner Hand und hoffe, dass meine Schroffheit Luca nicht schaden wird. Als ich aufblicke und mein Blick wieder auf den Schrank fällt, bin ich mir sicher, er müsste woanders stehen. Ich greife nach dem Lappen, trage erneut Möbelpolitur auf und widme mich den Innenflächen, ich beginne bei den Türen. In unserem Kinderzimmer stand auch so ein großer, alter Schrank. Er steht noch immer dort. Ich denke an Narnia, durch den Schrank, an den Mänteln vorbei, ein Tor in eine andere Welt. Und an das Buch von Mira Lobe, in dem ein Junge seinen Geburtstag nicht in der Wohnung feiern kann, weil sie zu klein ist. In der Konditorei gibt es ein mehrstöckiges Kuchentablett, das in seiner Fantasie zum Leben erwacht, und auf jeder Etage erlebt er mit seinen Freunden ein anderes Abenteuer. Was habe ich das Buch geliebt. Am Ende bemalen die Eltern seinen Schrank im Kinderzimmer mit Dschungeltieren und bauen ihn zu einem Spieleparadies um.

Ein Schrank ist ein gutes Versteck. Ich steige hinein, wische über das Holz, große, kreisende Bewegungen, dazu der Geruch. Müde lasse ich mich auf den Boden sinken. Mein Körper hat gerade genug Platz. Ich zögere, schließe die Schranktür und es wird dunkel. Die Enge ist angenehm, das

Holz ist warm. Mir fällt ein, wie Romi sich im Schrank versteckt hat, als meine Eltern mit der neugeborenen Linda aus dem Krankenhaus nachhause gekommen sind. Ich erinnere mich, dass ich meinen Finger in Lindas Hand gelegt hatte, den sie überraschend fest umschloss, als meine Mutter nach Romi fragte. Vater und ich suchten überall nach ihr. Ich war diejenige, die sie fand. Hinter den aufgehängten Kleidern kauerte sie im letzten Eck. Als ich sie zur Seite schieben wollte, hielt sie sich daran fest. Ich musste ihr gut zureden, bis wir Hand in Hand ins Wohnzimmer gingen, wo meine Mutter Linda an ihrer Brust hatte. Wir sahen zu, bis Romi sagte, sie wolle auch. Meine Mutter ließ uns probieren, auch wenn mein Vater erst die Augen verengte und dann das Zimmer verließ. Romi trank an der einen und ich an der anderen Brust, zwischen uns lag Linda. Wenn man es richtig anstellte, was gar nicht so leicht war, kam aus den Brustwarzen Milch heraus. Romi trank noch, als ich schon aufgehört hatte, und sie trank weiter, obwohl Mutter zuerst sagte, es sei genug, und dann, dass Romi ihr wehtue. Mutter musste sie gewaltsam wegdrücken. Dann waren da Tränen und laute Stimmen und wieder der Schrank. Und ich, die ich mich zu Romi hockte. Und Romi, die fragte, wann sie wieder wegginge. Ich versprach ihr, dass Mama jetzt dabliebe. Ich drückte sie an mich und Romi hörte auf zu weinen. Sie schluckte ihre Tränen hinunter und war still.

Es ist eher ungewöhnlich, ein Kind zu adoptieren, wenn man schon ein eigenes hat, wenn man eigene Kinder bekommen kann. Aber die Wahrheit ist ja, dass nicht ich das Wunschkind war, sondern Romi. Meine Eltern wollten ein Kind adoptieren, einem Kind eine Chance geben, mit dem es die Welt nicht so gut meint. Was meine Eltern nicht wussten, war, wie lange man warten muss. Und dazwischen bin ich passiert und meine Eltern standen noch immer auf der Liste. Als der Anruf kam, war ich schon zwei Jahre alt. Von Romi hieß es, es sei unwahrscheinlich, dass sie jemals ohne Hilfe würde gehen können. Mit ihren vierzehn Monaten konnte sie nicht sitzen, nicht einmal robben konnte sie. Im Dunkeln schrie sie, als ginge es an ihr Leben. Vater arbeitete zehn Stunden am Tag als Ingenieur in einer Fabrik, und manchmal noch länger, um die Schulden am Haus abzubezahlen. Mutter war mit uns allein. Ein halbes Jahr später aß Romi eigenständig und konnte krabbeln. Zu ihrem Geburtstag gab es nichts mehr, was sie von anderen zweijährigen Kindern unterschied. Die Kinderärztin sprach von einer Fehldiagnose, von Hospitalismus. Kinder reagieren oft mit einer Entwicklungsverzögerung auf fehlende Zuwendung. Das Heim. Die Liebe unserer Mutter hatte Romi eine Chance gegeben.

Und da war so viel Liebe. Mutter wollte, dass Romi sich geliebt fühlt, dass Romi ein Zuhause hat. Sie sagte: »Dich habe ich geboren, aber Romi habe ich mir ausgesucht. Sie ist unser Wunschkind.« Und warum hätte sie das sagen sollen, wenn nicht, um Romi eine Freude zu machen. Aus Angst, dass sie sich nicht zugehörig fühlen könnte. Auch deswegen war die Wut so groß, als Romi ihr von dem Wort erzählte, das Emmerich für sie benutzt hatte. Wenn wir stritten, war Mutter meistens auf Romis Seite.

Ich drücke die Schranktür mit meinem Fuß auf, das Licht blendet mich. Wie langsam sich die Augen an die Dunkelheit gewöhnen und wie schnell an das Licht. Es stimmt, ich wusste immer, dass Mutter mich liebt. Mir musste sie ihre Liebe nicht beweisen, Romi vielleicht schon. Und vielleicht musste Romi Mutters Liebe auch deswegen immer wieder herausfordern, indem sie ständig etwas ausheckte und abwartete, was es für Folgen geben würde. Mutter sagte es so: »Pia ist die Große, die Vernünftige. Linda ist unser Sonnenschein und Romi, Romi ist unser Lausekind.«

Ich steige aus dem Schrank, richte mein Hemd, klopfe mich ab, gut, dass niemand in den Laden gekommen ist. Romis Satz hallt in meinem Kopf nach. Ich gehe in die Werkstatt, dann wieder in den Verkaufsraum. Der Schrank starrt mich an. Ich habe die Tür nicht ganz zugemacht. *Wann geht sie wieder weg?* Ich schlucke. Ich dachte immer, Romi hätte Angst gehabt, unsere Mutter könnte wieder weggehen. Sie war ja mehrere Tage im Krankenhaus gewesen. Jetzt frage ich mich, ob nicht Linda gemeint war.

14

Ich fahre den Hügel hoch. Die Sonne ist dabei, hinter dem Haus unterzugehen, und blendet mich. Es wird jeden Tag ein wenig früher dunkel. Die Zeitumstellung kommt erst noch. Dann wird es richtig schlimm. Während alle anderen eine Stunde länger schlafen, wacht Luca noch immer zur gleichen Zeit auf. Kinder behalten ihren Rhythmus, auch wenn die Uhr etwas anderes sagt. Früher hieß es im Herbst, eine Stunde länger schlafen. Jetzt ist es umgekehrt. Jetzt ist die gute Zeitumstellung im Frühjahr. Es ist alles eine Frage der Perspektive.

»Komm doch rein«, sagt meine Mutter. Sie trägt eine Leinenschürze über ihrer Jeans. Geruch nach Selbstgekochtem und Lösungsmittel begrüßt mich, als ich die Schwelle überschreite. Ich kenne ihren Putzwahn, aber manchmal übertreibt sie.

»Ich muss gleich wieder, ich muss noch fürs Abendessen einkaufen«, sage ich.

»Du kannst ja bei uns essen.«

»Und was ist mit Jakob?«, sage ich pflichtschuldig, obwohl ich nichts dagegen habe, mich noch eine Weile vor ihm zu verstecken. Ich lehne mich vor. »Komm, Luca!«, rufe ich ins Haus hinein.

»Opa und Luki sind noch im Wald.«

Ich habe mich fast daran gewöhnt, diesen Namen aus ihrem Mund, nur manchmal löst es noch ein leichtes Zähneknirschen bei mir aus. Aber es bringt nichts, es ihr ausreden zu wollen. Wenn ich ihr erkläre, dass wir den Namen Luca auch deswegen gewählt haben, weil man ihn nicht abzukürzen braucht, nickt sie und spricht im nächsten Moment wieder von Luki.

»Im Wald? Ich habe Papa gesagt, ich komme um sechs.«

Ihr Lächeln sagt, kennst ihn ja.

Ich mag es nicht, wenn sie mit Luca in den Wald gehen, aber ich kann es ihnen schlecht verbieten. Ich seufze und folge meiner Mutter durch den Flur.

»Ich habe ein neues Rezept ausprobiert«, sagt sie. »Aus dem Kochbuch, das ihr mir geschenkt habt. Du kannst Jakob ja etwas mitnehmen. Ich bin gespannt, was er sagt.«

Im Esszimmer fällt mein Blick auf den Tisch. Sie hat für drei gedeckt. Es war nicht ausgemacht, dass Luca bei ihnen zu Abend isst.

»Nimm dir einen Teller«, sagt sie. In der Küche öffnet sie die Besteckschublade.

»Wann sind sie los?«

»Ich habe nicht auf die Uhr geschaut. Willst du einen Wein?«

»Okay«, sage ich.

»Wie geht es dir? Wie war dein Tag«, fragt sie. Wir haben im Wohnzimmer Platz genommen, sie mustert mich.

»Mir geht es gut«, sage ich und lächle, um meinen Satz zu unterstreichen.

»Bist du dir sicher?« Sie legt die Stirn in Falten. Immer macht sie sich Sorgen um mich. Wo bist du? Isst du genug? Schläfst du genug? Fährst du vorsichtig? Ihre ständige Angst, es könnte mir etwas passieren. Ich verstehe sie. Mir geht es mit Luca genauso. Aber sie weiß, dass sie sich nicht einmischen darf. Da habe ich einen Riegel vorgeschoben. Sie mag meinen Beruf nicht, weil sie Angst hat, dass ich mich verletze. Auch wenn ich heute in einem Antiquitätenladen herumsitze, habe ich früher in der Werkstatt gearbeitet. Bei Kreissägen, Fräsmaschinen und Hämmern. Die Tischlerlehre nach dem abgebrochenen Studium war meine Entscheidung. Gerne würde ich sagen, ich habe sie ohne Trotz getroffen.

Um das Thema zu wechseln, frage ich: »Was habt ihr heute gemacht?«

Sie hält inne. Es ist verdächtig. »Wir haben Lukis Zimmer gestrichen«, sagt sie schließlich.

»Das Kinderzimmer?«, frage ich ungläubig.

»Er hat die Farbe ausgesucht. Willst du es dir anschauen?«

Hier hat der Lösungsmittelgeruch seinen Ursprung. Wie konnte ich den Geruch der Farbe mit Putzmittel verwechseln? Die Möbel sind in die Mitte des Kinderzimmers gerückt, das Bett, der Schreibtisch, sogar der große Schrank.

Blau.

Kurz muss ich nachdenken, um mich daran zu erinnern, wie die Wände vorher waren. Dabei öffnet sich eine Tür. Die beiden Betten an den Wänden, der Teppich, auf dem wir saßen, wenn wir das Spiegelspiel spielten. Die Porzellanpuppensammlung auf dem Schrank. Die sonnenblumengelbe Wandfarbe, die mit der Zeit immer grauer geworden ist.

»Es war Lukis Idee«, sagt meine Mutter.

Das Fenster ist zum Lüften geöffnet. Im Zimmer ist es kühl und feucht. Mittlerweile ist es draußen dunkel. Die kalte Luft macht mir Gänsehaut.

»Ist schön geworden«, sage ich und drehe mich zur Tür, um das Zimmer wieder zu verlassen.

In diesem Haus passiert es von einem Moment zum nächsten. Alles ist okay und plötzlich fühle ich mich unwohl, entrückt. Als wäre mein Körper zu groß für das Zimmer. Dann sehe ich in jeder Ecke, was gewesen ist. Und die Dinge, die sich geändert haben, der Teppich im Flur, die Esszimmereinrichtung und jetzt die blaue Farbe an der Kinderzimmerwand – sie zeigen nur noch deutlicher, was seit meiner Kindheit gleich geblieben ist.

Luca langt kräftig zu. Es schmeckt ihm, was seine Großmutter kocht. Die Waldluft hat ihn hungrig gemacht. Mit vollem Mund erzählt er von der Blindschleiche, die sie im Wald gesehen haben. Er erklärt mir, warum eine Blindschleiche keine Schlange ist und dass sie bei Gefahr ihren Schwanz abwerfen kann, um ihre Feinde zu verwirren. Dabei schielt er zu seinem Opa, der lächelnd ein Nicken andeutet. Ich erinnere mich an die Spaziergänge mit meinem Vater. Es waren seltene Abenteuer. Er ließ uns Speere aus Stöcken schnitzen und zeigte uns, welche Teile einer Distel man essen kann.

Luca fragt, ob er heute hier übernachten darf.

Meine Mutter blickt zu mir, ich starre zurück, ich bin der Abgrund.

»Das geht heute leider nicht, Luki. Die Farbe im Kinderzimmer muss doch erst trocknen.« Sie hat verstanden. Noch eins draufzusetzen, das traut sie sich nicht.

»Aber ich kann doch in Mamas altem Zimmer schlafen. Am Dachboden.«

»Das ist nicht aufgeräumt«, sagt meine Mutter.

»Ist mir egal.«

»Lass ihn doch«, mischt sich mein Vater ein, der unseren Blickwechsel nicht bemerkt hat.

»Da oben gibt es Spinnen«, sage ich.

Mein Vater legt seine Stirn in Falten.

Ich weiß nicht, warum ich das gesagt habe. Bestimmt gibt es keine Spinnen. Und es ist auch aufgeräumt.

»Und Bettwanzen«, sagt meine Mutter und macht aus meiner unbedachten Bemerkung einen Scherz.

»Ehrlich?«, fragt Luca.

Meine Mutter nickt. »Und wenn du nicht aufpasst, dann kriechen sie dir unter das Hemd und zwicken dich in den Bauch.«

Ihre Hand schnellt hervor, und noch bevor sie Lucas Bauch berühren kann, beginnt er schallend zu lachen. Dieser Moment vor dem Kitzeln – der ist schlimmer als das Kitzeln selbst.

Wir steigen ins Auto ein. Ich vorne, Luca hinten. Sie sind beide mit uns nach draußen gekommen. Meine Mutter reicht mir die Tupperdose mit der Portion für Jakob. Ich stelle sie auf den Beifahrersitz.

»Kommt bald alle gemeinsam wieder!«

Sie stehen vor dem Haus nebeneinander. Ich fahre den Hügel hinunter und sehe sie im Rückspiegel winken.

Wieso sind sie hier wohnen geblieben? Wir hätten fortziehen können. Sie hätten die Erinnerungen in Kisten packen und auf einen Dachboden stellen können. Es wäre ein Neuanfang gewesen. Aber sie haben nichts geändert. Nicht einmal Lindas Bett haben sie abgebaut. Romi musste mit ihm im gleichen Zimmer schlafen, bis zu dem Tag, als sie auszog. Und jetzt haben sie die Wände gestrichen. Einfach so. Als wäre es nichts. Als würde es nichts bedeuten.

Es war Lukis Idee.

Mutters Stimme dröhnt in meinem Kopf. Wie sie das gesagt hat. Als wäre es eine Rechtfertigung.

15

»Das ist unfair«, schreie ich, laufe in unser Kinderzimmer, schlage die Tür zu und werfe mich auf mein Bett. Ich beschließe, mich nicht mehr zu rühren, nie mehr. Da öffnet sich die Tür, aber ich behalte die Augen zu, das haben sie jetzt davon, eine lebendige Tote, wenn mich alle so schlecht behandeln. Mutter setzt sich an die Bettkante, ich weiß, dass es Mutter ist, ich erkenne sie an den Schritten, an ihrem Geruch. Ich spüre ihre Hand in meinen Haaren, wie sie mit ihren Fingern die Haarsträhnen teilt. Manchmal nennt sie mich Schneeweißchen. Ich drücke meine Zunge gegen meinen Gaumen und behalte die Augen zu. Ich werde mich nicht entschuldigen.

»Du weißt doch, dass ich dich lieb hab«, höre ich sie flüstern. Ich rühre mich nicht. Ich halte durch, auch wenn ich weinen will und Mutter umarmen. Sie soll es noch einmal sagen. Sie soll sagen, dass sie mich liebt, und sie soll es nicht flüstern, sie soll es laut sagen, so, dass auch Romi es hört. Ich höre sie atmen. Dann steht sie auf und geht und ich rühre mich immer noch nicht. So lange, bis ich mir nicht mehr sicher bin: Will ich mich nur nicht rühren oder kann ich es tatsächlich nicht mehr? Ich versuche, meinen Arm zu heben. Es geht.

16

Während der Fahrt nachhause beobachte ich Luca im Rückspiegel. Am Morgen hatte ich noch die Hoffnung, dass, wenn ich den ganzen Tag darüber nachdächte, ich am Abend wissen würde, was zu tun sei. Was ich sagen müsste, damit er sich mir endlich anvertraut. Solange Luca schweigt, können wir nicht vor und nicht zurück. Der »Vorfall« schwebt über uns wie eine finstere Wolke, begleitet uns überallhin, wohin wir auch gehen. Ich suche nach einem Zauberspruch oder wie in einem Computerspiel nach der richtigen Abfolge von Handlungen, mit der man den Kampf gegen das Monster schließlich gewinnt.

»Wart ihr auch am See?«, frage ich stattdessen.

»Nein, heute nicht«, antwortet Luca, ohne den Blick zu mir zu wenden, er schaut durchs Seitenfenster, dahin, wo die Äcker und Felder sind, noch nicht alle wurden abgeerntet, der Kukuruz zum Beispiel steht noch da.

»Aber ihr geht manchmal?«

Luca zuckt mit den Schultern, ich sehe es im Rückspiegel.

Ich lasse das Auto weiter durch die Dunkelheit gleiten. Bis ich bemerke, dass es jetzt Luca ist, der mich beobachtet. Unsere Blicke treffen sich.

»Mama?«

In mir ist eine leise Hoffnung, dass sich die ganze Warterei ausgezahlt hat. Dass ich nichts kaputtgemacht habe. Dass mein Kind weiß, was richtig ist, weil wir es so erzogen haben.

»Warum magst du die Oma nicht?«

»Was?« Die Frage trifft mich unerwartet. »Wieso glaubst du das?«

»Du bist immer sauer auf sie.«

»Das stimmt nicht«, sage ich, bin mir aber selbst nicht so sicher.

»Ach so«, sagt Luca und scheint sich mit der Antwort zufriedenzugeben. Seine Aufmerksamkeit wandert wieder zum Fenster. Er sieht müde aus. Der Tag bei Oma und Opa, die frische Luft, das reichhaltige Essen. Vielleicht weiß er gar nicht, was er mit seinen Aussagen auslöst. Vielleicht sind es wirklich nur kindliche Beobachtungen, die er mit seiner Mutter teilt. In mir spüre ich eine wachsende Unruhe, ich muss mich bemühen, nicht meinen Gedanken nachzuhängen, sondern mich auf das Fahren zu konzentrieren. Es könnte jederzeit ein Tier auf die Fahrbahn springen. Gerade um diese Uhrzeit.

17

Ich öffne die Tür unserer Wohnung und lasse Luca an mir vorbei in den Vorraum. Es war nicht abgesperrt. Ich setze mich hin, und anstatt einfach aus den Schuhen zu schlüpfen wie sonst, öffne ich die Schnürsenkel, einen nach dem anderen. Danach ordne ich noch die Schuhe auf der Ablage und höre, wie Luca Jakob sagt, dass er heute noch gar nicht ferngesehen hat. Sekunden später ertönt die Signation, das eingängige Ba-Bamm. Im Badezimmer lasse ich mir das Wasser über die Hände laufen, länger als nötig, und spüre, wie Jakob in der Tür auftaucht, spüre es, noch bevor ich den Blick hebe und ihn im Spiegel sehe. Ich drehe mich nicht um, muss es nicht, vor mir sein Gesicht und mein Gesicht, meines zwar durch die Perspektive viel größer, aber doch, nebeneinander.

»Wie ist es ihm heute in der Schule ergangen, hat er was erzählt?«, fragt er mich.

Es ist leichter, weil ich ihm nicht direkt in die Augen sehe, weil der Spiegel dazwischen ist. »Nicht viel«, sage ich.

Ich habe Jakob gebraucht, um mir das Lügen abzugewöhnen. Am Anfang unserer Beziehung habe ich nicht verstanden, warum er wütend geworden ist, wenn er mich beim Lügen ertappt hat. Es waren Kleinigkeiten, wirklich nichts Großes. Ist doch egal, sagte ich. Eine Lüge ist besser, als jemandem wehzutun. Eine Lüge bewahrt einen davor, komplizierte Sachverhalte erklären zu müssen. In einer Lüge lässt es sich bequem leben. Ich drücke auf den Seifenspender, lasse das Wasser dabei weiterlaufen und verteile den Schaum zwischen meinen Fingern, so gründlich habe ich mir zuletzt zu Pandemie-Zeiten die Hände gewaschen.

Jakob setzt sich auf den Badewannenrand und seufzt. »Ich trau mich gar nicht, ihn zu fragen, wie es war. Aber er wirkt normal, oder? Das heißt doch bestimmt, dass alles gut ist?«

Der Schaum verschwindet nicht ganz im Ausguss. Ich presse meine Lippen zu einer Art hoffnungsvollem Lächeln zusammen, ich kann es nicht halten.

»Was meinst du damit, *alles gut*?«

Jakob sieht mich stumm an. Es liegt daran, wie ich es gesagt habe, fast tonlos, ein leises Zischen.

»Nichts ist gut, solange er nicht mit uns spricht.«

»Ich meinte, dass er in der Schule keine Probleme hat. Dass sie ihn nicht ausschließen. Nur das habe ich gemeint. Er wird schon reden, Pia. Das macht er immer, wir müssen ihm nur Zeit geben.«

Ich schüttle den Kopf. »Tu nicht so, als wüsstest du, was gerade passiert. Das wissen wir beide nicht. Wir waren nicht dabei.«

»Komm jetzt. Im allerschlimmsten Fall hat er einem Mädchen seinen Penis gezeigt. Das ist nicht cool, versteh mich nicht falsch, aber es ist auch kein Weltuntergang. Und hast du nicht gesagt, du glaubst sowieso, das Mädchen lügt?«

»Luca lügt«, sage ich, etwas zu laut.

Jakob schaut in den Flur, im Hintergrund ist die dumpfe Geräuschkulisse der Serie zwei Räume weiter zu hören, er schiebt mit seinem Fuß die Türe zu, bevor er aufsteht, mich bei der Hand nimmt und zu sich dreht. Ich schaue stur auf unsere Füße.

»Schweigen ist nicht lügen.« Er berührt mich mit seiner Hand am Kinn, jetzt kann ich nicht mehr anders, als ihm in die Augen zu sehen.

»Was, wenn da mehr war. Wenn er ihr nicht nur seinen Penis gezeigt hat. Was, wenn das Mädchen sich nicht traut, alles zu erzählen.«

Jakob sieht mich an, als würde er mich nicht erkennen.

»Das ist nicht dein Ernst.«

»Ich halte das nicht aus, ich muss wissen, was passiert ist. Ich muss es einfach wissen.«

Wir zucken beide zusammen, als wir Lucas Stimme hören.

»Mamaaa! Darf ich noch eine schauen?«

Um mich zu entziehen, setze ich mich zu Luca vor den Fernseher. Auch in meiner Familie wurden wir bestraft, wenn wir beim Lügen erwischt wurden, aber dann gab es einen Abend Fernsehverbot oder keinen Nachtisch. Insgeheim spürten wir, dass Lügen nicht als etwas Schlimmes angesehen wurde. Mutter log ständig. Sie hatte mir erklärt, was eine Notlüge war, dass man sie benutzen konnte, um andere nicht zu verletzen oder um den Schein zu wahren. Schließlich gibt es Sachen, die Fremde nichts angehen. Manches ist auch einfach zu kompliziert, um es zu erklären.

Damit Jakob in Ruhe zu Abend essen kann, begleite ich Luca bei der Abendroutine. Er ist selbstständig und kann es allein, aber es ist gut, wenn jemand dabei ist, damit er sich nicht ablenken lässt oder vergisst, aufs Klo zu gehen, runterzuspülen, sich nochmal die Hände zu waschen. Ich beobachte ihn, wie er in seinen Pyjama schlüpft, er ist ganz konzentriert, eine Haarsträhne fällt ihm ins Gesicht. Ich habe das manchmal, da bekomme ich einen Kloß im Hals, wenn ich ihn ansehe. Dann muss ich mich kurz abwenden und schlucken, damit Luca es nicht bemerkt.

»Darf ich dich umarmen?«, frage ich ihn.

»Klar, Mama, du darfst mich immer umarmen.«

Er sitzt am Bett, ich knie davor und wiege ihn sacht. Es ist eine von diesen Umarmungen, in die man sich hineinfallen lassen kann.

»Kannst du mich fester halten?«

Ich drücke zu. Meine Muskeln spannen sich an. Das, was da zwischen meinen Armen ist, ist so wenig, der Körper so schmal, ich muss es festhalten, damit es mir nicht entgleitet. Werde wieder ein Teil von mir, denke ich – wenn das nur ginge.

»Mama«, er schnappt nach Luft. »Nicht *so* fest.«

Ich lasse los und in dem Moment kommt Jakob ins Zimmer, wir sehen beide zu ihm auf. Er bemerkt nichts. Setzt sich selbstverständlich auf den Bettrand und deckt Luca zu. Er fährt ihm durch die Haare.

»Was ist das?« Er zupft einen Klumpen getrocknete blaue Farbe heraus.

Luca erzählt, dass er mit Oma und Opa das Kinderzimmer gestrichen hat, blau, wie das Meer, wie der Himmel – wie der Waldsee, denke ich und korrigiere mich gleich, der Waldsee ist grün und schwarz von all den Bäumen rundherum, die sich in seiner Oberfläche spiegeln.

Er erzählt, wie sie im Baumarkt waren, dass er die Farbe ausgesucht hat.

»Und das ist sich alles ausgegangen«, wundert sich Jakob.

»Ja«, sagt Luca. »Natürlich.«

»Seid ihr gleich nach der Schule in den Baumarkt?«

Luca nickt und hat ein Lächeln auf den Lippen, mit dem er Jakob so ähnlich sieht, nicht die Gesichtszüge, aber der Ausdruck, diese Harmlosigkeit in Person. Wie geht das? Haben sie das gleiche Lächeln oder ist es so, dass Luca es sich abgeschaut hat, um den gleichen Eindruck zu erwecken?

»Er lügt«, sage ich und erhebe mich vom Bett.

Während Jakob sich besorgt zu mir dreht, ändert sich in Lucas Gesicht nichts. Die Mundwinkel zittern nicht einmal kurz. Er kommt mir vor wie ein Roboter.

»Luca war heute nicht in der Schule.«

Noch immer keine Reaktion.

»Was? Wo war er dann?« Jakob schiebt die Augenbrauen zusammen.

»Bei meinen Eltern.«

»Wieso war er nicht in der Schule?«

Warum reagiert Luca nicht? Es ist, als würde er abwarten, wie sich unser Gespräch entwickelt, bevor er sich für eine Strategie entscheidet.

»Ist doch egal. Es geht darum, dass er so tut, als wäre er in der Schule gewesen. Wie sollen wir ihm noch irgendetwas glauben, wenn er uns nicht die Wahrheit sagt?«

Jakob schüttelt langsam den Kopf. »Du bist ja ein tolles Vorbild.«

»Ich bin seine Mutter«, sage ich und klinge dabei wie meine Mutter.

Jakob atmet ein und behält die Luft kurz drinnen, wahrscheinlich, um sich selbst zu beruhigen. Wir beide bemühen uns, nicht vor Luca zu streiten. Oft genug gelingt es uns nicht. »Lass uns später reden.«

»Nein«, sage ich. »Merkst du nicht, dass das alles nicht funktioniert?« Dieses Kind. Es hat uns durchschaut, es weiß genau, wie ahnungslos wir sind, und das nutzt es aus. Ich wende mich jetzt direkt an Luca: »Du brauchst gar nicht so unschuldig tun. Glaub mir – hier wird sich jetzt einiges ändern!«

»Stopp!« Jakobs Stimme ist fest und laut. »Pia, es reicht.«

Da ist noch so viel in mir, das an die Oberfläche möchte, das rausmuss. Es kanalisiert sich in einem dumpfen Schrei. Jetzt endlich zuckt Luca zusammen. Ich schnaube und wende mich ab. Soll er. Soll Jakob sich um alles kümmern. Viel Glück dabei.

Ich starre auf den Couchtisch, da sind ein paar Kratzer und er müsste mal wieder geputzt werden. Aber die Abdrücke von den Wassergläsern gehen sowieso nicht mehr weg. Ich könnte versuchen, mit einer Walnuss darüberzureiben, die Brösel verschließen kleine Risse und das Fett bringt das Holz zum Glänzen. Oder schleifen und einölen. Ich versuche, mein Glas genau auf einen der Kreise zu schieben. Diese Spuren ähneln Falten, die sich über die Zeit in Gesichter eingraben und die Geschichte eines gelebten Lebens erzählen. Eigentlich stören sie mich nicht, ich mag es, wenn man Sachen ansieht, dass sie benutzt werden.

Die Tür zum Flur ist wie immer offen, ich habe sie beim Rausgehen nicht hinter mir zugemacht. Türenknallen, das gab es bei uns zuhause nicht. Ich kann hören, wie Jakob und Luca im Kinderzimmer miteinander sprechen. Ich kann nicht hören, was sie sagen, nur an der Stimmmelodie erkenne ich, dass Jakob jetzt vorzulesen beginnt.

»Das war ein kurzes Buch«, sage ich, als er ins Zimmer kommt.

»Wir haben nicht gelesen«, sagt er.

»Sondern?«

»Gebetet.«

»Was, du hast gebetet?«

Jakob zuckt mit den Schultern.

»Was habt ihr gebetet?«

Er deutet ein Kopfschütteln an.

»Sag schon!«

»Ist doch egal«, sagt Jakob.

»Bitte«, sage ich.

Jakob atmet einen Schwall Luft aus.

»Ich liege, Herr, in deiner Hut
und schlafe ganz mit Frieden.
Dem, der in deinen Armen ruht,
ist wahre Rast beschieden.
Du bist's allein, Herr, der stets
wacht, zu helfen und zu stillen,
wenn mich die Schatten finstrer
Nacht mit jäher Angst erfüllen.«

Ich muss an das Gebet denken, das wir als Kinder immer vor dem Schlafengehen gesprochen haben. »Mein Herz ist klein, darf niemand hinein, nur du mein liebes Jesulein.« Erst später habe ich erfahren, dass es gar nicht »mein Herz ist klein«, sondern »mein Herz ist rein« heißt. Wir haben immer falsch gebetet.

»*Wenn mich die Schatten finstrer Nacht mit jäher Angst erfüllen*«, wiederhole ich. »Das ist ziemlich treffend.«

»Es ist halt ein Gebet.« Jakobs Eltern haben ihn zum Ministrieren gezwungen. »Sätze, die hängenbleiben, die man nicht mehr loswird, wie einen Ohrwurm.«

»Also hat Gott dich nicht getröstet in der Nacht, wenn du Angst hattest als Kind?«, frage ich.

»Nein«, sagt Jakob. »Dich?« Seine Stimme hat mit einem Mal einen harten Unterton.

Ich denke an Romi, die zu mir ins Bett gekrochen kam. An ihre kalten Füße, die sie zwischen meinen Oberschenkeln einklemmte.

»Pia, das geht so nicht«, sagt er. »Ich kann nicht zulassen, dass du dein Kindheitstrauma an unserem Sohn auslässt.«

»Mein Kindheitstrauma?«

»Ich will mir gar nicht vorstellen, wie das ist, eine Schwester zu verlieren. Und dann hast du gestern auch noch von Romi angefangen. Sie spuken dir im Kopf herum. Deswegen bist du so angespannt mit Luca.«

»Nein«, sage ich laut, weil ich nicht will, dass er recht hat. »Das hat hiermit überhaupt nichts zu tun. Mir spukt niemand im Kopf herum.«

»Warum dann dieses Misstrauen?«

»Ich wollte Luca in die Schule bringen«, sage ich. »Ehrlich.«

»Aber?«, fragt Jakob.

Ich schaue ihn an, wie er da in der Tür steht. Sein Aber klingt nicht vorwurfsvoll, er will es wirklich verstehen. Gleichzeitig spüre ich das Pochen an meiner Schläfe, denke an das nasse Bettlaken und frage mich, ob er es überhaupt verstehen kann, selbst wenn ich versuchen würde, es ihm zu erklären. Trotz seines Einfühlungsvermögens und der Bücher, die er gelesen hat, es gibt Dinge, die er sich mit seiner Bullerbü-Kindheit einfach nicht vorstellen kann.

Ich deute Jakob, dass er sich neben mich setzen soll. Er zögert, aber dann folgt er meiner Einladung.

»Ich weiß nicht mehr, was ich tun soll. Wir können ihn doch nicht in die Schule schicken, wenn er uns nicht die Wahrheit sagt.«

Jakob zögert. »Er hat mir alles erzählt.«

»Was? Wann?«

»Jetzt. Gerade eben.«

18

Die Mutter erzählt uns Geschichten. Von den Kindern, die in den verbotenen Garten gehen und dort einen Riesen finden, der eigentlich gar nicht böse ist, nur unverstanden. Von den drei Schwestern, die mit einem gläsernen Herzen geboren werden, das der ältesten zerspringt, das der mittleren bekommt einen Knacks und die jüngste einen Ehemann, der Glaser ist. Die Schwester mit dem Sprung im Herzen lebt am längsten, weil das manchmal so ist, bei Sachen, die einen Sprung haben, sagt das Märchen, sie überdauern. Ich denke mir, vielleicht nur deshalb, weil man besser auf das aufpasst, was man schon einmal fast verloren hat.

Das Lieblingsmärchen von uns Großen ist *Schneeweißchen und Rosenrot*, die beiden Schwestern sind wie wir, ich bin die Helle, blond und blass, und Romi die Dunkle. *Frau Holle* mögen wir nicht, weil Pechmarie mit Pech übergossen wird, und *Aschenputtel* auch nicht, weil sich da die Schwestern Zehen und Fersen abschneiden müssen. Wir gehen Hand in Hand durch den Wald, während unsere Mutter erzählt. Sie hat immer eine Geschichte für uns, wenn sie uns schlafen legt, bewegen sich nur ihre Lippen, das restliche Gesicht bleibt reglos, die Augen geschlossen, die Worte geflüstert, so gehen sie noch tiefer unter die Haut. Lindas Lieblingsmärchen ist *Brüderchen und Schwesterchen*, weil das Brüderchen aus der verbotenen Quelle trinkt und sich in ein Reh verwandelt. Nach Lindas Tod erzählt uns Mutter keine Märchen mehr.

Warum hat sie aufgehört zu erzählen? Als Kind fühlte es

sich wie eine Strafe an, als wäre mit Linda auch Mutters Liebe zu uns gestorben. Nur ganz langsam ist sie zurückgekommen, in einer Geste, in einem Wort. Aber nicht die Geschichten. Heute denke ich, dass es am Ende liegt, an der Behauptung, dass Dinge immer aus einem Grund passieren. Eine Geschichte muss Sinn ergeben. Aber welchen Sinn hat schon der Tod eines Kindes? In den Märchen, so schrecklich sie auch sind, gewinnt am Ende das Gute.

Jakob erzählt mir auf dem Sofa, was Luca gesagt hat, er erzählt es mit großer Erleichterung. Dass es nicht Lucas Idee gewesen sei, er habe Alena nicht in der Klasse behalten. Sie hatte es vorgeschlagen, mit ihm gewettet, dass er sich nicht traut. Ich stelle mir die beiden Kinder in der leeren Klasse vor, wie das Mädchen vor ihm steht, während er seine Hose aufknöpft. Wie er ihr etwas beweisen möchte. Es ist nicht schwer, dieser Version der Geschichte zu glauben. Es würde zu Luca passen, ich denke an die zu heiße Badewanne, an das Kind mit dem Bienenstich. Jakob glaubt ihm, natürlich glaubt er ihm, wie er ihm alles glaubt. Und auf dem Sofa habe auch ich erleichtert aufgeatmet und genickt, als Jakob gesagt hat: »Siehst du, ich habe es doch gesagt, wir können Luca vertrauen, er ist ein gutes Kind.«

19

Zuerst erkenne ich Mattis, er trottet mit hängendem Kopf neben seiner Mutter durch die Fußgängerzone. Sophies Blick streift die Auslage, ich springe auf und winke ihr zu, ganz automatisch, erst dann fällt mir unser Telefonat ein. Noch immer weiß ich nicht, was in der Elterngruppe über uns geschrieben wird. Ich stelle mir vor, wie sie Luca verurteilen. Wie sie schreiben, dass er immer schon ein seltsames Kind war. Ich schlucke. Sophie hat sich für die Seite der anderen entschieden. Sie hält inne und überlegt, weiterzugehen. Dann gibt sie sich einen Ruck und zieht Mattis hinter sich her in den Laden.

Es ist ungewöhnlich, dass ich samstags hier bin, Herr Eduard weiß, dass wir die Wochenenden als Familie verbringen. Es hat ihm auch leidgetan, als er mich heute früh mit heiserer Stimme aus dem Bett geklingelt hat, und ich habe ihn in dem Glauben gelassen, dass ich ihm einen Gefallen tue, obwohl es eigentlich umgekehrt ist.

Mattis' Miene hellt sich auf, als er mich erkennt. »Ist Luca da«, fragt er hoffnungsvoll. Auf mein Verneinen schaut er sich im Laden um.

»Nichts anfassen«, sagt Sophie.

»Ist schon okay«, sage ich. »Wenn die Möbel keine Kinder aushalten, sollten wir sie sowieso nicht verkaufen.«

»Sei trotzdem vorsichtig«, sagt sie an Mattis gewandt.

Luca ist schon von klein auf im Laden herumgeflitzt, hat sich hinter den großen Truhen versteckt und sein Spielzeug überall verteilt. Lange hat er geglaubt, dass wir reich sind, weil wir, im Gegensatz zu seinen Freunden, den Schlüssel zu diesem Laden besitzen, den er benutzen darf wie einen Spielplatz. Manchmal zeige ich ihm einen ganz besonderen Schatz, ein Geheimfach in einem Sekretär oder einen doppelten Boden, damit kann ich ihn noch heute verzaubern. Als Kind war ich genauso. Am Sperrmülltag bin ich durch die Straße unseres Dorfes gelaufen und habe die ausrangierten Dinge unserer Nachbarn durchgesehen. Was mir gefallen hat, habe ich mitgenommen und damit mein Kinderzimmer dekoriert. Meinem Vater war das nicht recht, aber Mutter ließ mich machen. Er ging dann abends zu den Nachbarn, um ihnen Geld anzubieten. Er wollte niemandem etwas schuldig sein. Behalten habe ich aus dieser Zeit das Nachtkästchen neben unserem Bett und eine Schatulle für meinen Schmuck.

Sophie hat ihre Hände in die Taschen ihres taubenblauen Herbstmantels gesteckt und lässt den Blick über die Möbel wandern. An dem Zug um ihre Augen erkenne ich ihre Anspannung. Ich rede mir ein, dass sie sich sorgt, Mattis könnte etwas kaputt machen. »Ich war noch nie hier«, sagt sie und klingt selbst überrascht.

Ich habe ihr Haus vor Augen, das sehr ästhetisch eingerichtet ist, skandinavisch, im gleichen Stil wie ihre Kleidung, zeitlose Designklassiker aus hochwertigen Materialien, aber immer die neu aufgelegte Variante und nicht das Original. Das ist mir schon aufgefallen, als ich mich zum ersten Mal auf ihren Lounge Chair von Eames gesetzt habe.

»Magst du keine Antiquitäten?«

»Schön sind sie schon. Aber ich tu mich schwer mit Secondhand. Wenn ich nicht weiß, wer die Sachen vor mir besessen hat. Was sie damit gemacht haben und wie sie damit umgegangen sind.«

»Das ist genau der Grund, warum ich alte Möbel mag. Ich

überlege mir gerne ihre Geschichten, was sie erlebt haben, bevor sie hier gelandet sind.« Ich spüre, wie meine Wangen rot werden. Das habe ich noch nie laut ausgesprochen.

Sophie scheint es nicht zu stören, sie nickt in Richtung eines Briefbeschwerers, behält die Hände weiterhin in den Taschen, als wollte sie bloß nichts berühren. Es ist ein goldener Löwenkopf, der auf einer Kommode thront und den ganzen Laden überblickt. »Was ist mit dem?«

Ermutigt von ihrem Nicken sage ich: »Damit hat eine Gräfin ihren Ehemann erschlagen und es dem Butler in die Schuhe geschoben.«

Sophie schmunzelt. »Jetzt weiß ich, woher Luca seine Fantasie hat.«

Ich schmunzle auch, frage mich aber gleichzeitig, ob das etwas ist, das gegen uns verwendet werden kann. Lucas lebhafte Fantasie, sie könnte ein Grund sein, dass die anderen davon ausgehen, dass alles seine Idee gewesen ist. Und dass er lügt, jetzt, da er es abstreitet.

»Wir besorgen Mattis neue Wintersachen, aus dem letzten Jahr passt ihm fast nichts mehr.« Sie seufzt. »Aber ich glaube, wir müssen doch nach Wien fahren.«

»Schon schade, dass es hier bei uns keinen Laden mit schönen Kindersachen gibt.«

Sophie nickt. Sicheres Smalltalk-Terrain. Bis hierher.

»Mattis hat erzählt, dass Luca krank ist.«

Ich bilde mir ein, einen Unterton in ihrer Stimme zu hören, und denke an Frau Bohles Anruf von gestern. Alle sind misstrauisch uns gegenüber, dabei haben sie uns zuerst ausgeschlossen. Wir haben guten Grund, Luca nicht in die Schule zu schicken. Wer weiß, was ihn da erwartet.

»Ja«, sage ich, vielleicht etwas schroff. Sophies Augenbraue zuckt. »Warum sollten wir ihn sonst zuhause lassen?«

»Na ja, nach so einer Aufregung.«

»Er ist aber krank.«

Sie atmet ein. Da ist etwas, was sie mir sagen will.

»Was?«, frage ich.

»Es ist das Timing«, sagt Sophie.

»Das Timing. Ja, eben. Ist es nicht nachvollziehbar, dass ein Kind auf sowas mit Krankheit reagiert?«

»Doch.« Sophie zögert, dann sagt sie es. »Man kann es nur auch als Schuldeingeständnis sehen, dass ihr ihn zuhause gelassen habt, zur Strafe oder so.«

Mir wird gleichzeitig heiß und kalt. »Bullshit.«

Sophie kommt einen Schritt näher, kurz glaube ich, sie will mich umarmen, dann bleibt sie stehen, vielleicht, weil ich meine Lippen fest aufeinanderpresse.

»Wenn du es genau wissen willst«, sage ich. »Luca hat erzählt, dass Alena mit ihm gewettet hat, sie hat es vorgeschlagen und wollte sehen, ob er sich traut. Aber weil er ein Junge ist, gehen alle davon aus, dass es seine Idee war.«

Ich versuche, Sophies Blick zu deuten. Ist es Mitleid? Mitleid mit der Mutter, die den Lügen ihres Sohnes so unbedingt glauben will?

»Alenas Eltern kann ich ja verstehen, aber keiner hat uns wieder zur Elterngruppe hinzugefügt oder wenigstens informiert, dass wir ausgeschlossen wurden.« Jetzt ändert sich ihr Gesichtsausdruck, ihr Mund wird schmal. »Du willst mir ja auch nicht zeigen, was da getratscht wird.« Ich setze noch eins drauf. »Sei bloß froh, dass sich Alena nicht Mattis ausgesucht hat.«

»Also glaubst du Luca.«

Meine Hände umgreifen meinen Körper fester. »Natürlich glaube ich ihm!«

Plötzlich hören wir ein lautes Scheppern, unsere Köpfe drehen sich automatisch in die Richtung, aus der es kommt, wir scannen den Raum auf Gefahrenquellen ab, wie es Eltern tun, wenn sie bemerken, dass sie ein Kind für zu lange Zeit aus den Augen verloren haben.

»Mattis«, sagt Sophie streng, der Schrank versperrt uns die Sicht, ich gehe Sophie hinterher und sehe die Scherben am Boden. Sophie schlägt ihre Hände vor dem Mund zusammen. »Ich habe gesagt, du sollst aufpassen!«

Mattis schaut von den Scherben auf, seiner Mutter ins Gesicht, es passiert wie in Zeitlupe, dann beginnt er zu lachen. Ich sehe, wie Sophie ihn anstarrt. Ich kenne diese Momente der Fassungslosigkeit und Ohnmacht, wenn das eigene Kind sich so unerwartet verhält, dass es einem kurzzeitig zu entgleiten scheint. Aber ich weiß auch, dass es meistens nicht aus Boshaftigkeit geschieht, sondern aus Scham oder Überforderung.

»Du entschuldigst dich sofort!«

Doch Mattis entschuldigt sich nicht, er dreht sich um und nimmt Reißaus, verkriecht sich zwischen den Möbeln. Sophie blickt zu mir, sie seufzt tief. »Ich bezahle das.«

»Musst du nicht«, sage ich. »Es war ja keine Absicht.«

Ich gehe in den Raum hinter der Kasse und hole Schaufel und Besen. Als ich zurückkomme, sind Mattis und Sophie dabei, die Scherben aufzuheben, Mattis laufen stumme Tränen über das Gesicht.

»Entschuldigung«, murmelt er, ohne mich anzusehen.

Er tut mir leid, Sophie tut mir auch leid. Ich knie mich zu ihnen, suche ihren Blick, sie erwidert ihn und seufzt.

»Ich weiß«, sage ich. »Sie sind kleine Monster.«

Sophie müht sich ein Lächeln ab. »Allerdings!«

Während ich die Scherben in den Müll werfe, behält Sophie Mattis an ihrer Hand.

»Ich habe mich nicht absichtlich nicht bei dir gemeldet.« Es klingt aufrichtig, und obwohl es nicht stimmt, ist es das im Nachhinein vielleicht auch.

»Es ist okay«, sage ich. »Wahrscheinlich ist es zu viel verlangt, bloß weil unsere Kinder befreundet sind.«

»Nein«, sagt Sophie. »Das ist vielleicht bei den anderen Eltern so. Dich sehe ich als Freundin.«

Sie zögert nur kurz, bevor sie ihr Telefon hervorzieht. Sie entsperrt es, öffnet eine App und reicht es mir. Der Elternchat. Sie lässt nicht gleich los. »Überzeug dich selbst, es ist alles halb so wild.«

20

Ich rede selten über meine Schwestern. Wenn mich jemand fragt, ob ich Geschwister habe, sage ich je nachdem, wer es ist, einfach nein oder, wenn es sein muss, ja, aber die eine ist gestorben und zu der anderen habe ich keinen Kontakt. Oh, sagt mein Gegenüber dann. Und ich sage, das ist alles schon so lange her – als würde es das weniger schmerzhaft machen. Aber der Schmerz ist relativ wie die Zeit. Wenn es noch ganz frisch ist, ist es schwer, die Ausmaße des Geschehen zu begreifen, was es bedeutet, jemanden nie wieder zu sehen. Nie wieder. Die Worte klingen in meinem Kopf. Alle Eltern kennen diese Sorge, aber ich weiß, wie schnell es gehen kann. Linda war da und dann war sie nicht mehr da. Ihre Zahnbürste stand noch im Becher, der Lutscher unter ihrem Kopfkissen, den sie sich aufheben wollte, ihre Schuhe im Vorraum. Erst nach und nach sind diese Dinge verschwunden. Bei Romi war es anders, sie hat alles mitgenommen, was ihr wichtig war.

Von Linda habe ich mich verabschiedet, weil was ist ein Begräbnis sonst als eine Abschiedszeremonie? Zu Romi habe ich nie Lebewohl gesagt. Es sind unterschiedliche Verluste, der Schmerz ist nicht der gleiche. Der eine ist ein Echo, der andere eine Frage, die mich immer begleitet. Beides schiebe ich zur Seite. Weil es einfacher ist: nicht darüber zu reden. Es bei dem betroffenen Oh meines Gegenübers zu belassen und das Thema zu wechseln. Die Erinnerungen hervorzuholen und sie zu betrachten geht nicht, ohne dass es wehtut. Aber der Schmerz hat keinen Platz im Hier und Jetzt. Er gehört in die Vergangenheit, in die erste Zeit nach Lindas Tod. Ins erste Jahr, als uns alle mit ihren traurigen Augen angeschaut haben.

Erst als Erwachsene habe ich begriffen, warum ich bei Lindas Beerdigung lachen wollte, was ich an ihren Blicken komisch gefunden habe. Sie waren traurig, aber nicht nur, da war noch etwas anderes, eine Neugier, die dahinter hervorschimmerte. Wo haben sie denn hingesehen? Nicht zu dem Sarg, in dem Linda lag, sondern zu uns in der vordersten Kirchenbank. Ich will nicht mehr angesehen werden, ich will nicht im Zentrum der Aufmerksamkeit stehen. Aus Angst vor diesem Ausdruck beschwichtige ich. Es ist lange her.

Ich habe es meinen Eltern nachgemacht. Ich bin stumm geworden, habe die Geschichten in meinem Kopf behalten, die Worte nicht mehr ausgesprochen. Ich habe alles ganz tief in mir vergraben und der Deutung meiner Eltern geglaubt. Manchmal, unerwartet kommt etwas hervor. Dann wache ich mitten in der Nacht orientierungslos auf. Und sehne mich, in dem Moment, in dem ich erkenne, dass es nur ein Traum war, ganz schrecklich dorthin zurück. Oder damals auf dem Festival, wir waren auf dem Weg vom Zeltplatz zu den Konzerten, als ich zu weinen anfing und nicht mehr aufhören konnte. Ich kannte Jakob noch nicht lange, er wusste nichts von meiner Familiengeschichte, trotzdem ist er mit mir zurück ins Zelt gegangen und hat mich einfach festgehalten, während mich die Tränen so stark geschüttelt haben, dass ich kaum noch Luft bekam. Bestimmt habe ich es Jakob danach erklärt, aber daran erinnere ich mich nicht mehr. Nur an die Sprachlosigkeit, an die Unfähigkeit, während dieser Panikattacke die einfachsten Fragen zu beantworten.

Ich rede selten von meinen Schwestern, weil es keine Sprache dafür gibt, die sich richtig anfühlt. Denn ich kann nicht darüber reden und bei mir bleiben. Unweigerlich, noch bevor ich zu sprechen beginne, bin ich bei meinem Gegenüber und frage mich, was es von mir erwartet. Soll ich tapfer sein? Tragisch? Soll meine Stimme brechen, während ich mit den Tränen kämpfe? Manchmal, wenn ich beobachte, wie das Gesicht mir gegenüber traurig wird, frage ich mich, ob ich selbst zu wenig trauere. Immer wenn ich versucht habe, darüber zu reden, habe ich mich danach schlecht gefühlt. Jedes Mal hatte ich das Gefühl, der anderen Person nicht das gegeben zu haben, was sie von mir erwartete. Und dann komme ich da nicht mehr raus. Denn es gibt auch kein befriedigendes Ende für das Gespräch, keinen sinnvollen Themenwechsel. Am Ende ist da immer Schweigen. Nur: Es ist schon so lange her, dieser Satz rettet mich in die Gegenwart.

21

Ich bin nach der Arbeit nicht nachhause gefahren, sondern hierher. Als Kind kam es mir so vor, als würde der See nur uns gehören. Natürlich stimmte das nicht. Der Wald gehört dem Bauern Schenk, der den See mit einem Bagger ausgegraben hat. An den Seiten wird er schnell tief. Ich blicke auf die Oberfläche. Nur durch das Glitzern kann ich den Spiegelwald im See von dem richtigen Wald unterscheiden. Die Wasseroberfläche gaukelt eine Tiefe vor, eine Welt hinter der Welt, die gar nicht so viel anders ist, nur glitzernder. Eine Welt, in der Linda noch am Leben sein könnte. Aber das Gefüge ist sensibel, die Illusion hält nur, solange die glatte Struktur der Oberfläche nicht zerstört wird. Der leichteste Windstoß kann ausreichen, um diese Welt erzittern zu lassen. Ein Blatt, das von einem der Bäume fällt. Ein Vogel, der kurz eintaucht, um einen Wasserläufer zu erwischen. Ein einzelner Regentropfen. Wie wenn ich mir einrede, dass Linda in einer anderen Stadt wohnt. Auch diese Illusion hält nie lange stand.

Jakob und Luca warten zuhause auf mich. Etwas hat mein Auto hierhergelenkt. Vielleicht dachte ich, der See hilft mir beim Nachdenken. Es war Birgit, Alenas Mutter, die uns aus dem Chat entfernt hat. Ob irgendjemand Ähnliches zu berichten habe, hat sie gefragt. Es gab keine Vorverurteilung, niemand wusste etwas. Sie haben sich tatsächlich nur darüber echauffiert, dass wir Luca zuhause gelassen haben. *Und dann lassen sie ihn einfach zuhause, als wären Schulferien ...* Es ist lächerlich, aber ich will mich rechtfertigen.

Mit hochrotem Kopf habe ich Sophie ihr Telefon zurückgegeben und mir ein Lächeln abgemüht. »Wirklich nicht so schlimm.« Eine Mutter hat geschrieben, dass sie sich so etwas bei Luca nur schwer vorstellen kann, gerade bei ihm, wo er doch so einen engagierten Vater hat. Es braucht wirklich nicht viel, um als guter Vater zu gelten. Schon allein, dass Jakob im Chat war, unterschied ihn von den anderen Männern.

Aber ich weiß, dass mein Gefühl stimmt, dass da noch mehr ist, dass Luca etwas verschweigt. Jakob liegt falsch, wenn er sagt, dass Schweigen nicht Lügen ist. Schweigen ist noch schlimmer. Ich weiß, wovon ich rede. Ich schaue auf das Schild, das es schon gibt, seit ich denken kann. *Privateigentum. Betreten verboten.* Niemand hat sich je daran gehalten. Der alte Schenk hat es nur deshalb aufgestellt, damit ihm niemand einen Strick drehen konnte, sollte einmal etwas passieren. Dann ist etwas passiert. Linda ist in den Waldsee gefallen und ertrunken. Aber wo genau, an welcher Stelle? Ich weiß nicht, was Romi gemacht hat, wie sie versucht hat, Linda zu retten, warum es ihr nicht gelungen ist. Ich habe mich so an das Schweigen gewöhnt, an all die ungeklärten Fragen. Ich kenne nur meine Perspektive. Ich durfte nicht nach draußen, weil ich mich von einer Krankheit erholte, deshalb spielten meine Schwestern alleine im Garten. Ich bin eingeschlafen, als ich aufwachte, war niemand mehr da. Nicht meine Schwestern, nicht meine Mutter. Nur die Haustür stand offen. Woran ich mich als Nächstes erinnere, ist, wie Romi hinter Tante Gerti ins Wohnzimmer trat. Etwas war anders. Trotzig darüber, dass sie gegangen waren, ohne mir Bescheid zu sagen, hatte ich mich vor den Fernseher gesetzt. Romis Kleidung war nicht nass. Es kommt mir falsch vor. Alles kommt mir so falsch vor.

Ich höre ein Knacken links von mir. Schritte, die näher kommen. Ich drehe mich um. Sie wirkt fremd – aber es ist sie, ich erkenne ihre türkise Fleecejacke. Immer sportlich, immer fröhlich bunt. Ich brauche einen Moment, bis ich es benennen kann. Deswegen halte ich still. Sie sieht mich nicht. Dann weiß ich es. Ihre Körperspannung, normalerweise tadellos, ist verschwunden. Sie ist in sich zusammengesunken – in sich versunken. Sie wirkt alt, nicht jugendlich wie sonst, sogar älter, als sie wirklich ist. Ihr Blick streift den See. Wie bei einem Reh, das beim selbstvergessenen Asen plötzlich den Kopf hebt, ist auch in ihrem Körper die Spannung sofort zurück, als sie mich erblickt. Da ist sie wieder. Meine Mutter streckt ihren Arm weit in die Höhe.

»Pia!«, ruft sie und kommt mit langen Schritten näher. »Was machst du denn hier?«

Wir gehen nebeneinander her und ich frage mich zum ersten Mal in meinem Leben, wer sie ist, wenn ich nicht da bin. Ich kenne es von mir, wie ich mich gebe, hängt auch von meinem Gegenüber ab. Ein Mensch zu sein, der in sich ruht, das war immer mein Wunsch. Bis heute habe ich mich dem nicht nennenswert angenähert. Aber dass meine Mutter vor mir eine Maske trägt, dass es sie anstrengen könnte, so gelassen und zuversichtlich zu sein, auf die Idee bin ich bisher nicht gekommen. Ich schiele zu ihr. Kurz überlege ich, zu behaupten, ich hätte geklopft und keiner hätte aufgemacht. Aber ich weiß nicht, ob sie schon lange genug im Wald unterwegs ist. Ich sage, ich sei zum Nachdenken hergekommen.

»So einen schönen Herbst hatten wir schon lange nicht«, sagt meine Mutter und saugt die Luft ein.

»Ich denke über Linda nach«, sage ich.

»Sie ist hier bei uns im Wald, da bin ich mir ganz sicher.«
Ich seufze.

»Findest du den Gedanken nicht schön?«

Nein, ich finde den Gedanken nicht schön. Ich will nicht, dass uns die Toten zusehen müssen. Aber sie tröstet es.

»Doch«, sage ich. »Aber ich meine es ganz konkret. Ich denke darüber nach, was damals passiert ist, hier. An dem Tag, an dem sie gestorben ist.«

»Ach, Pia. Das bringt doch niemandem etwas. Erinnere dich doch lieber daran, wie lustig sie war. Weißt du noch, wie sie bei fast jedem Essen ihr Glas umgestoßen hat? Wenn sie es doch einmal geschafft hat, dass nicht alles nass wird, hast du ihr applaudiert. Ihr wart beide so liebe Kinder. Weißt du nicht mehr?«

»Mama, ich weiß nicht, wie sie gestorben ist. Und wir waren drei liebe Kinder.«

»Komm, du weißt doch, dass sie ertrunken ist.« Unmut mischt sich in ihre Stimme.

»Ich meine, was genau war, hier am See.«

Sie sieht mich an.

»Hat Romi dich geholt? Hat sie um Hilfe geschrien?«

Ich sehe ihr an, wie die Erinnerung in ihrem Kopf Gestalt annimmt. Ihr Mund öffnet sich, als wollte sie etwas sagen. Doch dann schüttelt sie den Kopf.

»Erzähl es mir, Mama.«

»Nein.«

»Nein?« Ich bin es nicht gewohnt, dieses Wort aus ihrem Mund. Sie bekommt immer, was sie will. Aber sie ist geschickter, als es direkt auszusprechen.

»Ich will nicht darüber reden«, sie atmet ein, »nicht an so einem schönen Tag. Hör doch mal, wie der Wind durch die Bäume weht. Luca soll bald wiederkommen. Der Wald ist im Herbst am allerschönsten.«

22

Wir sitzen am Frühstückstisch. Linda ist vier Jahre alt, sie trägt den Pullover mit den Hasenohren. Ihr Mund ist verschmiert von der Marmelade, die wir jeden Tag auf Butterbrot zum Frühstück essen, dazu ein Glas Milch. Ihre Haare sind noch unfrisiert. Mutter hat gerade meine Temperatur gemessen. Romi findet es unfair, dass ich noch einen Tag zuhause bleiben darf, ich bin doch schon wieder gesund. Anstatt mich zu verteidigen, bemühe ich mich, besonders erschöpft und krank auszusehen. Beim Schuheanziehen murrt Romi weiter. Linda schlüpft verkehrt herum in ihre Stiefel, Mutter kniet sich hin, um ihr zu helfen, da reißt sich Romi die Mütze vom Kopf und verkündet, dass sie auch zuhause bleibt.

»Jetzt ist aber Schluss. Ein für alle Mal.«

Es dauert, bis Mutters Geduldsfaden reißt, aber wenn sie doch einmal laut wird, ist es ratsam, zu folgen. Das weiß auch Romi, die es sich verkneift, noch eins draufzusetzen. Die Mütze aber behält sie in der Hand, als Mutter die beiden aus der Tür hinausscheucht. Romi dreht sich noch einmal um und ich strecke ihr meine Zunge heraus. Dann fällt die Tür ins Schloss und ich bin alleine. Vater ist schon nicht mehr da, wenn wir aufwachen, und oft kommt er erst nach dem Abendessen nachhause. Dann bekommt er noch einen Gute-Nacht-Kuss und ab ins Bett mit uns.

Das Haus klingt anders am Vormittag. Ich liege auf der Couch und darf einen Zeichentrick nach dem anderen schauen. Normalerweise ist die Fernsehzeit streng limitiert. Abwechselnd suchen wir eine Sendung pro Tag aus der Programmbeilage der Zeitung aus, die wir mit Kuli einkringeln. Zwieback und Früchtetee stehen in meiner Griffweite. Ich höre Mutter in der Küche rumoren, der Geruch von frisch geschnittenen Zwiebeln findet seinen Weg bis zu mir ins Wohnzimmer. Es sind Gerüche und Geräusche, die ich normalerweise nicht bemerke. Wenn meine Schwestern nicht da sind, ist da viel mehr Platz für die Präsenz der Mutter, die das ganze Haus ausfüllt, da muss sie nicht einmal im selben Raum sein. Das Haus ist Mutter und Mutter ist Geborgenheit. Später setzt sie sich zu mir vor den Fernseher und schält Erdäpfel. Ich will mithelfen, noch mehr, weil ich nicht muss, und Mutter fragt sogar, bevor sie vom Kinderkanal zu einer Soap umschaltet.

Am Nachmittag muss ich auf mein Zimmer gehen, es ist Zeit, dass ich schlafe, während Romi und Linda im Garten spielen. Ich kann sie lachen hören. Ich steige auf Großmutters Lehnsessel mit dem rostroten Brokatbezug, sie hat ihn immer Fauteuil genannt und ich habe mit der Hand den Stoff gestreichelt. Als Großmutter gestorben ist, hat sie ihn mir vermacht und ich habe gebettelt und gefleht, dass er in meinem neuen Zimmer stehen darf, bis Vater einwilligte. Von hier aus kann ich meine Schwestern durch das schräge Fenster im Dach beobachten. Sie tragen schon ihre Wintersachen, Romi meine Jacke vom letzten Jahr und Linda den alten Schneeanzug. Ich warte darauf, dass Romi ihren Kopf dreht und mir die Zunge herausstreckt, aus Rache für den Morgen, aber Romi und Linda sind in ihr Spiel vertieft. Sie haben mich ganz vergessen. Ich lasse mich bäuchlings aufs Bett fallen. Bestimmt werde ich niemals einschlafen.

Als ich aufwache, kann ich nicht gleich sagen, was seltsam ist. Ich steige wieder auf den Fauteuil, die Schwestern sind nicht mehr im Garten.

Ich trage immer noch das Nachthemd, den ganzen Tag habe ich mich nicht angezogen, wieso auch, und bleibe auf halber Treppe stehen, als ich begreife, dass es die Stille ist, die mich so unruhig macht. Eine Stille, die zum Vormittag gepasst hätte. Die Haustür steht offen. Anstatt sie zu schließen, rufe ich nach Mutter, nach Romi. Nichts. Keine Antwort. Nur die Kälte, die meine nackten Beine hinaufgekrochen kommt.

Ohne mir Bescheid zu sagen, sind sie verschwunden. Vater hat das Auto, sie können also nicht weit sein. Ist Mutter mit den Schwestern in den Wald gegangen? Aber warum haben sie vergessen, die Haustüre zu schließen? Auf dem Küchentisch liegt kein Zettel, keine Nachricht. Oder ist es ein Spiel? Haben sie sich vor mir versteckt? Den Schwestern ist es zuzutrauen, Mutter bestimmt nicht. Ich schließe die Haustür und schalte den Fernseher im Wohnzimmer ein. Mein Bauch ist so voller Gram, dass ich zuerst nicht einmal bemerke, dass noch immer der Sender von Mutters Soap eingestellt ist. Mit leerem Blick schaue ich auf den Bildschirm und lausche auf die Geräusche im Haus, warte auf etwas, das ihre Rückkehr ankündigt.

Autos fahren unten an der Straße vorbei. Mehr als gewöhnlich. Keines biegt in den Feldweg ein.

Endlich sind da Schritte in der Einfahrt. Ich widerstehe dem Impuls, den Fernseher abzudrehen und nach oben zu laufen. Wie versteinert bleibe ich sitzen. Hier will ich gefunden werden. Und wenn Mutter schimpft, umso besser, dann werde ich sie anschreien: »Aber ihr habt mich allein gelassen!« Der Schlüssel dreht sich im Schloss der Haustür. Ich rühre mich nicht. Sie sind im Flur. Gleich. Es ist Tante Gerti, die nicht wirklich unsere Tante ist, sondern die Nachbarin, die mit Romi ins Zimmer kommt.

»Das ist doch keine Sendung für Kinder«, sagt sie und schaltet auf den Kinderkanal. Dabei lässt sie ihren wuchtigen Körper in den Sessel fallen.

Romi klettert zu mir auf die Couch, dreht mir den Rücken zu, ich kann nur ihren Hinterkopf sehen. Sie erklären nichts. Und ich frage nicht, starre nur auf meine alte, grüne Jacke, die Romi beim Reinkommen nicht ausgezogen hat. Sie ist der Beweis, dass ich nicht verrückt geworden bin, dass nicht alles normal ist, auch wenn sie sich bemühen, so zu tun.

Es wird Abend. Die Nachbarin bleibt. Sie macht Abendessen. Wir essen. Ich wechsle mein Nachthemd, Romi zieht ihren Schlafanzug an. Wir putzen unsere Zähne. Tante Gerti ist immer dabei, keinen Moment bin ich mit Romi allein. Sie bringt uns ins Bett. Romi in das Zimmer im Erdgeschoss und mich in mein Zimmer am Dachboden. Seit dem Frühling schlafe ich hier, anfangs ist es mir noch schwergefallen. Ohne Lindas Atmen und ohne zu hören, wie Romi sich wälzt, brauche ich lange, um in den Schlaf zu finden. Auch an diesem Abend kann ich nicht einschlafen. Ich starre an die Decke. All die Fragen, die ich nicht gestellt habe. Wo ist Linda? Wo ist Mutter? Auch Vater ist nicht nachhause gekommen. Die Nachbarin macht mir Angst. Normalerweise nicht, aber heute schon. Dass sie noch immer da ist.

Am nächsten Morgen ist Tante Gerti fort. So erleichtert bin ich, als ich das Esszimmer betrete und die Eltern am Tisch sitzen sehe. Aber. Da sind viele Abers. Sichtbare und unsichtbare. Die Körperhaltung, ihre eingesunkenen Oberkörper, nur ihre Blicke schrecken auf, als ich die Tür öffne. Dass da noch kein Frühstück auf dem Tisch steht. Dass Vaters Augen rot sind. Als hätte er geweint. Ich kann es nicht mit Sicherheit sagen, ich habe Vater noch nie weinen gesehen. Vorsichtshalber bleibe ich im Türrahmen stehen, damit einer von ihnen zu mir kommen muss. Vater hockt sich vor mich hin und sieht mich lange an. So lange, ich frage mich schon, ob ich etwas angestellt habe, ob es vielleicht meine Schuld ist, dass die Eltern gestern nicht nachhause gekommen sind.

»Ich hab dich sehr lieb, Pia«, sagt er.

Dieser Satz schnürt mir nur noch mehr die Brust zu.

»Ich hab dich auch lieb, Papa.«

»Komm her«, sagt er. Und da weiß ich, dass Vater wirklich geweint hat, weil ihm wieder die Tränen kommen.

Ich frage nach Linda. Mit seinen großen, schweren Händen wischt er sich über sein Gesicht. »Es ist ... es ist etwas Schlimmes passiert.«

Teil II

I

Das Geräusch der zufallenden Autotür lässt mich zusammenzucken. Luca dreht sich noch einmal um, sein Mund ein erschrockenes O. Von klein auf haben wir wiederholt, dass wir vorsichtig mit unseren Sachen umgehen. Wenn es ihm einfällt, ist es schon zu spät, dann hat es schon geknallt. Ich will aussteigen und ihm sagen, das macht doch nichts, ihn in meine Arme nehmen und festhalten. Stattdessen lächle ich und deute mit dem Kopf Richtung Schulgebäude. »Nun geh schon.« Er gliedert sich in den Strom von Kindern ein, mit ihren großen steifen Schultaschen sehen sie aus wie Schildkröten auf Wanderung, und verschwindet in der Schule.

Ich bin allein, meine Gedanken gehören wieder mir, ich seufze und will losfahren, da fällt mein Blick auf den Rücksitz. Lucas Turnbeutel. Ich überlege, trotzdem zu fahren. Kann mir ja keiner beweisen, dass es mir aufgefallen ist. Was soll schlimmstenfalls passieren? Ich stelle mir vor, wie Luca es der Lehrerin sagen und eine Lösung gefunden werden muss. Wie er die Aufmerksamkeit auf sich zieht.

Ich halte mich nah an der Wand. Es hat etwas Bedrohliches, der Hall der Kinderstimmen, der durch die Flure klingt, ein Stimmengewirr, aus dem sich nur einzelne Worte hervortun. Dass es wirklich funktioniert, ein Erwachsener pro Raum mit einer ganzen Meute an Kindern. Ich gehe schnell, im Augenwinkel nehme ich die Basteleien wahr, die an den Wänden hängen, die Infoblätter, die Plakate. Die meisten Kinder sind schon in ihren Klassen, in ein paar Minuten wird die Schulglocke läuten. Ich hänge das Turnsackerl neben Lucas Jacke, knie mich noch hin, um seine Schuhe ordentlich hinzustellen, als die Schulglocke ertönt und Frau Bohle um die Ecke biegt. Sie sieht erfreut aus, mich zu sehen, bleibt sogar stehen, fragt mich nach unseren Plänen für die Herbstferien und erzählt, dass sie mit ihren Kindern auch wegfahren wird. Es ist, als wäre nie etwas vorgefallen. Ich wünsche einen schönen Urlaub und will los, ich sage, dass ich es eilig habe, leider. Aber die Lehrerin lässt mich nicht gehen. Ich muss bewundern, wie sie das allein mit ihrer Körpersprache schafft. Sie strahlt eine Autorität aus, gegen die ich mich instinktiv wehren will.

»Luca macht sich gut«, sagt sie und zwinkert mir zu. Also doch.

»Toll«, sage ich. Ich weiß, was sie damit eigentlich sagen will, dass es jetzt vorbei ist, dass ich mich entspannen kann. Der Vorfall liegt ein paar Wochen zurück. In der Klasse gab es eine Schwerpunktwoche zum Körper, wo auch Themen wie Konsens besprochen wurden. Alle Kinder haben ein Infoblatt mit nachhause bekommen, mit allgemeinen Informationen, nirgends wird der Vorfall explizit erwähnt. Ich weiß von Sophie, dass Birgit sich um einen Elternabend bemüht hat, aber es ist im Sande verlaufen, auch wegen der Haltung der Schule dazu. Frau Bohle bemüht sich redlich, einen Weg zu finden, der Sache gerecht zu werden, ohne Luca an den Pranger zu stellen. Dafür sollte ich ihr dankbar sein. Ich sehe ihr nach, wie sie in die Klasse geht und die Türe hinter sich schließt, doch schon davor ist es im Zimmer ruhig geworden.

Auf dem Weg nach draußen beschleunige ich meine Schritte, ich will diesen Moment hinter mir lassen. Ihr verschwörerisches Zwinkern. Als wäre sie auf meiner Seite. Es klingelt zum zweiten Mal, als ich ins Freie trete. Eine Mutter fällt mir auf, sie und ihre Tochter sind spät dran. Sie hat sich neben dem

Auto hingekniet und bindet dem Kind das Schuhband. Das Mädchen ist Alena. Die Erkenntnis schnürt mir den Magen zu. Ein Glück, dass ich direkt am Straßenrand geparkt habe. Rasch steige ich ein und nutze mein Auto als Versteck. Die Musik geht an. Ich drehe sie leiser.

Ich hätte grüßen sollen, aber ich habe mich nicht getraut. Während es für alle anderen vorbei ist, stimmt das für Birgit und mich nicht. Es wäre eine Chance gewesen, sich auszusprechen. Als ich wegfahre, muss ich noch einmal in den Rückspiegel schauen, und da weiß ich, warum ich nicht gegrüßt habe. Birgit hält Alena fest an der Hand, als sie die Treppe zur Schule hochsteigen. Das ist eine Mutter, die ihr Kind beschützen wird. Und es ist klar, vor was sie ihr Kind beschützen muss. Vor meinem Kind. Vor uns.

2

Wir fahren am Mondsee entlang, das Blau zieht sich weit zwischen die Berge und der See wirkt fast wie ein friedliches Meer. Vorhin hat es noch geregnet, jetzt klart der Himmel auf und ich muss die Sonnenblende herunterklappen. Die Weite des Wassers und die Enge der Berge, wie schön Widersprüche sein können, denke ich. Am Armaturenbrett kontrolliere ich die Geschwindigkeit. Die Gleichförmigkeit der Bewegung macht mich schläfrig, mein Blick streift den Rückspiegel, und wirklich, Luca ist eingeschlafen. Auch Jakobs Körper neben mir am Beifahrersitz wirkt eingesackt, ich sehe, dass sich seine Lider bewegen, er blinzelt. Ich hätte nichts dagegen, wenn auch er einschliefe, aber das wird er nicht. Er will mich nicht alleine lassen, will mein Copilot sein, mit mir nach Gefahren Ausschau halten. Er kann sich nie ganz entspannen, wenn ich fahre. Ich versuche, es nicht persönlich zu nehmen. Er mag eben keine Autos. Für mich ist es anders. Für mich war mein Auto schon immer eine Möglichkeit, ein Versprechen. Ich kann einsteigen und fortfahren, mich einfach treiben lassen. Alles, was ich dafür brauche, ist Benzin und ein wenig Mut. Das habe ich als Kind geglaubt, dass ein jeder, der ein eigenes Auto hat, selbst entscheiden kann, wohin er fährt.

Ich erinnere mich an die umgelegte Rückbank unseres blauen Nissans, an die Liegewiese für uns drei im Kofferraum mit Decken und Kissen. Zu Beginn der Reise war ich noch zu aufgeregt, um einzuschlafen, und habe durchs große Heckfenster der Sonne dabei zugesehen, wie sie die Nacht vertreibt, während ich links neben mir Lindas warmen Körper und unter mir das rhythmische Rumpeln des Autos gespürt habe. Wir sind nach Italien gefahren. Es sollte mein erstes Mal am Meer sein. Und Lindas letztes.

Ich wische den Gedanken beiseite, ein anderer tritt an seinen Platz, ich auf dem Rücksitz in merkwürdiger Verrenkung über die Babyschale gebeugt, die Brust entblößt, um den weinenden Luca zu stillen. Auch da habe ich jede Erschütterung gespürt. Jahrelang bin ich bei ihm auf der Rückbank gesessen, die ganze Fahrt damit beschäftigt, ihn vom Weinen abzuhalten. Mit Liedern, mit Liebkosungen, mit Spielzeug. Wenn sein Schreien gar nicht aufhören wollte, egal wie oft wir schon stehen geblieben waren, dann habe ich mich eben abgeschnallt und ihn während der Fahrt gestillt. Nie ist etwas passiert. Jetzt legt Jakob seine Hand auf meinen Oberschenkel.

»Soll ich weiterfahren?«

Ich schüttle den Kopf. Wenn wir Glück haben, schläft Luca durch, und wir können anstatt der Hörspiele Musik hören, bis wir beim Haus von Jakobs Schwester angekommen sind.

Es ist ein schnörkelloser Kubus mit Flachdach, der sich überraschend harmonisch in das Bergpanorama einfügt. Viel Holz, viel Glas und etwas Stahl in Alleinlage, ein wenig abseits des Dorfes. Das letzte Mal als wir hier waren, war es noch eine Baustelle. Jetzt wächst sogar Wiese um das Haus.

Es tut gut, auszusteigen und sich durchstrecken zu können. Josephine und Benjamin sind in Hausschuhen aus der Tür getreten und begrüßen uns beim Auto. Jakobs Schwester trägt die dreijährige Philippa in einer Trage. Phini und Philli, als sie uns damals den Namen ihrer Tochter über Skype verkündet haben, strahlte Josephine übers ganze Gesicht, und ich erinnere mich an den Impuls, den Laptop einfach zuzuklappen. Alle umarmen sich, ich stoße gegen die Trage und höre die schlafende Philli seufzen.

»Ups«, entschuldige ich mich

»Macht nichts«, sagt Josephine, legt beide Hände auf die ausnehmende Beule vor ihrer Brust, wippt und flüstert »Schhhh-schhhh«.

Ich frage mich, ob die Kleine krank ist, ob sie deswegen getragen wird, eigentlich ist sie zu alt dafür, aber bevor ich nachfragen kann, sagt Benjamin: »Du solltest sie sowieso nicht mehr so viel tragen.«

»Ich finde es aber schön«, verteidigt sich Josephine. »Außerdem ist sie zart für ihr Alter«, sagt sie an uns gewandt.

»Es heißt ›Baby‹-Trage aus einem Grund.« Er malt mit den Fingern Anführungszeichen in die Luft.

»Wir haben Luca auch lange getragen«, mischt Jakob sich ein.

»Aber bestimmt nicht mehr, als er drei war. Das könnt ihr mir nicht erzählen«, sagt Benjamin. Es scheint ein Thema zwischen den beiden zu sein. Josephine verdreht die Augen.

»Kommt doch rein«, sagt sie einladend.

Jakob öffnet die Autotür, gurtet den noch schlafenden Luca ab und hebt ihn heraus. Verschlafen lässt Luca es sich gefallen.

»Lass ihn doch runter«, rufe ich Jakob zu, der seiner Schwester ins Haus folgt, aber er reagiert nicht und trägt Luca weiter wie ein Kleinkind. Seine langen Arme und Beine stehen an Jakobs Seiten ab. Das Luca-Jakob-Wesen erinnert an einen Kraken. Benjamin klopft mir auf die Schulter.

»Gepäck?«, fragt er.

Wenn man das Haus betritt, mündet der Eingangsbereich nach wenigen Metern ins Wohnzimmer, das doppelt so hoch ist wie die anderen Räume. Josephine und Benjamin haben gemeinsam mit einem anderen Paar ein Architekturbüro, das Haus ist auch eine Visitenkarte für ihre Arbeit. Ich drehe mich einmal im Kreis und pfeife anerkennend. Ich kann sehen, dass es Benjamin freut.

»Langsam wird es auch gemütlich bei uns.«

»Aber hallo«, sage ich. An den Möbeln erkenne ich Josephines guten Geschmack.

Wir steigen die freihängende Treppe hoch, Benjamin trägt den Koffer, ich die Taschen, er führt mich ins Gästezimmer, wo sich die Geschwister leise unterhalten. Zumindest steht Luca wieder auf dem Boden, aber Jakob hält ihn an der Hand, nah bei sich. Mein Blick fällt aufs Bett, auf den Kopfkissen liegen zwei Pralinen, wie im Hotel. Philli beginnt zu meckern. Luca hebt interessiert den Kopf, vielleicht bemerkt er jetzt erst, dass sich in dem seltsamen rucksackartigen Ding noch jemand versteckt.

»Hallo, mein Sonnenschein«, sagt Josephine und rollt den Stoff, der Phillis Kopf beim Schlafen gestützt hat, hinunter. Ein dunkler Wuschelkopf kommt zum Vorschein, braune Knopfaugen, die mich etwas skeptisch ins Visier nehmen. »Ich mache ihr schnell was zu essen. Kommt ihr erstmal in Ruhe an.«

»Darf ich mitkommen«, fragt Luca unvermittelt.

Josephine schaut zögernd von Luca zu uns.

»Wir bleiben aber da«, sage ich.

»Macht nichts«, sagt Luca und zieht seine Hand aus Jakobs.

»Wenn du möchtest«, sagt Josephine. »Warum nicht.«

Ich beobachte, wie Luca seiner Tante und seiner Cousine hinterhertrottet, ohne sich noch einmal nach uns umzudrehen, und hoffe, dass es Josephine nicht zu viel wird mit den beiden.

»Machst du die Tür zu«, flüstert Jakob, als sie draußen sind.

»Kann es sein – ist das Haus größer geworden?«, frage ich. Jakob schmunzelt. »Kommt mir auch so vor«, sagt er.

3

»Ich will nicht!« Philli hat sich auf den Boden geschmissen. Das wird Flecken auf ihrer fliederfarbenen Softshelljacke hinterlassen. Der Waldboden ist noch feucht von dem gestrigen Regen.

»Ach, komm jetzt, Philli, der Boden ist doch ganz kalt.« Josephine hat sich zu ihr hingekniet und versucht sie zu überreden, zumindest wieder aufzustehen.

»Darf ich«, fragt Jakob und Josephine sieht ihren Bruder entgeistert an, dann steht sie auf, klopft sich die Erde von den Knien und sagt: »Bitte.«

Jakob legt Philli eine Hand auf den Rücken, »Was brauchst du«, will er fragen, aber so weit kommt er gar nicht, Philli brüllt los, ein markerschütternder Schrei, der durch den Wald gellt. Ich sehe den Anflug eines Lächelns auf Josephines Gesicht. Seit wir hier sind, trumpft Jakob mit seinem Vorsprung an Kindererziehung auf, er gibt sich als der erfahrene Vater, während Josephines und Benjamins Augenringe die Geschichte eines ganz normalen Lebens mit Kleinkind erzählen. Ich weiß, dass es bei uns nicht anders war, das Einzige, was wir ihnen voraushaben, ist Zeit.

Jetzt kommt Benjamin, mit einem »Es reicht« versucht er, Philli hochzuheben, sie ist drei und wirklich recht zart für ihr Alter, aber der kleine Körper windet sich, schlägt aus und tritt in die Luft, bis ein Fuß in Benjamins Magengrube landet. Er japst nach Luft, trotzdem ist er vorsichtig, als er Philli zurück auf den Boden setzt.

Es hat keinen Zweck, denke ich, alle Interventionsversuche machen es nur schlimmer. Wir können nichts tun, wir sind der Wut des Kindes ausgeliefert. Es darf zuschlagen, wir müssen abwarten. Es klingt so einfach, aber es ist kaum zu ertragen, ich erinnere mich an die Verzweiflung angesichts des eigenen rasenden Kindes und an das Gefühl, von allen angestarrt zu werden. »Warum hat sie ihr Kind nicht im Griff«, sagen die Blicke. »Bei uns hätte es sowas nicht gegeben.« Romi hat manchmal wie am Spieß geschrien, schrill und verzweifelt, wie ein Tier. Dann war sie durch nichts zu beruhigen. Mutter hat sie in den Arm nehmen und festhalten müssen, die Hände so, dass sie nicht mehr schlagen konnte, und selbst da noch hat Romi gebissen und Mutter hat Romis Kopf zwischen ihrer Schläfe und Schulter eingeklemmt und sie hin und her gewiegt, bis die Kraft aus dem kleinen Körper gewichen und nur ein kleines Häuflein Elend übrig geblieben ist. Ich sage nichts, was die Situation am allerwenigsten braucht, ist noch eine Meinung.

»Normalerweise ist sie so nicht«, sagt Josephine. »Es muss die Aufregung sein, weil wir Besuch haben.«

Unbemerkt hat sich Luca zu Philli gekniet, sein Kopf schwebt knapp über dem Boden, als er ihr etwas ins Ohr flüstert. Ich möchte ihn schon zurückrufen, nicht, dass er es noch schlimmer macht, da setzt sich die Kleine auf und wischt sich die Tränen aus dem Gesicht. Ein paar Schluchzer lassen sie noch erzittern, aber kein Schreien, kein Treten mehr. Dann lächelt sie sogar. Wir verstummen, das erwachsene Publikum staunt. Alle Augen sind auf Luca gerichtet, der noch immer seine Hand auf Phillis Schulter gelegt hat, jetzt aber die Blicke der Erwachsenen bemerkt. Mit großen Augen sieht er uns an, zieht seine Mundwinkel nach oben, als er Jakobs zufriedenes Nicken sieht und Onkel Bennis offenen Mund, als Tante Phini in die Hände klatscht. Doch dann legt sich ein Schatten auf sein Gesicht. Ich bin der Grund. Er hat den Zweifel in meinem Gesicht gesehen, die Falte zwischen meinen Augenbrauen, die dünnen Lippen. Stur hält er meinen Blick, bis Philli ihm die Hand hinstreckt und er sie ins Stehen zieht. Die anderen haben nichts bemerkt, sie sind noch immer voller Begeisterung: »Das können auch nur Kinder.« »Wie hat er das gemacht?«

Luca und Philli laufen voran, Hand in Hand. Wie sie sich so an den Händen halten, lässt mich an Romi und Linda denken. Wie vernarrt Linda in Romi war. Sie wollte immer alles genauso machen wie ihre große Schwester. Was immer Romi von ihr verlangt hätte, sie hätte es getan, ohne mit der Wimper zu zucken.

»Für einen Jungen in seinem Alter ist so ein Einfühlungsvermögen doch wirklich außergewöhnlich«, sagt Josephine.

»Luca ist ein besonderes Kind«, sagt Jakob glücklich und ich hoffe, dass Luca hört, wie die Erwachsenen über ihn reden. Ich sollte auch etwas sagen. Ich habe das Gefühl, etwas wiedergutmachen zu müssen. Mein Blick von vorhin. Die Skepsis darin. Es ist nur – was hat er zu Philli gesagt, dass sie sich so schnell die Tränen wegwischte? Was kann das gewesen sein?

Auch beim Abendessen möchte Luca unbedingt neben seiner kleinen Cousine sitzen. Er richtet ihr das Essen und gibt Anweisungen. Er ist der Große, er zeigt der Kleinen, wie es geht. Es entgeht mir nicht, wie er dabei immer wieder zu uns schielt. Er will mehr von dem Wohlwollen, mit dem wir die Aufmerksamkeit seiner Cousine gegenüber belohnen. Tante Phini lächelt ihn großherzig an. Ich kann spüren, dass sie ihn mag, ehrlich, aufrichtig.

Ich nehme einen Schluck Wasser, mein Blick fällt auf Philli, die wegen des Sauerkrauts das Gesicht verzieht. Es sieht so lustig aus, dass ich schmunzeln muss. Ich möchte mich bemühen, Philli auch so zu mögen wie Josephine Luca, auch eine Tante für sie zu sein, der sie vertrauen kann. Aber jetzt ist sie noch klein, ganz unter Josephines Fittichen, und so gerne ich ihre Mutter ein wenig entlasten würde, es fällt mir nicht leicht, einen Zugang zu ihr zu finden. Als ich mich wieder den Erwachsenen zuwende, brauche ich einen Moment, um mich in Jakobs Erzählung zu orientieren. Es geht um Josephines ersten festen Freund, Jakob hat ihn kürzlich bei einem seiner Auftritte wiedergesehen.

»Den Peter?«, fragt Josephine.

»Ja genau, Peter hat er geheißen.«

Sie haben nach dem Konzert noch ein Bier getrunken und er hat, wie damals schon immer, dreimal gegen den Verschluss der Dose getippt, in der festen Überzeugung, dass sie dann nicht überschäumt.

»Rate mal, was dann passiert ist«, schmunzelt Jakob.

Josephine muss lachen, es ist ein gelöstes Lachen, die Anspannung, die vor dem Spaziergang noch zwischen den beiden zu spüren war, ist verschwunden. Sie reden von früher, erinnern sich, wie Jakob dabei geholfen hat, dass Peter unbemerkt aus dem Haus schleichen konnte.

»Wie toll er dich fand«, erzählt Josephine. Jakob war damals schon Schlagzeuger in einer Band, dem Coffee Lovers Club, deren Songs auf Fm4 gespielt wurden. Sie ist das Gefühl nie ganz losgeworden, dass Peter vor allem wegen ihres coolen großen Bruders mit ihr zusammen gewesen ist.

»Blödsinn«, sagt Jakob mit einem Lächeln.

Später machen die Geschwister gemeinsam den Abwasch, während Benjamin und ich mit den Kindern im Wohnzimmerbereich sitzen und nichts zu tun haben, weil Luca Philli ein Bilderbuch vorliest. Jakob wirft ein Geschirrtuch auf Josephine, die nimmt ihren großen Bruder spielerisch in den Schwitzkasten und ich sehe in ihnen die Kinder, die sie einmal gewesen sind, die ich nur von den Fotos im Familienalbum kenne. Josephine, die hinter Jakobs Rücken eine Grimasse schneidet, Jakob mit den Sommersprossen auf der Nase und sogar auf der Stirn. Es gibt mir einen Stich, die beiden so miteinander zu sehen. Vorhin war es leichter, als sie noch ihren stillen Konkurrenzkampf ausgefochten haben. Ich weiß, dass Jakob sich von seiner kleinen Schwester übertrumpft fühlt, mit ihrem tollen Haus und ihrem beruflichen Erfolg ist sie diejenige von ihnen beiden, die es zu etwas gebracht hat. Dass ich sie dafür bewundere, Karriere und Kind zu haben, macht es nicht leichter für ihn. Er ist der große Bruder, in den die Eltern ihre Erwartungen gelegt haben, das musische Talent, der zielstrebige, selbstbewusste Sohn, der sich nie infrage gestellt hat. Vielleicht wirklich auch der Grund, weshalb dieser Peter mit seiner Schwester zusammen gewesen ist. Es hätte etwas aus ihm werden müssen. Es hätte mehr aus ihm werden müssen.

Aber da sind auch die Erinnerungen, die sie teilen, das Verständnis, das sie füreinander haben. Da können noch so viele Jahre und Kilometer dazwischenliegen, etwas, das sich nur schwer in Worte fassen lässt, verbindet die beiden. Und ich frage mich, warum es mich stört, sie so gelöst miteinander zu sehen. Als ich den Kopf abwende, bleibe ich an der Spiegelung meines Gesichts in der Fensterscheibe hängen. Mit der Zunge tippe ich kurz gegen die Narbe an meiner Oberlippe. *Streichle den Hund und ich komme.* Noch bevor ich den Gedanken genau fassen kann, bemerke ich Benjamins Blick, er sieht mich an, lächelt, und ich fühle mich ertappt, lacht er mich aus? Ich verstehe, als er mit dem Kopf in Richtung der Kinder deutet. Philli hat sich an Luca gekuschelt, ihr Mund steht leicht offen, gleich werden ihr die Augen zufallen. Luca liest ihr langsam aus *Der gestiefelte Kater* vor.

»Wie Geschwister«, flüstert Benjamin, damit er ihre Vertrautheit nicht stört. Er steht vom Sessel auf und setzt sich neben mich auf das Sofa, damit wir leise reden können.

»Habt ihr schon mal überlegt? Schaut aus, als wäre Luca der geborene große Bruder.«

»Nicht so wirklich«, lüge ich. »Und ihr?«

Er schaut über seine Schulter zu Josephine in der Küche. »Ist ein Thema bei uns, ja«, gibt er zu. »Aber ich finde, wir haben uns gerade erst ein bisschen Freiheit zurückerkämpft, da will ich nicht gleich wieder von vorne anfangen. Andererseits«, er seufzt, »ein zu großer Altersabstand ist halt auch nicht so schön.«

»Du hast keine Geschwister, richtig?«

Benjamin nickt. »Ich wollte immer welche haben, ich meine, gibt es was Schöneres, als gemeinsam aufzuwachsen? Ich war so neidisch auf die Nachbarskinder, vier Brüder waren das, die haben in ihrem Garten ein Baumhaus gebaut und mich haben sie nie mitspielen lassen.«

Jetzt wäre es an mir, etwas zu erwidern. Aber was soll ich sagen? Meine Geschichte taugt nicht als Parabel dafür, wie schön das Leben mit Geschwistern ist. Wie wertvoll diese Beziehungen, die ein ganzes Leben lang halten. Mein Blick streift die Wanduhr. Luca hat das Buch gerade fertig gelesen: Der jüngste der drei Müllersöhne wird Graf, der Kater Minister.

»Zeit, schlafen zu gehen«, sage ich stattdessen.

Das leuchtende Display taucht unser Zimmer in kühles Licht. Wir haben Luca zusammen Gute Nacht gesagt, wie ich es prophezeit habe, hat er aufgehört, jeden Abend beten zu wollen. Jetzt liegt er neben meinem Telefon auf einer Matratze am Fußende des Gästebettes und darf sich noch ein Hörspiel anhören. Vorsichtig lehnt Jakob die Türe an, auch hier, in dem unbekannten großen Haus lassen wir sie einen Spaltbreit offen. Vor der Tür sind sich unsere Körper zum ersten Mal seit unserer Ankunft ganz nah. Wir umarmen uns, etwas Vertrautes an diesem fremden Ort. Der erste Tag woanders ist immer auch ein Sich-Zurechtfinden. Wir hören Phillis quengelnde Stimme aus dem Badezimmer, wie sie sich dagegen wehrt, die Zähne geputzt zu bekommen.

»Gut, dass wir das hinter uns haben«, sage ich. Ich spüre, wie Jakob zögert. Etwas liegt in der Luft, es hat damit zu tun, wie Luca mit Philli umgeht. Damit, was Benjamin gesagt hat. Ich komme Jakob zuvor, bevor er die falschen Worte findet, wechsle ich das Thema: »Es tut mir leid, wie Josephine sich anbiedert.«

»Was?«

»Na, wie sie dir Honig ums Maul schmiert, als hätte sie sich vorgenommen, dein Ego zu streicheln.«

Wir lösen uns.

»Was meinst du«, fragt er.

»Von wegen ihr erster Freund war nur wegen dir mit ihr zusammen. Als hättest du es nötig, so etwas zu glauben.«

Ich sehe, wie Jakobs Gesichtszüge fester werden, seine Muskeln unter der Haut spannen sich an.

»Komm, lass uns runtergehen«, sage ich und nehme seine Hand.

Benjamin sieht erschöpft aus, als er aus dem Badezimmer kommt. Wie nach einer Schlacht. Er sagt, dass Josephine im Kinderzimmer bleibt, bis Philli eingeschlafen ist. Dann fragt er: »Schnaps?« Wir nicken.

Wir haben schon nicht mehr mit Josephine gerechnet, als sie die Treppe herunterkommt, mit zerrauftem Haar und müdem Blick, der scharf wird, als sie die Flasche mit Schnaps auf dem Tisch sieht. Ich weiß, welcher Film in ihrem Kopf abläuft. Ein gemeinsames Kind macht ein Paar zu einer Schicksalsgemeinschaft, wenn Benjamin sich heute betrinkt, muss Josephine es morgen ausbaden. Sie wird Benjamins Kater abfangen müssen, außer – sie nimmt die Flasche und schenkt sich das Schnapsglas randvoll. Ich proste ihr anerkennend zu.

4

Später stehe ich am großen Panoramafenster im Gästezimmer, sehe den Schimmer des Mondes am Nachthimmel über den Bergen, der ihnen eine harte Kontur gibt, und lasse die Gefühle auf mich wirken. Im Bad habe ich mich noch durch Romis Storys auf Instagram geklickt. Ich stelle sie mir in ihrer Wohnung in Wien vor, ich stelle mir vor, wie wir beide dort sind, uns als Erwachsene gegenüberstehen, gemeinsam kochen, uns unterhalten, ohne dass etwas Außergewöhnliches daran wäre. Wie würden wir uns necken? Welche Anekdote aus unserer Kindheit würden wir erzählen? »Weißt du noch, wie du einer Fliege die Flügel ausgerissen, sie in eine Streichholzschachtel getan und Linda zum Geburtstag geschenkt hast?« Ich weiß es noch genau, immer wieder habe ich gesagt, es sei Tierquälerei und dass die Fliege sterben wird – das verdammte Ding ist aber nicht gestorben und ich habe erst Tage später kapiert, dass Romi die Fliege jede Nacht mit einer neuen ausgetauscht hat.

Mir ist schummrig von dem ganzen Alkohol. Josephine und Benjamin haben uns abwechselnd nachgeschenkt, wie um die Wette. Die Geschichte mit der Fliege, das ist keine normale Geschichte, die man einfach so zum Nachtisch erzählt. An meiner Kindheit ist so wenig normal. Ich fühle mich erhaben, wenn ich beobachte, wie sich Jakob und Josephine aneinander abarbeiten und so tun, als wäre etwas Besonderes an ihrer Beziehung, wenn sie vor allem eines hatten: Glück. Sie wissen nicht, wie schnell eine glückliche Kindheit vorbei sein kann. Es kann von einem Tag auf den anderen passieren. In ihrer Familie ist höchstens ein Großvater gestorben, doch anstatt dankbar zu sein, blasen sie Kleinigkeiten zu Konflikten auf. In mir spüre ich den Wunsch, etwas kaputt zu machen. Nicht ohne Genugtuung habe ich beobachtet, wie sich Jakob nach meinem Kommentar zurückhaltend gegenüber Josephine verhalten hat. Es war das Erste, was mir eingefallen ist, um Jakob abzulenken, und es hat seine Wirkung nicht verfehlt. Über den Lauf des Abends war er ungewöhnlich passiv, bemühte sich nicht mehr darum, als souveräneres Elternpaar zu glänzen, was ein Leichtes gewesen wäre, weil die Anspannung zwischen Benjamin und Josephine deutlich spürbar war.

Wir kennen das, was sich nicht so leicht aussprechen lässt, was sich anstaut zwischen einem Paar, während man versucht, gemeinsam ein Kind großzuziehen. In einer Beziehung kann man noch über viel hinwegsehen, über unterschiedliche Meinungen und Werte, aber nicht als Eltern. Jakob und ich haben es einigermaßen hinbekommen, mittlerweile zerfleischen wir uns nicht mehr wegen Kleinigkeiten. Und darauf sind wir stolz. Wenn wir die Grabenkämpfe von anderen Paaren beobachten, dann finden sich unsere Hände unter dem Tisch wie ganz von selbst. Aber nicht an diesem Abend. Jeder für sich beobachteten wir die wiederkehrenden Sticheleien.

»Dann solltest du vielleicht ein bisschen langsamer machen«, raunte Benjamin Josephine zu, nachdem sie gescherzt hatte, dass sie seit dem Stillen nichts mehr gewohnt sei. Sie starrte ihn mit großen Augen an, nahm die Flasche und schenkte uns großzügig nach, allen außer ihm.

»Wenn sie aufwacht, guckst du nach ihr«, sagte sie bestimmt. Ich stieß mit ihr an. Lass dir nichts gefallen, dachte ich.

»Kann ich sehr gerne machen«, antwortete Benjamin und setzte dann etwas zeitverzögert nach: »Aber dann bleibst du hier und gibst mir keine Anweisungen, okay?«

Als das Babyfon wenig später losging und doch Josephine aufsprang, hielt Benjamin sie am Handgelenk fest und zog sie unsanft zurück aufs Sofa. Dann stellte er sein Glas ab und stieg die Treppenstufen hoch.

»Wie macht ihr das?«, fragte Josephine, als er außer Hörweite war. »Bei euch schaut es so friedlich und ... gleichberechtigt aus.«

Ich blickte zu Jakob, wusste, dass ihn das Lob seiner Schwester eigentlich freuen müsste. Er zuckte nur mit den Schultern und sagte: »Gegenseitiger Respekt, schätze ich.«

»Das ist alles? Ich respektiere Benjamin ja auch.«

Jakob blieb ernst. »Er scheint diese Trage nicht zu mögen, und du trägst Philli trotzdem darin.«

»Was haben alle mit dieser Trage? Es gibt sogar extra welche für Kleinkinder. Es spricht überhaupt nichts dagegen, das bis ins Vorschulalter zu machen. Nichts ist besser für die Bindung zwischen Eltern und Kind.«

Die beiden beachteten mich nicht mehr. Ich hätte Josephine zur Seite springen können, sagen, dass Benjamin umgekehrt Josephines Bedürfnis nach Nähe zu ihrer Tochter ja anscheinend auch nicht respektiert, aber ich blieb still.

Jetzt öffnet sich die Tür hinter mir. Ich kann nicht sagen, wie viel Zeit vergangen ist, seit ich vom Tisch aufgestanden bin und die Geschwister alleine gelassen habe, Benjamin war nicht mehr zurückgekommen. Unsicher tappst Jakob ins Zimmer, seine Augen haben sich im Gegensatz zu meinen noch nicht an die Dunkelheit gewöhnt. Ich beobachte ihn, bis ich flüstere: »Hier.« Er folgt meiner Stimme ans Fenster, stellt sich hinter mich, gemeinsam schauen wir auf die Sterne. »Schon gewaltig«, sagt er ganz nah an meinem Ohr. Ich bemerke den Zungenschlag, ein leichtes Lispeln. Unsere Oberarme berühren sich. Ich umarme meinen Körper fester. Jakob schiebt seine Hände unter mein T-Shirt, unter meinen Armen hindurch und berührt meine Brüste, die empfindlich sind. Dass Luca auf dem Boden schläft, flüstere ich.

»Wir sind ganz leise«, flüstert Jakob zurück.

Während mein Blick noch an dem Draußen hängt, den Schatten und Schattierungen, überlege ich, ob ich nachgeben soll. Vielleicht ist es gut, denke ich mir, als Jakob mich zum Bett zieht, einfach loszulassen. All diese unangenehmen Gedanken und Gefühle, die niemandem etwas bringen, die so unnötig sind, es geht uns doch gut, oder nicht? Luca fühlt sich wohl hier, er mag seine Tante und seinen Onkel und sie mögen ihn, das spüre ich. Die Lehrerin hat es auch gesagt. Luca ist ein gutes Kind. Alles ist gut. Also schließe ich die Augen. Unsere Körper fügen sich ineinander, darin liegt ein großes Selbstverständnis. Ich räkle mich, will mich fallen lassen und sehe Phillis kleinen Körper vor mir, an Luca geschmiegt, ihr Kopf auf seinem Brustkorb. Jakobs Augen suchen meine, seine Finger meine Brustwarzen, und ich denke daran, wie damals Blut aus ihnen gekommen ist, Blut und Milch, die Quelle ist lange versiegt. Josephine hat Philli erst mit zweieinhalb abgestillt. Mit einer Mischung aus Scham und Stolz hat sie uns das erzählt, ihr Wunsch, eine gute Mutter zu sein, spricht aus ihren Worten und Jakob hat gesagt: »Wir haben auch lange gestillt.« Wir – es ist so lächerlich. »Wir sind schwanger«, damals fand ich es noch süß, wie ein Versprechen, dass wir alles gemeinsam durchstehen werden. Gemeinsam und gleichberechtigt. Aber ich war alleine in den Nächten, in denen Luca nicht trinken und nicht einschlafen wollte und ich so kurz davor war, ihn gegen die Wand zu schleudern. »Wir haben gestillt.«

Ich blinzle. Etwas ist falsch. Normalerweise unterbrechen wir, nachdem Jakob in mich eingedrungen ist, ein paar ungeschützte Stöße nur, heute geht es länger. Ich umgreife seinen Unterarm, er hält inne, sagt aber nichts. Ich muss es aussprechen, frage nach den Kondomen. Er kommt nah an mein Ohr heran: »Oder wir sind unvernünftig«, flüstert er. Seine Augen glitzern im Dunkeln, es hat etwas Verheißungsvolles. »Spinnst du?«, frage ich.

Er zieht das Kondom an, er braucht nicht lange, um zu kommen, ich drücke ihn von mir weg und drehe mich zur Seite.

Ich spüre Jakobs Atem in meinem Nacken. Er ist warm, der Geruch von Alkohol umgibt uns. Es sieht ihm nicht ähnlich, so etwas Wichtiges nicht vorher zu besprechen, es einfach darauf ankommen zu lassen. Als wir vor der Tür standen, nachdem wir Luca Gute Nacht gesagt hatten, da hat er nach Worten gesucht. Die Bilder vom Nachmittag, wie die beiden Kinder miteinander umgegangen sind, Benjamin, der sagt: »Der geborene große Bruder.« Ich starre auf die Schemen in der Dunkelheit, spüre, dass Jakob sich nicht mehr traut, mich noch einmal zu berühren. Ich atme ein, ich atme aus, dann schmiege ich mich an ihn und lege eine Hand auf seinen Brustkorb. Ich will ihm zeigen, dass ich da bin, nah und vertraut. Ich bemerke den Geruch unserer Körper, hier, in der fremden frischen Bettwäsche kommt er mir stärker vor, wir passen nicht hierher. Es ist zu sauber, da ist so viel Raum. Zu viel Wollen liegt in der Luft, zu viel Anspruch, nicht nur zu genügen, sondern besser zu sein. Ich gebe dem Impuls, mich wegzudrehen, nicht nach, ich halte still und kann spüren, wie die Anspannung aus Jakobs Körper weicht und sein Atem gleichmäßig wird. Wenn er getrunken hat, schnarcht er manchmal.

Vom Fußende unseres Bettes höre ich auch Luca atmen. Sie atmen fast im gleichen Rhythmus, Vater und Sohn.

Ich denke an die Reaktion meiner Mutter nach dem Termin bei meiner Frauenärztin. »Ein Glück!« Diesmal klang es aufrichtig, ganz anders als davor, als ich ihr von meiner Schwangerschaft erzählt hatte, da war ihre Freude verhalten gewesen. Sie hatte Angst gehabt, Luca könne ein Mädchen werden. Und als sie hörte, dass ich einen Jungen in mir trug, war sie erleichtert.

Ich weiß, dass ich kein weiteres Kind will, alles in mir sträubt sich dagegen. Wir werden immer zu dritt sein, ich mit meinen beiden Jungs. *Wir drei sind eins* – wer hätte gedacht, dass es am Ende so sein wird? Ein Glück – hat meine Mutter gesagt. Ganz gleich, wie ähnlich mir Luca sieht, seine Kindheit ist anders als meine. Das mag auch am Geschlecht liegen. Es ist eine andere Welt mit anderen Regeln. Auch ich finde den Gedanken erleichternd. Und doch. Hier, im Haus von Jakobs Schwester, spüre ich einen Schatten, der sich auf mich legt, wenn ich Josephine im Umgang mit Philli beobachte. Es ist nicht Neid, es ist mehr eine Sehnsucht. Bevor ich ein Kind hatte, dachte ich immer, ich würde einmal ein Mädchen bekommen. Ich will nicht darüber nachdenken. Ich will schlafen. Jakobs Gebet. Wie war das? Irgendetwas mit Schlaf und Angst in finstrer Nacht. Ich stelle mir Jakob und Josephine als Kinder vor, Josephine mit den Zöpfen, Jakob im Sonntagsanzug, wie sie das Gebet aufsagen. Unten, über dem Esstisch hängt ein Kreuz. Unsere beiden Familien sind sich so ähnlich, Mutter – Vater – Kind, doch unter der Oberfläche lauern die Unterschiede. Ich weiß, dass ich noch lange auf den Schlaf werde warten müssen. Jakobs Atem, Lucas Atem. Darauf konzentriere ich mich.

5

Am Abend vor dem Sonntag wird gebadet, Mutter hat das Wasser eingelassen, ich steige als Erste hinein. Ich mag es, wie die Wärme meinen Körper einschließt. Romi platscht ins Wasser, es spritzt, »zu heiß«, kreischt sie und springt gleich wieder auf. Mutter hält ihren Ellbogen hinein. »Unsinn«, sagt sie, »die Temperatur ist genau richtig«, und spritzt Romi etwas Wasser in das trotzige Gesicht, bevor sie Linda hineinhebt. Zu dritt sitzen wir im Badeschaum, lassen uns von Mutter die Köpfe schamponieren und pressen die Finger ganz fest auf die Augen, wenn es ans Ausspülen geht. Zeit zum Aussteigen ist es dann, wenn sich der Badeschaum in Luft aufgelöst hat oder unsere Finger ganz verschrumpelt sind. Dann werden wir trocken gerubbelt, geföhnt und in unsere Betten gepackt, von Mutter am Morgen frisch überzogen. Es riecht nach dem Waschmittel, die Haut nach der Seife, alles so sauber und wohlig und warm. Am nächsten Morgen liegen die Kleider bereit, sie sind für den Sonntag bestimmt und haben alle drei das gleiche Streublumenmuster aus Margeriten und Gänseblümchen. Wir stehen vor dem Spiegel, rangeln um den besten Blick, bis wir uns der Größe nach geordnet hintereinander aufstellen. Ich lege meinen Kopf auf Romis Schulter und lasse meinen Zopf so über ihre Brust fallen, dass es aussieht, als hätte sie auch blonde Haare. Romi nimmt ihre eigenen im Nacken zusammen.

»Du bist so schön«, flüstere ich in ihr Ohr.

»Nicht so schön wie ihr«, und etwas Trauriges liegt in ihrer

Stimme, vielleicht, weil in den weißen Kleidern mit dem Blumenmuster mehr auffällt, wie sehr wir uns unterscheiden.

Später auf der Ruine Dürnstein, die wir bei diesem Sonntagsausflug besuchen, fragt eine ältere Dame, ob sie ein Foto von uns machen darf. Wir kennen das schon und stellen uns, artig und ohne Grimassen zu schneiden, in einer Reihe auf. Der Blitz blendet mich.

»Sowas von entzückend, die drei.«

Drei Schwestern. Auch in den Märchen kommt die Zahl Drei immer wieder vor. Drei Aufgaben. Drei Mal darfst du raten. Wir waren drei, als noch alles gut war, auch wenn nicht immer alles gut war, so ist das auch in glücklichen Familien, es gibt Sorgen. Aber was es nicht gibt, sind Geheimnisse. Dinge, die man für sich behält, weil sie zu schrecklich sind, um sie überhaupt zu denken. Es stimmt, was Linda gesagt hat, damals waren wir drei eins. Auch wenn Romi sich äußerlich von uns unterschied, waren wir doch die Reiserer-Schwestern in ihren luftigen Blumenkleidern, auch im Schlafzimmer meiner Eltern hängt so ein Bild, wir nebeneinander, Romi immer in der Mitte. Meine Kindheit war glücklich, diese Fotos lügen nicht. Wir waren uns so nah, ich glaube, sogar näher als andere Geschwister. Besonders Romi und ich, was bestimmt auch an unserem geringen Altersabstand lag. Und trotzdem geht es mir nicht anders als Benjamin. Ich bin heute allein.

6

Etwas weckt mich. Ein dumpfes Klopfen, nicht laut, aber gleichmäßig. Ich setze mich auf. Die Matratze am Fußende ist zerwühlt und leer. Keine Panik, denke ich mir, als ich Luca nicht gleich sehe, und bin erleichtert, als ich im Augenwinkel hinter den blickdichten Vorhängen eine Bewegung wahrnehme. Ich ziehe den Stoff nur leicht zurück. Ohne zu mir aufzublicken, schlägt Luca seine Stirn im Takt gegen die Scheibe. Er wippt vor und zurück. Da wo Mund und Nase auftreffen, beschlägt das Glas.

»Hallo«, sage ich. »Guten Morgen.«

»Hallo«, sagt er, hält aber nicht inne.

Ich stelle mich neben ihn, nah an die Scheibe, fast könnte man vergessen, dass sie da ist, fast könnte man glauben, an einem Abgrund zu stehen. »Wenn wir uns abstoßen, fliegen wir davon«, murmle ich. Luca reagiert nicht darauf. Meine warme Stirn berührt das kalte Spiegelglas. Ich mache es ihm nach, verlagere mein Gewicht von den Ballen auf die Zehenspitzen. Im Hintergrund hören wir Jakob röcheln, wahrscheinlich ist Luca davon aufgewacht. Es ist noch früh, aber nicht mehr Nacht, draußen dämmert es. Es hat etwas Meditatives, auch ich kann meinen Atem auf der Scheibe sehen. Ich greife nach Lucas Hand, ganz kalt ist sie, als wäre er eben erst von draußen hereingekommen. Zurück im Bett schlage ich die Decke um uns beide. Noch bevor ich ihn frage, was er geträumt hat, frage ich, ob er draußen war. Ich spüre, wie er den Kopf schüttelt.

Philli stapft geschäftig durch den Garten, nur manchmal wirkt es so, als könnte ihr Körper nach vorne kippen, der große Kopf voran, aber sie behält das Gleichgewicht. Ich versuche mich zu erinnern, wie Luca in diesem Alter war. Es kommt mir unendlich weit weg vor. Nie wieder werde ich dem dreijährigen Luca begegnen, ihm das Essen vorschneiden, Habu auf seinen Babyspeck-Bauch machen, ihn auf die Schaukel heben.

»Luca«, rufe ich, in einer plötzlichen Sehnsucht nach meinem Kind. Er kommt zum Tisch getappt. Ich ziehe ihm die Mütze vom Kopf und wuschle ihm durchs Haar.

»Wie viele Krähen sitzen?«

»Mama.« Es ist ihm gar nicht recht.

»Na komm schon«, sage ich und wünsche mir, dass er so lacht wie früher. Wir haben Stunden mit diesem Spiel verbracht. Luca schaut unglücklich in die Runde.

»Wie viele Krähen sitzen?«

»Vier«, sagt er widerwillig.

»Sollen sie fortfliegen, reinscheißen oder Nesterl bauen?«

»Fortliegen!«, ruft Philli und Luca nickt.

Ich ziehe an seinen Haaren und lache, ich bin die Einzige. Luca setzt seine Mütze wieder auf.

»Darf ich wieder spielen gehen?«

Ich nicke. Im Augenwinkel sehe ich, wie Jakob leicht seinen Kopf schüttelt. Aber er durfte Luca gestern ins Haus tragen. Während die anderen plaudern, beobachte ich die Kinder weiter. Philli läuft Luca hinterher, der mit einem großen Rechen Zweige und Blätter zu einem Haufen zusammenschiebt, sie darf ihm »helfen«. Es war meine Idee, draußen zu frühstücken, nachdem Philli auf dem Küchenboden einen Wutanfall bekommen hat, aus einem dieser Gründe, die Erwachsene nicht verstehen können. Natürlich sind wir heute alle angeschlagen. Josephine hat gestresst versucht, uns ein perfektes Frühstück vorzubereiten, Benjamin war keine große Hilfe und Jakob noch unterwegs, um Brötchen zu holen. Streit lag in der Luft, und wie soll man auch bei diesem Geschrei, das wie verstärkt durch die hohen Räume hallt, die Nerven behalten? Zuerst haben sie mich angesehen, als sei ich verrückt geworden, jetzt sitzen wir in Jacken und Decken eingeschlagen auf der Terrasse. Die Kinder spielen, wir wärmen unsere Hände an den Teetassen und Benjamin und Josephine haben die Füße unter dem Tisch ausgestreckt. So ungestört sitzen sie sonst selten am Tisch.

Ich stehe auf. Die Kinder sind hinter der Gartenhütte verschwunden. Als ich um die Ecke trete, sehe ich ihre Rücken, Schulter an Schulter, Luca kniend, Philli stehend an ihn gelehnt. Ihre Haltung hat etwas Heimliches. Er zeigt auf etwas, das ich nicht erkennen kann. Vor ihnen raschelt es, ein Tier, vielleicht ein Igel. Sie bemerken mich nicht, Luca hat einen Stock in der Hand, er hebt ihn in die Höhe, etwas hängt daran, fällt wieder hinunter, Philli quietscht und ich erschrecke auch. Ich bin noch zwei Schritte entfernt, die Kleine dreht sich zu mir, ihre Augen sind geweitet vor Aufregung und ich sehe Luca im Profil, sein ausdrucksloses Gesicht, genauso sieht er aus, wenn er vorm Fernseher alles um sich herum vergisst. Ich will ihn von der Schlange wegziehen. Er holt aus wie mit einem Speer und sticht zu. Ich sehe, wie das stumpfe Ende des Stocks den schuppigen Körper zerquetscht, das Tier zuckt, aber es kann nicht mehr fort, der Stock nagelt es an den Boden, es windet sich und sinkt in sich zusammen, bleibt reglos liegen. Ich packe Luca am Oberarm.

»Luca«, fahre ich ihn an, meine Stimme so laut, dass Philli zu ihren Eltern läuft. Ich sehe ein Glitzern in seinen Augen, das mir durch Mark und Bein geht.

»Warum hast du das gemacht?«

»Was?«, fragt er mich, der Ausdruck ist verschwunden, jetzt blinzelt und lächelt er sogar.

»Warum hast du die Schlange getötet?«

»Das ist doch keine Schlange, das ist eine Blindschleiche. Ich wollte sie aufheben, so wie Opa es mir gezeigt hat, im Wald. Schau, so.«

Er fährt mit dem Stock unter den Körper, wie ein Stück Kabel hängt er jetzt herab. Ich reiße ihm den Stock weg, die Blindschleiche fällt vor uns zurück ins Laub.

»Du hast sie umgebracht«, flüstere ich.

»Das war nicht absichtlich.« Er legt den Kopf schief. »Darf ich jetzt zurück zu den anderen?« Es ist mir, als müsste ich noch etwas sagen. Ich weiß nur nicht, was. Ich lasse ihn los. Bevor er fortläuft, legt er mir noch eine Hand auf die Schulter. »Es ist nur eine Blindschleiche, Mama.«

Ich starre ihren toten Körper an, wie verformt er jetzt ist. Mit dem Stock schiebe ich ein paar Blätter darüber, dann gehe ich zurück zu den Erwachsenen. Sie sind in ein Gespräch vertieft. Ich setze mich wieder hin und lasse den Stock zu Boden gleiten, aus irgendeinem Grund habe ich ihn mitgenommen.

»Aber wozu? Ich verstehe nicht, wofür das gut sein soll.« Die Anspannung in Jakobs Stimme lässt mich aufhorchen.

»So sind sie halt«, sagt Josephine müde.

Höchstwahrscheinlich geht es um die Eltern, ein eigenes Kapitel für Jakob, den verlorenen Sohn.

»Später wirst du es ja sehen.«

7

Ich fahre dem roten Landrover in unserem Ford hinterher und sehe durch die Heckscheibe, wie Josephine damit beschäftigt ist, Philli zu bespaßen. Immer ist die Kleine in Bewegung, auch im Auto will sie nicht ruhig sitzen bleiben. So viel Leben durchströmt ihren Körper. Die Kinder müssen die Blindschleiche aus der Winterstarre aufgeweckt haben, deswegen hatten sie so ein leichtes Spiel. Leblos ist sie vom Stock gebaumelt. Das Glitzern in Lucas Augen. War das Begeisterung? An der Quälerei oder an der Entdeckung?

»Pia«, Jakobs Stimme neben mir. »Hörst du mir überhaupt zu?« Er regt sich über seine Eltern auf, ich beschwichtige ganz automatisch. »Sie haben das bestimmt gemacht, um euch Arbeit abzunehmen. Du weißt doch am besten, wie wichtig ihnen so etwas ist.«

Der Friedhof liegt im Tal, ein wenig abseits der Kirche, daneben türmen sich die Berge und werfen ihren Schatten. Jakob hat mir einmal erzählt, dass es hier immer so kalt ist, egal zu welcher Jahres- oder Tageszeit, nie trifft auch nur ein Sonnenstrahl auf den Friedhof. Die Kälte kriecht durch unsere Herbstmäntel, findet auch unsere zu Fäusten geballten Hände in den Manteltaschen. Luca hat die Schultern bis zu den Ohren hochgezogen, mir fällt auf, dass ihm seine Regenjacke zu kurz wird, in Gedanken mache ich eine Notiz. Alfred, Jakobs Vater, begrüßt uns am Friedhofstor, während Gundi, Jakobs Mutter, einen Finger auf die Lippen legt, damit wir nicht zu laut sind, die Toten wollen ihre Ruhe. Die beiden sind die Einzigen, denen die Kälte nichts auszumachen scheint. Als Philli die Oma sieht, will sie sofort zu ihr auf den Arm. Gundi ächzt ein wenig, aber nimmt die Kleine trotzdem hoch, nennt sie ihr Äffchen. Alfred reicht Luca seine Hand. Verständlicherweise ist er ein wenig scheu, so selten, wie er seine Großeltern sieht, auch wenn sie sich bemühen, den Abstand auszugleichen, indem sie zu Weihnachten, zum Geburtstag und zu Ostern große Pakete schicken und einmal im Jahr zu Besuch kommen. Doch dann schlafen sie im Hotel, weil unsere Wohnung zu klein ist. Nie ist genug Zeit, um wirklich einen Alltag gemeinsam zu erleben, immer ist einer Gast. Ich schaue zu Jakob und frage mich, ob er es auch sieht, ob es ihm wehtut, die Vertrautheit seiner Eltern zur Enkelin, das Selbstverständliche im Umgang mit ihr und im Gegensatz dazu Alfreds zögerlich in der Luft schwebende Hand, bevor er sie Luca auf den Rücken legt. Der Weg zwischen den Gräbern ist schmal, wir gehen hintereinander, ich ganz zum Schluss. Alle bemühen sich, still zu sein, es knirscht nur der Kiesel unter unseren Füßen.

Mein Blick schweift über die Grabsteine, ich lese die Namen im Vorübergehen. An einem Datum bleibe ich hängen. 22.11.2019–22.11.2019. »Lio Gabriel Weninger« steht davor und darüber: »Franziska Weninger 30.4.1998–22.11.2019«. Ist die Mutter bei der Geburt gestorben, gemeinsam mit ihrem Kind? Gibt es das heutzutage noch? Ich rechne im Kopf nach – so jung! Da ist auch ein Foto von ihr, es wird von den Pflanzen überwuchert, üppig bedeckt ist das Beet, man sieht, dass sich jemand Mühe gibt, es zu pflegen. Es ist ein Dienst an den Toten. Auch Lindas Grab sticht zwischen all den tristen Gräbern auf dem Friedhof hervor, zumindest in meiner Erinnerung, ich bin schon lange nicht mehr dort gewesen. *Aus dem Leben gerissen.* Ich schlucke. Das Baby hat es nicht einmal ins Leben geschafft. Rasch drehe ich mich um, als ich eine Hand auf meinem Oberarm spüre, und schaue in Gundis Gesicht. Die anderen stehen ein paar Meter weiter, sie warten auf mich, vielleicht wurde ich schon gerufen und habe nicht reagiert.

»Ich komme schon«, sage ich und möchte zu den anderen aufschließen, aber Gundi bemerkt, bei welchem Grabstein ich stehen geblieben bin, und seufzt tief. Natürlich kennt sie nicht nur die Lebenden im Ort, sondern weiß auch, wer auf welche Art gestorben ist. Mit verständnisvollem, weichem Blick, der mir auf unbestimmte Weise unangenehm ist, sagt sie: »Wir zünden auch eine Kerze für deine Schwester an.«

»Das müssen wir nicht«, sagt Jakob etwas zu laut aus der Entfernung. »Deswegen sind wir nicht hier.«

Gundi schaut streng in seine Richtung. »Übermorgen ist Allerseelen, da gedenken wir der Toten.« Sie wendet sich an mich. »Romi hat sie geheißen, richtig?«

»Linda«, korrigiere ich mit krächzender Stimme, da ist etwas Trockenes in meinem Mund.

»Entschuldige. Wenn du möchtest, zünden wir in der Kapelle eine Kerze für Linda an.«

Ich bemerke Jakobs Blick, der möchte, dass ich seine Mutter in die Schranken weise, sage, dass wir so etwas nicht brauchen, weil wir nicht an Gott glauben. Stattdessen nicke ich dankbar. »Das wäre schön.«

Sie nimmt mich an der Hand. So körperlich nah sind wir uns sonst nicht, ich lasse mich von ihr weiterziehen. Das Grab ist im letzten Winkel des Friedhofs. Ich weiß nicht, was ich erwartet habe. Es ist gut ersichtlich, dass sich niemand mehr darum kümmert, da sind Wurzeln, welke Blätter und gefrorene Erde, aber eben auch ein Grabstein mit Grünspan und Namen, es sind mehrere, eine ganze Familie liegt hier begraben. Jakobs Eltern sprechen von einer einmaligen Gelegenheit, eigentlich ist der Friedhof ja voll und es passiert selten, dass ein Grab aufgelassen wird. Es kommt mir brutal vor, ich finde, Gräber sollten für die Ewigkeit sein und nicht, wenn niemand mehr zahlt, neu vermietet werden. Sie haben nur deshalb als Erste davon erfahren, weil sie mit dem Pfarrer ein freundschaftliches Verhältnis pflegen. Gundi zeigt auf die Berge rundherum, auf den Lindenbaum, der seine Zweige über die Friedhofsmauer streckt. Ein fantastischer Platz, ungestört, fernab der Durchgangswege. Sie und Alfred sind dabei, es über ihre Bank so einzurichten, dass die Pacht für hundert Jahre bezahlt werden kann, ihre Kinder sollen sich um nichts kümmern müssen. Ich bleibe an dieser Zahl hängen. Hundert Jahre.

»Und dann«, fragt Jakob patzig. »Wird dann umgegraben, ausgeräumt und neu verkauft?«

»So ist das mit den Gräbern«, sagt Alfred ruhig. »Wenn es euch wichtig ist, könnt ihr danach weiterzahlen. Oder eure Kinder.« Er räuspert sich, bevor er weiterspricht. »Das Grab ist ja nicht nur für uns gedacht. Jeder von euch kann hier ebenfalls seine letzte Ruhestätte finden.«

Ich schaue von Alfreds salbungsvoller Miene in Jakobs fassungsloses Gesicht. Mir kommt dieses Angebot gleichermaßen ulkig und zärtlich vor.

»Ist das euer Ernst«, fragt Jakob.

»Du musst dich nicht aufregen«, sagt Gundi. »Wir zwingen euch zu nichts, es ist nur ein Angebot.«

»Jeder muss irgendwo begraben werden«, sagt Alfred. »Egal, an was er glaubt.«

Jakob beißt die Zähne zusammen. Er reißt sich los und stapft aufgebracht davon.

Mir fällt auf, wie Josephine die Augen verdreht, sie findet Jakobs Abgang dramatisch. Gundi hat es auch bemerkt, wirft ihr einen strengen Blick zu, woraufhin Josephine trotzig die

Hände in die Taschen steckt und sich vom zukünftigen Familiengrab abwendet.

»Was ist mit dem Papa«, fragt Luca, der nicht wirklich zugehört hat, was die Erwachsenen da reden. Ich nehme ihn an der Hand und zu zweit gehen wir Jakob hinterher.

»Lass mich.« Jakob ist bei der Friedhofsmauer angekommen, weiter geht es nicht. Luca zieht an Jakobs Mantel, mich kann er wegschicken, Luca nicht. Jakob fügt sich und beugt sich zu seinem Sohn hinunter. Der streichelt ihm über die Wange und dann kommen Jakob die Tränen. Ich stehe daneben, beobachte die beiden und erinnere mich daran, wie Luca mir als Baby manchmal genauso seine kleine Hand auf die Wange gelegt hat. Diese Verbundenheit, die damals zwischen uns war. Wann ist sie uns abhandengekommen? Wieder sehe ich Lucas Gesicht vor mir, erst sein teilnahmsloses Profil, dann, nur für einen kurzen Moment, die Erregung in seinen Augen. Das Glitzern. Jakob wischt sich die Tränen weg, diese Geste holt mich zurück. Er steht auf und nimmt Luca an der Hand. Ich ahne, was ihn quält. Es hat mit der Entfernung zu tun, der Entfernung zwischen ihm und seiner Familie, und nicht nur der räumlichen. Es ist sehr unwahrscheinlich, dass sie alle mal ein Grab teilen werden. Es hat damit zu tun, wie verhalten Luca und seine Großeltern miteinander umgehen. Wie angespannt er selbst mit seinen Eltern umgeht. Ihr Leben ist unserem so fremd, manchmal kommen sie mir vor wie flüchtige Bekannte. Wo meine Eltern uns zu nahe sind, sind seine zu weit entfernt.

8

Ich stehe mit Mutter vor dem Schrank, sie sucht Lindas Gewand aus. Wenn sie mich gefragt hätte, hätte ich: der Pullover! gesagt und den Pullover mit den Hasenohren gemeint, Lindas Lieblingspullover, aber Mutter greift nach einem schlichten grünen Kleid, das sie eigenhändig gestrickt hat, einmal etwas nur für Linda, die normalerweise die Kleider von uns Älteren auftrug; und vergräbt ihre Nase darin, bevor sie mich umarmt. Was ich nicht sage: dass Linda die grüne Wolle gekitzelt hat und sie das Kleid nur deswegen ohne Murren angezogen hat, weil sie genau wusste, wie froh es Mutter machte, sie darin zu sehen.

Der kleine weiße Sarg im Mittelgang der Kirche. Er ist so klein, unmöglich zu glauben, dass Linda darin liegen soll.

Die traurigen Gesichter der Erwachsenen. Als wir aus der Kirche ausziehen, die Autos warten müssen und der Sarg zum Friedhof getragen wird, bleiben die Leute auf der Straße stehen und verziehen ihre Münder, legen ihre Stirn in Falten. Eine alte Frau bekreuzigt sich. An der Größe des Sargs erkennen sie, dass hier ein Kind zu Grabe getragen wird.

Der Sarg wird an Seilen in das Loch hinabgelassen, das jemand im Grab der Großeltern väterlicherseits ausgehoben hat. Langsam und ruckelnd verschwindet er darin.

Der Pfarrer gibt das Mikrofon einem Ministranten, um die Hände frei zu haben. Er bückt sich, hebt eine kleine Schaufel mit Erde aus einem Kübel und kippt die Erde in das Loch. Das prasselnde Geräusch, als sie auf das Holz fällt.

Tante Mitzi drückt mir eine Blume in die Hand. Mutter geht als Erste vor: Blume. Romi geht vor: Blume. Vater geht vor: Erde.

Vater sieht mich an. Ich bin stehen geblieben. Sie deuten mir, ich bin an der Reihe. Hinter mir warten die anderen. Vater kommt und nimmt mich hoch. Er tritt vor das Grab.
»Wirf die Blume hinein.«
»Warum tun wir den Sarg nicht in die Garage?«, frage ich.
Seine roten Augen.
»Pia, es wird dir leidtun, wenn du dich jetzt nicht verabschiedest.«
Er trägt mich zur Seite. Die Blume halte ich noch immer in der Hand.

Sie schütteln die Hände der Eltern und tätscheln uns die Köpfe, die Wangen.
Mein Beileid.
Mein Beileid.
Mein Beileid.

Es ist unerträglich und dann ist es vorbei.

Es gibt einen Grund, warum ich die Blume nicht auf den Sarg werfen wollte, warum ich vorgeschlagen habe, wir könnten Lindas Sarg bei uns in der Garage aufheben. Linda hatte Angst vor Großmutter. Weil sie vier Jahre jünger war als ich, hat sie

Großmutter nur bettlägerig gekannt. Und Großvater hat keine von uns je kennengelernt. Bei denen soll sie jetzt liegen? Bei den Toten? Linda gehört für mich nicht zu den Toten. Es macht mehr Sinn, sie in der Garage zu besuchen als auf einem Friedhof. Ich will sie in der Nähe haben, ich will sie bei uns haben. Vielleicht glaube ich Romi deswegen, als sie ein paar Wochen später ins Wohnzimmer gelaufen kommt, wo ich vor dem Fernseher sitze.

»Linda ist draußen!«

Ich sehe sie an. »Du spinnst.«

»Doch, sie ist im Garten.«

»Warum sagst du sowas?«

»Sie ist draußen!«

Diese Zuversicht in ihrer Stimme.

»Linda ist tot.«

»Nein, sie ist wieder da!«

Es kann nicht sein. Aber wie Romi es sagt, es klingt so aufrichtig. So wahr.

Ich springe auf. Endlich springe ich auf. Da ist viel gleichzeitig. Unglauben. Hoffnung. Angst. Ich laufe in den Vorraum. Ich reiße die Haustür auf und bleibe stehen. Es ist finster, meine Augen sind nicht an die Dunkelheit gewöhnt. Schwarz und kalt schlägt sie mir entgegen.

»Hallo?«, rufe ich.

Keine Antwort.

Und dann vorsichtiger: »Linda, bist du da?«

Ich hoffe, dass sie da ist, und hoffe es nicht. Was wäre das für eine Linda? Eine Linda, die dem Sarg entstiegen ist, blutleer und mit Erde in den Haaren? Aber was macht das schon, solange es nur Linda ist?

Die Dunkelheit schweigt mich an.

Ich drehe mich um. Romi steht hinter mir.

»Du hast gelogen.«

Sie erwidert nichts.

Tränen schießen mir in die Augen. »Warum?«, schreie ich.

Mutter kommt. »Was ist hier los?«, will sie wissen. »Macht doch die Tür zu, es ist kalt.«

Ich schmeiße die Tür zu, dränge mich an ihnen vorbei, laufe die Treppe hinauf in mein Zimmer und werfe mich aufs Bett.

Ich habe ihr geglaubt. Ich habe Romi geglaubt.

Ich wälze mich auf den Rücken. Es tut gut, zu weinen. So zu weinen. Ehrlich und bitterlich. Und da ist auch ... Erleichterung. Weil Romi etwas getan hat – es ist hundsgemein gewesen –, aber es ist etwas, das die alte Romi vielleicht auch getan hätte. Die Romi von früher. Die Romi von davor.

Mutter sieht das nicht so. »Was stimmt nicht mit dir?«, will sie von Romi wissen. Sie ist mit Romi hinauf in mein Zimmer gekommen. Ich muss ihr sagen, was Romi getan hat.

Romi sagt nichts.

Mutter gibt ihr eine Ohrfeige.

Noch nie hat Mutter eine von uns geschlagen.

Romis Blick bleibt unverändert. Dieser Ausdruck auf ihrem Gesicht. Kein Ausdruck. Ein Unausdruck. Nur dass jetzt auf ihrer Wange ein roter Fleck ist.

Mutter schickt Romi auf ihr Zimmer.

Ich gehe ihr nach. Ich habe ein schlechtes Gewissen, aber es ist nicht meine Schuld. Nichts davon ist meine Schuld.

Das macht es nicht besser.

Ich klopfe, dann trete ich ein. Mein Blick bleibt an Lindas Bett hängen. Es ist noch immer bezogen. Bereit. Aber bereit für wen? Vielleicht hat das Bett Romi auf die Idee gebracht.

Romi liegt mit dem Gesicht zur Wand. Ich kann trotzdem sehen, dass sie nicht weint.

»Pia«, flüstert sie. Ich lege mich zu ihr. Rutsche näher. Passe meinen Körper an ihren an, so, dass ich am Bauch spüre, wie sich ihr Rücken im Rhythmus ihres Atems bewegt.

»Ich habe so ein ... Gefühl«, sagt sie.

»Was für ein Gefühl?«

»Ein halbes Gefühl.«

Sie muss es mir nicht erklären, ich weiß genau, wovon sie spricht. Wir drei Schwestern sind eins gewesen. Dann waren wir plötzlich nur noch halb, weil jetzt eine fehlt. Ich frage Romi, wo sie das halbe Gefühl spürt. Und sie antwortet, überall. Ich drücke meinen Körper noch fester gegen ihren. Ich kann selber spüren, dass es hilft. Die Nähe. Das Engsein. Das hilft gegen das halbe Gefühl.

Es wird zum geflügelten Wort zwischen uns. Ein Insider, der, einmal ausgesprochen, dazu führt, dass die eine die andere umarmt. Bis es nicht mehr ausreicht.

9

Es beginnt gerade zu dämmern, als meine Mutter anruft. Ich habe ihr geschrieben, nachdem wir angekommen sind, sie weiß, dass es uns gut geht. Sie hat den Anruf hinausgezögert, wären wir nur im Urlaub, hätte sie gleich angerufen, doch weil wir bei Jakobs Familie sind, nimmt sie sich jetzt zurück. Ich weiß nicht, wieso, so war es von Anfang an. Schon als wir sie einander vorgestellt haben, habe ich gespürt, wie Mutter auf Abstand zu Jakobs Eltern ging. Sie war freundlich, das schon, aber auch kühl. Ich überlege, nicht ranzugehen. Aber ich weiß, was dann passiert. In etwa zwei Stunden kommt der nächste Anruf, dann in einer, dann in einer halben und dann wird sie Jakob anrufen.

Auf dem Weg ins Gästezimmer überblicke ich von der Treppe aus das Wohnzimmer. Luca und Philli sind auf allen vieren, sie spielen, dass sie irgendwelche Tiere sind, die sich gegenseitig verfolgen, Hunde vielleicht. Luca liebt Hunde. Benjamin sitzt auf der Couch und scrollt auf seinem Telefon. Ich wünschte, er würde dem Tun der Kinder mehr Aufmerksamkeit schenken, die Episode vom Morgen steckt mir noch in den Knochen. Mutters Stimme ganz nah an meinem Ohr lenkt mich ab:
»Pia – geht es euch gut?«

Sie stellt die üblichen Fragen, bittet mich, ihr doch ein paar Fotos von Luca mit Philli zu schicken. Es wundert sie nicht, ich hätte mich auch immer so herzig um Linda gekümmert. Sie erzählt, dass sie mich einmal dabei belauscht hat, wie ich Linda beibringen wollte, mich Mama zu nennen. Ihr Lachen trifft mich durch das Telefon. Es transportiert mich zurück an den See, zurück zu ihrer Weigerung, mit mir über Lindas Tod zu sprechen, über die Zeit danach. Immer nur diese harmlosen Erinnerungen aus der Zeit davor, immer ist die Vignette so gewählt, dass Romi nicht darin vorkommt. Sie ahnt nicht, wie sehr das den Abstand zwischen mir und ihr vergrößert. Aber ich beiße mir auf die Innenseite meiner Backe und sage nichts, weil fast November ist. Schon immer nehmen wir im November und zu Lindas Geburtstag im Juni Rücksicht auf Mutter, schleichen auf Zehenspitzen um sie herum. Ich schließe die Augen und atme tief ein. »Alles in Ordnung«, fragt sie. Warum nur kennt sie mich so gut?

Im Dämmerlicht spiegele ich mich in der Scheibe. Ich kann an keiner spiegelnden Oberfläche vorbeigehen, ohne mich anzusehen, nicht aus Selbstverliebtheit, sondern aus einem Bedürfnis nach Kontrolle. So bekomme ich am ehesten eine Ahnung davon, wie ich auf andere wirke. Manchmal dauert es einen Moment, bis ich mich erkenne, in den kleinen Monitoren zum Beispiel, die an den Decken im Supermarkt angebracht sind und die Aufnahmen der Überwachungskameras zeigen. Ich lege die flache Hand auf meinen Brustkorb und atme ein. Das bin ich, Lucas Mutter, Jakobs Partnerin. Ich stehe hier im Haus von Jakobs Schwester, sie führen ein Leben, das unserem nur an der Oberfläche gleicht, ein Leben, das sich, auch wenn ich die Herausforderungen kenne, ganz anders anfühlt als unseres. Es wäre meine Aufgabe, es Jakob leichter zu machen, hier zu sein. Aber alles, was ich denken kann, ist, dass er gar nicht weiß, wie gut er es hat. Es macht mich wütend, wenn ihm die Tränen kommen wie einem gekränkten Kind, und ich bin froh, dass Luca besser darin ist, ihn zu trösten, als ich. Dann glauben seine Eltern eben an Gott. Dann schenken sie ihm eben ein

Grab, so makaber es ist, es ist doch auch ein Zeichen ihrer Liebe. Er sollte froh sein, dass es so etwas Offensichtliches gibt, gegen das er rebellieren kann. Immerhin sind die Regeln seiner Familie klar durchschaubar, sie richten sich nach Gott und gleichen darin den Regeln Millionen anderer Familien. Nicht so wie in meiner Kindheit, wo sich die Regeln mit der Zeit geändert haben. Wo Gut und Böse ständig den Platz getauscht haben. Wo nichts sicher war. Ich schaue in mein Spiegelantlitz und entspanne meine Gesichtsmuskulatur, dann ziehe ich die Mundwinkel nach oben. Wenn ich lächle, sieht man mir meine Gedanken nicht an.

Zurück in der offenen Wohnküche finde ich Josephine, Benjamin und Jakob, sehe aber die Kinder nicht.

»Wo sind die zwei«, frage ich.

Josephine und Benjamin schauen mich überrascht an, meine Stimme klingt alarmiert. Josephine sagt, im Kinderzimmer. Ich eile die Treppen wieder nach oben und reiße die Tür auf. Dieser Raum, den die Dreijährige nur zum Schlafen benutzt, eine Speisekammer für ihre Spielsachen. Ich weiß nicht, was ich erwartet habe. Luca und Philli sitzen am Boden, vor ihnen ein Berg aus Stofftieren, Luca hält mit beiden Händen einen Löwen. Er sieht mich an, er weiß, was ich denke. Eine Hand auf meiner Schulter, Jakob zieht mich zurück in den Gang.

»Lass die Tür offen«, zische ich.

Jakob schließt sie. Mein Herz klopft bis zum Hals.

»Wir können sie nicht alleine lassen«, sage ich. »Jetzt mach die Tür auf.«

»Was glaubst du denn, Pia«, fragt er.

Ich versuche, mich an Jakob vorbeizudrängen. Er lässt mich nicht. »Hör auf«, sagt er. »Lass die Kinder in Ruhe spielen.«

»Ich bin für ihn verantwortlich!«

Er packt meine Handgelenke.

»Für dich ist es leicht«, sage ich. »Weil du ihn nicht kennst.«

»So ein Schwachsinn«, sagt Jakob, aber er lässt mich los. Ich schiebe ihn zur Seite und öffne die Tür zum Kinderzimmer.

»Die Einzige, die ich nicht mehr erkenne, bist du.«

Im Augenwinkel sehe ich, wie Jakobs Gesicht sich verfinstert, er schließt die Augen und atmet tief ein, aber dann geht er und ich gehe nicht ihm hinterher, sondern setze mich auf den Sessel neben das Bett.

»Lasst euch nicht stören«, sage ich. »Ich bin überhaupt nicht da.« Ich mühe mir ein Lächeln ab.

Die Kinder spielen weiter, Luca ignoriert mich. Als er mich vorhin angesehen hat, wusste er, was ich denke, genauso wie im Wald. Aber ich weiß nicht, ob er sich von mir durchschaut fühlt oder missverstanden. Jakob sieht nicht, was ich sehe. Weil er das Dunkle nicht kennt. Aber ich kenne es, und wenn Luca auch so ist, dann ist er es wegen mir. Wegen meiner Familie. Seit Lindas Unfall tragen wir alle einen Abgrund in uns. Und deswegen ist es meine Aufgabe, Luca vor sich selbst zu beschützen. Ich muss nur herausfinden, wie. Meine Hände liegen auf meinen angezogenen Oberschenkeln. Ich betrachte meine Handgelenke. Auf dem linken zeichnet sich eine rote Druckstelle ab, aber das ist es nicht, was mir die Tränen in die Augen treibt.

Als es nach dem Abendessen Zeit ist, Philli fürs Bett fertig zu machen, möchte Jakob Luca draußen etwas am Sternenhimmel zeigen. Ich suche seinen Blick, will meine Dankbarkeit ausdrücken, aber er sieht mich nicht an. Luca trottet seinem Vater hinterher. Benjamin ist an der Reihe, sich um Philli zu kümmern, Josephine und ich machen gemeinsam den Abwasch in der hellen, offenen Küche. Sie hofft, dass mir die Szene heute am Friedhof nicht unangenehm war. Das Angebot ihrer Eltern sei nicht gegen mich gerichtet gewesen. So denken sie nicht, sagt sie. Ich verstehe nicht, wie sie das meint.

»Ich meine, wegen deiner Schwester«, sagt sie vorsichtig. »Ihr habt doch schon ein Familiengrab.«

Ich stelle den Teller, den ich gerade vorgespült habe, in den Geschirrspüler. *Pia, es wird dir leidtun, wenn du dich jetzt nicht verabschiedest.* Nie habe ich daran gedacht, einmal selbst in diesem Grab zu liegen.

»Nein, nein«, beschwichtige ich. »Alles in Ordnung.«

Mein Blick fällt auf das Babyfon, das neben der Spüle steht und einen Schwarzweißfilm aus dem Kinderzimmer abspielt.

»Wacht Philli oft auf in der Nacht?«

»Kann ich so nicht sagen.« Josephine reicht mir einen Teller. »Bei uns im Bett schläft sie durch. Normalerweise holen wir sie zu uns, wenn wir schlafen gehen. Ab wann hat Luca denn alleine geschlafen?«

Ihre Antwort beruhigt mich. Es ist angenehm, neben ihr zu stehen, für sie bin ich die Erfahrene. Wer weiß, würden wir nicht so weit entfernt voneinander leben, vielleicht wären wir Freundinnen, die sich bei einem Glas Wein über die Schwierigkeiten der Mutterschaft austauschen. Ich versuche mich zu erinnern. Diese Dinge, die dein Leben eine Zeit lang bestimmen, und dann plötzlich sind sie vorbei und du erinnerst dich kaum mehr an sie.

»Hmm, ich glaube, er war so ungefähr drei, als er begonnen hat, in seinem eigenen Zimmer durchzuschlafen.«

»Ja, vielleicht sollten wir das auch probieren. Gestern, weil wir doch was getrunken hatten, haben wir sie in ihrem Zimmer gelassen und sie hat tatsächlich dort geschlafen.«

Ich spüre den Kloß in meinem Hals.

»Und in der Früh, wie war sie da drauf?«

»Sie war ganz vergnügt. Vielleicht ist sie da jetzt endlich rausgewachsen. Obwohl«, sie seufzt, »ein bisschen schade fände ich es schon.«

Ich nicke in Richtung des Babyfons. »Aber du würdest hören, wenn jemand in ihr Zimmer kommt?«

»Natürlich.« Ich bemerke ihren misstrauischen Blick.

»Blöde Frage«, sage ich und trockne weiter die Teller ab.

Ich kann wieder nicht schlafen. Es ist unsere letzte Nacht. Ich drehe mich auf die Seite. Ich bin froh, dass wir morgen nachhause fahren. Hier sind mir alle fremd. Jakob und Luca, am meisten ich selbst. Zuhause werde ich wieder klarer denken können. Ich stelle mir die Kerze vor, die in der Kapelle brennt. Wir haben sie für Linda angezündet. Von den Toten kann man sich verabschieden, es gibt einen Tag, an dem wir ihrer Seelen gedenken. Aber was ist mit den Menschen, die aus anderen Gründen aus unserem Leben verschwinden? Die lebendigen Toten? Für diese Art von Trauer gibt es keinen Platz. Ich wälze mich herum. Ich denke an Lucas kühle Hände vom Morgen. Was für ein Zufall, dass Philli genau in dieser Nacht alleine in ihrem Zimmer geschlafen hat. Ich richte mich auf. Meine Augen haben sich so weit an die Dunkelheit gewöhnt, dass ich eine Gestalt ausnehmen kann, die auf der Matratze am Fußende liegt. Dann stehe ich auf. Ganz leise drehe ich den Schlüssel in der Tür, ziehe ihn ab und lege ihn mir unter das Kopfkissen. Ich werde morgen vor den anderen aufwachen, niemand wird bemerken, dass ich uns eingeschlossen habe. Es wird uns nichts passieren.

10

Wir verabschieden uns, versprechen, dass wir uns öfter hören werden, richtige Telefonate, nicht nur das Hin- und Herschicken von Kinderfotos. Luca umarmt Philli, sie versteht nicht, was Abschied bedeutet. Dann steigen wir ins Auto und fahren los. Wir lassen Jakobs winkende Schwester hinter uns, ihr schönes Haus, die Berge und auch das Grab von Jakobs Eltern. Das Auto ist schwerer als bei unserer Ankunft vor ein paar Tagen. Die Schwere liegt in Jakobs Schweigen, in den paar Zentimetern, die sich zwischen uns drei geschoben haben.

Als Luca eingeschlafen ist, versuche ich ein Gespräch. »Was denkst du?« Jakob sagt, er hat Kopfschmerzen. Er wird auch versuchen, ein wenig zu schlafen. Er schließt die Augen. Ich stelle das Radio leiser. In mir ist die Hoffnung, diesem Gefühl der Leere davonfahren zu können, dass es immer weniger wird, je näher wir unserer eigenen Wohnung kommen, bis wir aussteigen und es ganz verschwunden sein wird. Mein Blick schweift von der Autobahn in den Rückspiegel, ich bleibe einen Moment an Lucas Gesicht hängen, wenn es im Schlaf ganz entspannt ist, sieht man am besten die Ebenmäßigkeit, die Symmetrie – Augen, Nase, Ohren, Mund sind beinahe im goldenen Schnitt zueinander angeordnet. Manchmal schmerzt mich seine Schönheit, weil ich mich frage, was sie überdeckt. Ich weiß, dass man schönen Menschen mehr verzeiht, dass sie es leichter haben im Leben. Es werden ihnen Eigenschaften zugeschrieben, die sie vielleicht gar nicht besitzen. Ich denke an Frau Bohle, wie schnell die Schule zurück zur Tagesordnung übergegangen ist. Ja, es stimmt, Kinder in diesem Alter entdecken ihre Sexualität, und wäre es ein anderes Kind, ich hätte auch Ruhe bewahrt. Trotzdem. Wir sind zu leicht davongekommen. Was, wenn Luca nichts weiter daraus gelernt hat, als vorsichtiger zu sein? Ein Auto überholt mich knapp, ich bemerke, wie langsam ich geworden bin, auf der rechten Spur zockle ich einem Lastwagen hinterher. Ich wechsle die Fahrbahn und beschleunige. Jakob grummelt, wirft den Kopf auf die andere Seite, verlagert sein Gewicht und schlägt schließlich die Augen auf.

»Habe ich geschlafen?«

»Ein bisschen«, sage ich.

Er reibt sich die Augen, kontrolliert auf dem Navi am Telefon, wo wir sind.

»Halbzeit«, sage ich. Jakob nickt und lässt seinen Körper dann wieder in den Sitz sinken. Sein Blick geht aus dem Fenster.

»Wie fandst du es«, frage ich.

»Viel zu verdauen«, sagt er, ohne den Blick von den vorbeiziehenden Bergen abzuwenden.

»Das Grab?«

»Auch.«

Ich will diese Schwere nicht, ich will, dass es leicht ist zwischen uns.

»Ich glaube, Luca hat sich richtig wohlgefühlt.«

»Zum Glück«, dieser Unterton in seiner Stimme.

»Muss ich für jedes Wort bezahlen?« Jakob hebt die Augenbrauen. »Sag doch einfach, was du denkst.«

»Ich verstehe einfach nicht, was für ein Problem du mit Luca hast.«

Ich sammle mich kurz und sage dann mit ruhiger Stimme: »Du meinst im Kinderzimmer? Ich wollte nur nicht, dass die

Kinder alleine spielen, stell dir vor, es wäre irgendetwas passiert, es müsste gar nicht Lucas Schuld gewesen sein, aber was glaubst du, wie Josephine da reagiert hätte.«

Ich merke, dass er mich ansieht.

»Sie behandelt Philli doch wie ein rohes Ei.«

»Stimmt«, sagt Jakob vorsichtig. »Dabei ist es in dem Alter so wichtig, auch mal auf die Schnauze zu fallen, um die eigene Wirkungsmacht zu begreifen. In einem geschützten Rahmen natürlich.«

»Natürlich«, wiederhole ich und spüre, wie sich Jakob ein wenig entspannt.

»Also hast du nicht geglaubt, dass Luca Philli etwas antut?«

Ich schüttle den Kopf. »Er ist doch selbst noch ein Kind und ich finde, er sollte nicht die Verantwortung für eine Dreijährige tragen müssen.«

»Ich trau ihm das ja schon zu«, sagt Jakob. Ein leichtes Zögern hängt noch in der Luft, er will mit meiner Version mitgehen, das kann ich spüren.

Ich drehe die Musik etwas lauter.

»Ah, ich liebe dieses Lied!« Mit einem Grinsen summe ich mit. Bis wir zuhause sind, wird die Schwere verschwunden sein.

II

Wenn ich Luca jetzt in die Schule bringe, halte ich nervös Ausschau, aber ich habe Birgit nicht noch einmal gesehen. Bei Sophie meide ich das Thema, wenn ich Luca von ihr abhole oder sie Mattis von uns. Dieses seltsame Misstrauen, das ich Luca gegenüber empfinde, es lässt sich nur in Worte fassen, die mich in ein falsches Licht rücken: Liebt sie ihr Kind nicht genug? Dabei ist das nicht die Frage. Wenn wir im Park anderen Eltern begegnen, versuche ich, mir nichts anmerken zu lassen. Ich weiß noch zum größten Teil, wer was geschrieben hat, bei manchen bin ich mir nicht mehr ganz sicher, aber diese Ungewissheit hat auch ihr Gutes. Nur vor Birgit fürchte ich mich. Ich gehe ihr aus dem Weg und sehne mich gleichzeitig nach einer Konfrontation mit ihr. Ich bilde mir ein, dass sie die Einzige ist, die mich von meiner Anspannung befreien könnte. Wenn sie in Worte fassen würde, was mir die ganze Zeit im Kopf herumschwirrt. Dann wäre es zumindest einmal ausgesprochen.

Wir sitzen zu zweit am Esstisch, es ist Abend, Luca malt und ich suche am Laptop nach einer Unterkunft für die Osterferien. Ich schiele nach dem Bild, das er malt. Er bemerkt es und bedeckt es mit seinem Oberkörper.

»Darf ich nicht sehen«, frage ich.

»Nein, Mama.«

Jetzt ist mein Interesse geweckt. Ich bitte ihn noch einmal, mir das Bild zu zeigen. Sein Grinsen verunsichert mich.

»Warum willst du mir das Bild nicht zeigen?«

»Weil es ein Geschenk für dich ist.«

Ich weiß nicht, was ich darauf sagen soll, also wende ich mich wieder meinen Laptop zu und beobachte ihn weiter aus dem Augenwinkel. Er ist aus mir gemacht, aus uns, aus einem X-Chromosom von mir und einem Y-Chromosom von Jakob. Wir wissen, er hat meine grauen Augen, meine blonden Haare, meine helle Haut – das sind die sichtbaren Merkmale. Seine Fantasie. Noch ein Punkt für mich. Seine Schlampigkeit und seine Ungeduld. Dass er dazu neigt, alles mit sich selbst auszumachen. Weil ich mich in ihm erkenne, bin ich wachsam. Er ist so gut darin, Menschen zu lesen und jene Version zu sein, die sie von ihm erwarten. In Tirol war er der liebevolle Cousin, der für seine Aufmerksamkeit und Bescheidenheit von allen gelobt wurde. Und wer könnte es ihm verdenken? Wir wollen alle gemocht werden. Es ist unser Versagen als Eltern, das sich in seinem Verhalten spiegelt. Wir hätten ihm beibringen sollen, dass er um seiner selbst willen liebenswert ist. Und da ist er wieder wie ich. Ich kann nur eine Rolle erfüllen oder eine Rolle verweigern. So lange war ich das liebe, artige Kind, bis ich es nicht mehr war. Auch Luca testet seine Grenzen aus. Wie weit kann er gehen. Ich denke an die Blindschleiche. Kinder, die Tiere quälen. Davor fürchte ich mich: dass seine Neugier in Boshaftigkeit umschlagen könnte. *Streichle den Hund und ich komme.* Er stellt mich auf die Probe, so wie Romi damals. Ich spüre, wie Luca mir entgleitet. Plötzlich wird mir klar, dass ich gar nicht mehr genau weiß, wie ich mich ihm gegenüber verhalten soll.

12

Mutter umarmt uns oft und lang. Manchmal nur mich, manchmal Romi und mich gemeinsam. Die ersten Tage nach Lindas Tod sind erfüllt von Dingen, die es zu erledigen gilt. Ein Kleid für Linda auszusuchen ist nur eines davon. Entscheidungen müssen getroffen werden: Welches Foto für die Parte, welcher Text soll darauf stehen? Welche Musik soll man in der Kirche spielen? Mutter trifft all diese Entscheidungen allein, hantelt sich von einer zur nächsten. Sie borgt schwarze Kleider für Romi und mich aus der Nachbarschaft, sie schminkt sich vor dem Begräbnis, was sie sonst nie tut, in der Kirche stellt sie sich vor die versammelte Trauergemeinde und singt ein Schlaflied für Linda. Ich höre die Leute hinter mir schluchzen, umdrehen will ich mich nicht mehr. So, wie meine Mutter da auf der Treppe vor dem Altar steht in ihrem schwarzen Kleid, mit dem offenen schwarzen Mantel darüber und ihrer blassen Haut, sieht sie so traurig und gleichzeitig so stark aus, dass ich auch sie kaum ansehen kann. Sie hält es aus, das ganze Lied zu singen. Sie hält es aus, weil es eine Aufgabe ist.

In der ersten Zeit gibt es noch diese Dinge, die zu tun sind. Hände zu schütteln, es auszuhalten, angesehen zu werden. Aber Trauer ist mit der Zeit auch langweilig. Weil sie dauert und dauert. Weil sie in Wellen kommt. Weil es früher oder später keine Dringlichkeit mehr gibt. Das Geschirr bleibt in der Spüle stehen, weil es auch morgen abgewaschen werden kann, genauso wie die Wäsche in der Waschmaschine auch morgen aufgehängt werden kann, wenn sie erst einmal zu müffeln beginnt, muss man sie sowieso noch einmal waschen. Dann sind die Kinder eben ungekämmt. Dann ist da ein Fleck auf der Hose und die Hausaufgaben sind nicht vorab kontrolliert. Nur essen, das müssen wir auch noch, nachdem Großmutter abgereist ist und die Leute aufhören, uns welches vor die Haustür zu stellen. Mutter vergisst entweder zu salzen, oder sie salzt zu viel. Wir essen trotzdem, ohne etwas zu sagen. Es ist still am Tisch. Absichtlich lasse ich das Besteck an meinen Zähnen anschlagen und schlürfe die Suppe. Früher hätte Mutter mich ermahnt, und wenn das nicht geholfen hätte, hätte Vater auf den Tisch geschlagen. Er wünscht Ruhe beim Essen und das Geräusch von Zähnen auf Metall lässt ihm die Härchen sich am Unterarm aufstellen, behauptet er.

Nichts. Keine Reaktion.

Wir alle sitzen still, blicken in unsere Teller, jeder auf seiner eigenen Tischkante. Nur Romi sitzt nicht in der Mitte, wie wir anderen. Bevor sie zu essen beginnt, zieht sie den Teller, ihr Besteck und das Wasserglas an den Rand, zu dem Platz, der immer ihrer gewesen ist. Sie lässt Platz für Linda, die neben ihr gesessen hat. Wir alle können die Lücke sehen.

13

Wir schlafen wieder miteinander. Nachts finden sich unsere Körper. Wenn es vorbei ist, stehe ich auf und gehe auf die Toilette. Mein Körper neigt zu Harnwegsinfekten, es ist eine Vorsichtsmaßnahme. Wenn ich zurückkomme, hat Jakob sich schon zur Seite gedreht. Kein Wort mehr über ein zweites Kind. Und wenn er überlegt, mich zu verlassen?

Es ist ein absurder Gedanke, doch da sind die Kleinigkeiten. Worüber wir miteinander reden, seit wir aus Tirol zurück sind. Was wollen wir Luca zu Weihnachten schenken? Wer geht mit ihm am Wochenende zum Schwimmkurs? Haben wir noch genug Milch? Wir bleiben auf unverfänglichem Terrain und ich warte ab, ob noch etwas kommt. Jakob, der sich dann am wohlsten fühlt, wenn alle Karten auf dem Tisch liegen, der immer eine Lösung findet, der seine Steuererklärung schon am Anfang des Jahres macht, nagelt mich nicht auf mein Verhalten fest. Er hat sich dafür entschieden, mir zu glauben. Dass ich Luca schützen wollte und nicht Philomena. Dankbar hat er meine halbherzige Ausrede geschluckt.

Natürlich ist Jakob in Tirol nie ganz er selbst. Deswegen kann ich nicht glauben, dass er es wirklich auf sich beruhen lassen wird. Ich warte darauf, dass noch etwas kommt. Oder es ist etwas kaputtgegangen. *Die Einzige, die ich nicht mehr erkenne, bist du.* Ich schütze mich selbst, indem ich ihn ausschließe, das ist mir durchaus bewusst. Aber wenn ich glauben würde, er könnte mir helfen, dann würde ich mit ihm reden.

In meiner Welt trennen sich Eltern nicht. Sie bleiben zusammen, selbst wenn ein Kind stirbt. Selbst wenn sie es nicht mehr aushalten, im gleichen Raum zu sein. Aber man kann sich auch aneinander festhalten, ohne zu reden. Ohne der gleichen Meinung zu sein. Man kann das Verhalten des anderen verurteilen und trotzdem nicht eingreifen. Man kann wegsehen.

Man.

Mein Vater.

Der Gedanke an ihn macht mich wütend, und ein bisschen ratlos. Weil er so einen starken Körper hatte, der allen Mut und Sicherheit vorgaukelte. Ein Bär von einem Mann. Ein Fels in der Brandung. Ein stilles Wasser. Ein scheues Reh. Er hat ihr nicht die Stirn bieten können und er hat auch nicht gehen können. Man kann es ihm zugutehalten oder man kann sagen, dass auch das feige war.

Man.

Ich.

Und Jakob, was für ein Mann ist er? Er ist fast das Gegenteil von meinem Vater. Er wirkt nur von außen weich, ich weiß, dass er gehen würde, wenn er mich für eine Gefahr hielte. Vielleicht behalte ich deswegen manches für mich. Er würde Luca in Sicherheit bringen. Vielleicht plant er es schon. Ich stelle es mir vor. Dass sie gehen, dass die Haustür hinter ihnen ins Schloss fällt und ich alleine in unserer Schuhschachtel zurückbleibe. Dieses Bild macht mir Angst. Aber nicht nur, da ist noch ein anderes Gefühl. So etwas wie Erleichterung.

Wenn ich Luca jetzt von meinen Eltern abhole, dann stecke ich meine Nase ins Haus. Ich flüchte nicht mehr vor den Erinnerungen, ich suche nach ihnen. Anfangs springen sie mich noch an, die kleinen Momente, wie wir auf Wollsocken den langen Flur entlanggeschlittert sind, wie ich den Klodeckel sorgsam herunterklappe, weil es meinem Vater wichtig war, wie ich nach dem Staubsaugen auch noch gewischt habe, obwohl es Romis Aufgabe gewesen wäre. Es sind viele Erinnerungen, trotzdem wiederholen sie sich ab einem gewissen Punkt.

Ich lasse mir von Mutter Wein einschenken und beginne mit den Fotoalben. Wir, das sind zuerst Mutter, Vater und ich. Nach einigen Seiten kommt Romi dazu. Im nächsten Album sind wir zu fünft. Wir stehen unter den Tannen am Waldrand, Vater hält Romi auf der Hüfte, Mutter hat Linda vor ihrer Brust. Ich stehe zwischen ihnen und grinse breit. Immer wenn ich dieses Bild sehe, bemerke ich nach einer Weile das gleiche Lächeln auf meinem erwachsenen Gesicht. Spiegelneuronen. Wie glücklich wir einmal waren. Wie glücklich wir hätten sein können. Bevor das Album in leere Seiten mündet, kommt das Foto von Linda, das meine Mutter für ihre Parte ausgewählt hat.

Ich höre nicht auf bei den Alben, ich hole die Kiste mit den losen Fotos, es sind Hunderte. Nach Lindas Tod haben meine Eltern sie zwar noch entwickeln lassen, aber niemand hat sich mehr die Mühe gemacht, sie einzukleben. Ich nehme sie heraus. Lauter Lügen, ein schönes Foto nach dem anderen. Aber wer macht schon Fotos von den hässlichen Dingen? Was man hier nicht sieht: Romi, die weint, weil Mutter das von ihr aufgesammelte Amselküken einfach aus dem Fenster geschmissen hat. Die herausgerissenen Seiten aus Romis Tagebuch. Den Stapel mit geliehenen Harry-Potter-Büchern, den Mutter konfisziert hat. Die Kleidung, die Romi sich nicht kaufen durfte. Das Taschengeld, das sie nicht bekommen hat. Den rot durchgestrichenen Schulaufsatz.

Ich mache die Fotokiste wieder zu, aber das letzte Bild hat sich doch eingebrannt. Da hat Mutter Romi auf dem Schoß und füttert sie mit Brei. Und Romi, deren Mund ganz verschmiert ist, hat den Kopf gehoben und sucht mit großen Augen Mutters Gesicht. Und dieser Blick, es ist mir, als würde er sagen, tu mir nichts.

Mutter sitzt mir gegenüber. Sie kaut auf ihrer Lippe. Zuerst hat es ihr gefallen, meine Reise in die Vergangenheit. Auch sie ist auf ein Geschwisterchen für Luca aus. Das ist, woran alle denken, wenn sie von Luca und Philli hören. Vielleicht hat sie geglaubt, dass ich die Fotoalben durchblättern will, um in unseren Kindergesichtern mein zukünftiges Baby zu entdecken. Aber ich glaube, langsam dämmert es ihr. Sie erinnert sich an unser zufälliges Aufeinandertreffen am See. An meine Fragen. Ich spüre, dass ich etwas wie Macht über sie habe. Es irritiert sie, sie kann mich nicht einschätzen. Dieses Gefühl ist neu, ein leiser Rausch. Luca kommt mit Opa aus dem Keller hoch. Er hat etwas rote Farbe an seinen Händen. Sie haben den alten Schlitten auf Vordermann gebracht und neu gestrichen. Die Nächte werden immer länger. Dezember naht.

14

Wir trauern alle auf unsere eigene Weise, die uns nicht verbindet, sondern noch mehr vereinzelt. Die Umarmungen meiner Mutter hören nicht auf, aber sie bekommen etwas Mechanisches. Ein Unbedingt-festhalten-Wollen von dem, was geblieben ist. Sie will uns um sich haben, hält aber oft die Lautstärke nicht aus. Die Stille auch nicht, deswegen läuft der Fernseher. Es wird zu einer Art Betäubung. Schon wenn wir von der Schule heimkommen, begrüßt uns ein Wirrwarr aus Geräuschen. Es ist laut und leer.

Ich vermisse Linda, aber ich vermisse auch uns. Es ist ein Vermissen, das wehtut, das mir die Brust zuschnürt und mir den Atem nimmt. Wenn ich in der Nacht aufwache, was oft vorkommt, kratze ich mit dem Fingernagel an der Tapete. Ich komme nicht einmal auf die Idee, aufzustehen, die Treppe im Dunkeln hinunterzugehen und mich in das Bett der Eltern zu legen. Als Kleinkind habe ich manchmal in der Besucherritze zwischen den beiden Matratzen geschlafen, intuitiv spüre ich, dass da nun kein Platz mehr ist für mich und meine Traurigkeit. Romi fällt es leichter zu weinen, laut und lang und kräftezehrend. Weil sie sich das Knie an der Tischkante gestoßen hat, weil es keinen Nachtisch gibt, weil Vater das falsche Kuscheltier für sie kauft. Von mir will sie nicht getröstet werden, es muss Mutter sein, immer wieder Mutter. Romi nuckelt plötzlich am Daumen und auch das Bettnässen fängt wieder an. Wenn wir miteinander spielen, spüren wir am deutlichsten, dass Linda fehlt. Wenn Romi auf den Felsen am kleinen

Steinbruch geklettert ist, hat Linda versucht, ihr nachzukommen. Wenn Romi mich im Armdrücken besiegte, hat Linda gelacht und geklatscht für sie. Linda hatte so sein wollen wie Romi. Die geschickte, einfallsreiche, furchtlose Romi. Als sie gerade drei Jahre alt war, fing sie einmal schrecklich an zu weinen, vor lauter Tränen hatte sie nicht sagen können, warum, es war aus dem Nichts gekommen. Nach einer Weile verstanden wir, dass sie weinte, weil Romi ohne sie in den Kindergarten gehen würde. Und Romi liebte Lindas Überschwang, sie hatte ihren Spaß daran, die Jüngere zu allerlei Unfug anzustiften. Zusammen liefen sie Vater hinterher, schlugen auf seine Pobacken, jede auf eine und riefen: Popoklatsch! Das fanden sie unglaublich komisch.

Nach Lindas Tod arbeitet Vater noch mehr als sonst. Wenn er doch zuhause ist, bricht er zu langen Spaziergängen in den Wald auf, zu denen wir ihn begleiten dürfen und manchmal sogar müssen, damit Mutter alleine im Haus bleiben kann. Er führt uns zwar nie zum See, aber wir spüren seine magnetische Anziehungskraft, sobald wir den Wald betreten. Alles Gehen wird ein Gehen um den See herum. Wie wenn bei dem Spiel »Armer schwarzer Kater«, bei dem man nicht lachen darf, alles doppelt so lustig wird.

Nach Wochen, als es Frühling wird, gehen wir doch zum See, auf dem Weg dahin pflücken wir Blumen, die wir zu Kränzen gebunden auf dem Wasser schwimmen lassen wollen. Da sehen wir, dass jemand am Ufer ein Kreuz aufgestellt hat, mit einer kleinen Plakette, auf der Lindas Name steht und die Daten ihres kurzen Lebens. Von da an finden wir dort jedes Mal etwas anderes. Eine Grabeskerze in rotem Plastik. Eine Blumenkette. Einen kleinen Turm aus Steinchen. Vater kann das Kreuz nicht lange ansehen, er wendet sich ab und zieht uns mit sich.

Ich erinnere mich an dieses Gefühl, meine Kinderhand in seiner großen, groben Hand mit den Schwielen, die sich so anfühlte, als wäre sie aus warmem Holz gemacht. Seine Hände waren das, was er uns anbieten konnte, um uns seine Zuneigung zu zeigen. Schon davor war er ein Vater gewesen wie so viele andere in dieser Zeit auch, ein Vater, der das Geld verdiente und zur Ordnung ermahnte, einer, der uns ins Bett trug, wenn wir auf der Couch oder im Garten eingeschlafen waren, einer, der uns mit den Worten tröstete: »Bist' heiratest, ist's wieder gut.« Es ist nicht so, dass es keinen Unterschied gemacht hat, ob er da war oder nicht. Er hatte eine Ruhe an sich, die auch Mutter erdete. Und damit einher ging seine Langsamkeit, seine Gemächlichkeit, seinem Temperament entsprach es, erst einmal abzuwarten und zuzusehen. Nicht im Zentrum des Geschehens zu sein, sondern am Rand. Seine Trauer und seinen Schmerz trug er in den Wald. Uns tröstete er nicht mit Worten, sondern mit einem Händedruck. Meine kleine Hand in seiner großen Hand, das war schon etwas, aber es war nicht genug.

15

Herr Eduard hat ein Faible für Christi Geburt und so dürfen schon Mitte November die ersten Tannenzweige und Christbaumkugeln in den Laden einziehen. In der Auslage steht ein elektrischer Weihnachtsmann, der leuchtet und wie eine japanische Glückskatze mit dem Arm winkt. Ich soll während der Öffnungszeiten Weihnachtslieder abspielen, welcher Art, ist ganz egal, Hauptsache festlich. Trashige Popsongs haben es mir angetan, ich kann mir die Playlist *Last Christmas* in Endlosschleife anhören. Manchmal singe ich ein paar Zeilen mit, aber nur, wenn niemand im Laden ist. Ich mag sie, die kalte Jahreszeit mit ihren Lichtern und Verheißungen, mit Punsch, Wollsocken und Geschenken. Ich denke an den Glanz in Lucas Augen und spüre ein Kribbeln in meinem Bauch.

Weihnachten haben meine Eltern meistens hinbekommen, trotz Lindas Tod im November. Abgesehen von dem Weihnachtsfest, als Romi nach ihrem Auszug noch einmal zurückgekehrt ist, das war alles andere als schön. Und als wir zu den Großeltern nach Salzburg geschickt worden sind, da ist zuerst eine Welt für mich zusammengebrochen. Die Vorstellung, Weihnachten nicht mit meiner Mutter verbringen zu dürfen. Ich bin auf mein Zimmer gelaufen und habe mich in meinem Bett verkrochen. Mutter kam und setzte sich zu mir. Ich erinnere mich an ihre tiefe Müdigkeit, ich konnte sie daran spüren, wie die Matratze unter ihrem Gewicht einsank, daran, wie langsam sie ihre Hand auf meine Schulter legte und wie schwer sie sich anfühlte.

»Bitte, schick mich nicht fort«, sagte ich.

»Ich schaffe es sonst nicht«, antwortete sie. Der Klang ihrer Stimme, ich habe ihn noch in meinem Ohr. Ein Seufzen fast. Es war das erste Mal, dass sie mit mir sprach wie mit einer Erwachsenen. So, als ob ich ihre Vertraute wäre. Sechsundzwanzig Jahre ist das jetzt her.

Am ersten Adventssonntag habe ich schon beim Aufwachen Kopfschmerzen, ich nehme ein Ibuprofen, dann zünden wir beim Frühstück die erste Kerze auf dem Adventskranz an. Ich habe zwei Rohlinge gekauft, Jakob und Luca haben sie geschmückt und die Kerzen draufgesteckt. Der zweite ist für meine Eltern, bei denen wir zum Mittagessen eingeladen sind. Wenn Jakob dabei ist, versucht sich meine Mutter an besonders ausgefallenen Gerichten. Sie möchte ihn beeindrucken, das funktioniert mal mehr, mal weniger. Sie erzählt genau nach, wie sie das Gericht zubereitet hat. Es ist wie ein einstudiertes Schauspiel, unabhängig vom Ergebnis sagen wir Ahh und Ohh und Mmh, wenn wir den ersten Bissen in den Mund schieben. Außer Luca, der unkommentiert stehen lässt, was ihm nicht schmeckt. Als mein Vater seinen Teller abräumt, habe ich ein Bild von Romi vor Augen, die trotzig vor ihrem Teller sitzt. »Du stehst erst auf, wenn du aufgegessen hast.« – »Andere Kinder verhungern.«

Jakob hält meinen Vater zurück, als er auch nach Lucas Teller greift. »Na komm, ein paar Gabeln noch«, versucht er Luca zu motivieren. »Die Oma hat sich so bemüht.«

»Ach, das ist halt kein Essen für Kinder.« Meine Mutter zwinkert Luca über den Tisch zu. »Gibt eh noch eine Nachspeise.«

Ich sage nichts. Es ist normal, dass Großeltern anders sind, als sie es als Eltern waren. Das muss so sein. Das ist überall so.

Als ich ein Kind war, habe ich Mutter gefragt, warum Romi aufessen muss und ich nicht. Weil ich zumindest probiere, hat sie gesagt. Bei Romi ging es nicht um den Geschmack. Es war ein Machtkampf, es ging darum, wer die Stärkere von ihnen beiden ist. Wie bei Katzen, die sich so lange anstarren, bis eine wegsieht.

Wir gehen spazieren. Mein Vater greift nach der Hand meiner Mutter, sie lehnt ihren Kopf gegen seine Schulter, schließt entspannt die Augen. Ich blinzle. Es fällt mir so schwer, ihre verschiedenen Gesichter miteinander in Einklang zu bringen. Ich hatte drei Mütter. Die erste war gut und lieb, streng, aber gerecht. Die zweite war kalt und verschlossen. Die dritte lächelt immerzu und backt Apfelkuchen.

Sie wirkt aufrichtig glücklich, Vater auch. Bei ihnen scheint es zu funktionieren, dieses Gemeinsam-alt-Werden. Trotz aller Verletzungen, sie sind zusammengeblieben, sie haben sich nicht getrennt. Ich kenne die Statistik von Paaren, die ein Kind verloren haben. Vielleicht war es wegen uns lebenden Kindern, vielleicht war es für mich, das erklärt aber nicht, warum sie jetzt noch immer zusammen sind. Haben sie Angst, alleine zu sterben? Tun sie deshalb so, als hätten die dunklen Zeiten keine Wunden hinterlassen? Ich traue ihrem Glück nicht, auf das sie sich geeinigt haben und das mich so unbedingt miteinschließen soll.

Noch immer hängen einige vertrocknete Blätter an den Bäumen, der Rest liegt am Boden, wir waten hindurch, an manchen Stellen gehen sie Luca bis über die Knie. Ich tippe Luca an die Schulter und sage: »Du bist!« Er ist überraschend schnell, ich muss meine Geschwindigkeit nicht mehr künstlich drosseln, so wie ich es früher gemacht habe. Wir rennen, es geht um alles, wie damals, als ich mit meinen Schwestern durch den Wald gejagt bin. Ihre Schritte, ihr Lachen. Luca berührt mich am Ellbogen, ich schnappe ihn, wirble ihn herum und werfe ihn ins Laub. Ich halte seine Unterarme, er wehrt sich nicht, mein Körper über seinem Körper, mein Gesicht nah an seinem. Er atmet schwer und ich schaue in seine Augen, diese tiefen grauen Augen, sie kommen mir vor wie eine Mauer. Wenn ich ihn lange genug ansehe, vielleicht lässt er dann seine Deckung fallen, vielleicht lässt er mich dann hinter seine Fassade sehen. Er öffnet den Mund und zieht die Luft zwischen den Lippen ein. Ich beginne zu lachen und lasse mich neben ihn ins Laub fallen. »Lass uns Laubengel machen – wie Schneeengel.« Über uns sind die Baumkronen. Es sind die gleichen wie in meiner Kindheit. Der Wald war vor uns da und er wird noch da sein, wenn meine Eltern gestorben sind. Und ich. Und sogar Luca. Die Bäume werden noch da sein, wenn wir alle vergessen sind.

Die anderen haben uns eingeholt.

»Was macht ihr denn, doch nicht am kalten Boden«, sagt meine Mutter. Jakob reicht mir seine Hand. Dann wirft er mich über die Schulter, läuft ein paar unmotivierte Schritte und bleibt wieder stehen. »Ich bin zu schwer«, sage ich.

»Gar nicht«, antwortet er und lässt mich seinen Oberkörper entlang runterrutschen.

Wir stehen uns gegenüber. Mal sehen, ob wir werden wie meine Eltern, wenn wir alt sind. Oder wie seine Eltern. Den Bäumen ist es egal. Sie werfen ihre Blätter ab und warten auf den nächsten Frühling.

Wir gehen den Weg weiter, den ich beim Fangenspiel eingeschlagen habe, nicht absichtlich, vielleicht aber unterbewusst. Er führt uns zum See. Ich gehe zum Marterl, Geschenke legt schon lange keiner mehr hin. Die Plakette hat Rost angesetzt. Luca liest Lindas Namen und die Daten ihrer Geburt und ihres

Todes. Meine Mutter stellt sich hinter ihn und legt ihm beide Hände auf die Schultern. »Deine Tante hätte dich bestimmt sehr gemocht.«

»Schade, dass ich keine Tante habe«, murmelt Luca.

»Aber du hast doch eine«, sagt Jakob.

Ich sehe, wie ein Zucken durch den Körper meiner Mutter geht.

»Phillis Mama, wir haben sie doch gerade erst besucht.«

»Stimmt«, sagt Luca.

Der Körper meiner Mutter entspannt sich wieder.

Wir gehen einmal um den See herum, bevor wir den Rückweg antreten. Luca wirft Steine und Zweige ins Wasser, wir ermahnen ihn nervös, wenn er zu nah ans Ufer geht. Niemand gibt dem See die Schuld für das, was passiert ist. Niemand sagt, wenn es den See nicht gegeben hätte, dann. Wir haben ihn nur am Anfang gemieden. Vorhin habe ich den Moment verstreichen lassen, in dem ich Luca daran hätte erinnern können, dass es neben Tante Phini und seiner toten Tante Linda noch eine weitere Tante gibt. Das ärgert mich, wie mich auch das Zucken ärgert, dass durch den Körper meiner Mutter gegangen ist. Sie hat so wie ich an Romi gedacht. Dabei ist sie kein Geheimnis, Luca weiß von ihr. Man müsste sie aus allen Kinderfotos herausschneiden, um es vor ihm zu verheimlichen. Er weiß, dass es sie gibt, aber er fragt nicht nach ihr. Für ihn ist es ganz normal, dass er eine tote Tante hat und eine, die niemals zu Besuch kommt. Ich vermisse sein Nachfragen, wünsche mir, dass er es einfordert, insistiert. Er wäre meine Brücke. Vielleicht kommt das noch, denke ich. Als ich mit Luca schwanger war, habe ich überlegt, ihr ein Foto vom Ultraschallbild zu schicken. Romi wollte immer fünf Kinder. Drei Buben und zwei Mädchen. Die Buben hätten Jimmy, John und James heißen sollen und wären Cowboys gewesen. Die Mädchen

Zwillinge, Bonnie und June. Ich habe ihr kein Bild geschickt, aus Unsicherheit, man weiß ja nicht, es kann immer etwas passieren. Gerade in den ersten drei Monaten. Als die verstrichen waren, wollte ich auf das Baby warten. Dann sah Luca aus wie Linda und ich hatte Angst, was es in ihr auslösen würde. Ich redete mir ein, sie zu beschützen. Jetzt bin ich mir da nicht mehr sicher. Luca ist Teil ihrer Familie und sie weiß nichts von ihm.

Es ist schon fast dunkel, als wir zum Haus zurückkommen. Luca ist müde geworden, Jakob hat ihn das letzte Stück getragen. Bevor wir ins Auto steigen, bietet meine Mutter an, noch eine schnelle Brotzeit zu richten. Unser Kühlschrank zuhause ist fast leer, also gehen wir mit ins Haus.

Luca sitzt mit angezogenen Beinen und vorgelehntem Oberkörper auf dem Sofa, es ist, als würde er mit dem ganzen Körper fernsehen. Meinem Vater sind die Augen zugefallen, Jakob sitzt müde neben mir, auf dem Regal über dem Fernseher ist ein Foto von meinem Maturaball. Die Gesichter meiner Eltern und dazwischen meines. Sie sehen stolz aus. Daneben hängt eine Uhr. Es ist ein paar Minuten nach sechs. Vor meinem inneren Auge sehe ich noch einmal diesen Moment, die Hände meiner Mutter auf Lucas Schulter. Die plötzliche Anspannung. Ich greife zur Fernbedienung, die auf der Armlehne des Sessels meines Vaters liegt. Ich schalte um, zappe durch die Kanäle, bis ich sie gefunden habe.

»Mama, schalt zurück!«

»Schau mal, das ist sie«, sage ich und zeige mit dem Finger auf die dunkelhaarige Frau im gelben Kleid.

»Pia«, flüstert Jakob. »Was soll das jetzt?«

Luca hat seinen Blick neugierig auf den Fernseher gerichtet.

»Tante Romi. Meine Schwester.«

Mein Vater reibt sich die Augen und Mutter kommt herein. Sie schaut vom Fernseher zu mir. Zu Luca.

»Tante Romi«, wiederholt Luca. Ich mag es, wie er ihren Namen sagt. »Können wir sie zu Weihnachten einladen?«

»Schalt ab«, sagt meine Mutter.

Ich habe die Fernbedienung noch in der Hand.

»Wieso? Wenn du sie nicht sehen willst, kannst du doch in die Küche gehen.«

»Ich will sie sehen«, sagt Luca.

Jetzt hat sich auch mein Vater besorgt zu mir gedreht.

»Er will sie sehen«, wiederhole ich.

Äußerlich bleibt Mutter ganz ruhig. Sie ist der See, die Oberfläche, es braucht nur mehr einen kleinen Stein, nicht einmal, ein Blatt, einen Windhauch. Da nimmt mir Jakob die Fernbedienung aus der Hand, der Bildschirm wird schwarz.

»Gut«, sagt Mutter. »Essen ist fertig. Alle zu Tisch.«

16

Dass ich vorgeschlagen hatte, den Sarg in die Garage zu tun, dass Romi so getan hatte, als wäre Linda zurückgekehrt – war das Ausdruck der gleichen kindlichen Hoffnung, dass es ein Zurück geben könnte? Linda war gestorben, *aus dem Leben gerissen*, diese Formulierung gibt es zu Recht. Wir hatten uns nicht darauf vorbereiten können. Das Unheil war plötzlich gekommen. Es war zu groß, um seine Endgültigkeit zu verstehen. Dafür verstanden wir etwas anderes. Wenn es einmal passiert war, wer sagte, dass es nicht wieder passieren konnte? Was, wenn Vater nicht von der Arbeit nachhause käme? Was, wenn Mutter einschlief und nicht mehr aufwachte? Trauer war nicht das einzige Gefühl, das in unser Haus eingezogen war. Mit ihr war auch die Ungewissheit gekommen, wegen ihr mussten wir uns absichern. Romi machte das mit ihren Tränen. Ich, indem ich in der Nacht wachte und der Wand ihre Haut abzog. Tapetenstreifen in langen Bahnen. Das half mir, die neuen Mitbewohnerinnen zu ertragen. Und noch eine Gestalt hatte sich Zutritt verschafft. Sie wandelte zwischen unseren Reihen, ohne sich zunächst zu erkennen zu geben.

17

Linda ist gestorben. Aber Romi lebt. Ist sie für niemanden mehr ein Teil der Familie, außer für mich?

Beim Abendessen traut sich niemand, mich anzusehen. Ich kann spüren, wie sie meinen Blicken ausweichen. Wir nehmen die Stille mit ins Auto. In mir brodelt die Wut. Jakob hat mir die Fernbedienung weggenommen wie einem Kind. Jetzt dreht er neben mir das Radio auf.

»Willst du ein Hörspiel«, fragt er nach hinten.

»Nein. Mama, erzählst du mir eine Geschichte über Tante Romi?«

Überrascht blicke ich in den Rückspiegel. Ich überlege kurz, dann erzähle ich ihm, wie Romi, statt Mittagsschlaf zu machen, den Deckenbezug aufgeknöpft hat und hineingeschlüpft ist, wie in ein Zelt. Dass sie die besten Zöpfe flechten konnte und auf die höchsten Bäume geklettert ist. Mir fällt ein, wie sie auf dem Hof der Großeltern eine der Enten, die uns immer in den Po gezwickt haben, mit einem Leckerli in eine Ecke gelockt und dann geschickt ein Gehege aus Maschendrahtzaun über sie gestülpt hat. Die Ente hat sich ganz schrecklich aufgeregt. Ich mache das empörte Gackern der Ente nach und muss selbst lachen.

»Warum hat sie das gemacht?«

»Deine Tante Romi hat sich von niemandem etwas gefallen lassen.«

Ich höre nicht auf zu reden, auch nicht, als das Auto vor unserem Wohnhaus stehen bleibt. Nicht, als wir die Treppe hinaufsteigen, und auch nicht, als wir unsere Jacken ausziehen. Luca stellt weiter Fragen. Ob ich als die Ältere auch die Größere war? Ob mir meine kleine Schwester manchmal auf die Nerven gegangen ist. Er will ihre Lieblingsfarbe wissen und ob sie Katzen lieber mochte oder Hunde. Während wir plaudern, sagt Jakob nichts. Ich ignoriere sein lautes Schweigen. Das hier ist zwischen Luca und mir. Wir sitzen auf Lucas Bett, ich ziehe ihm den Pullover über den Kopf und knöpfe ihm das Hemd seines Schlafanzuges zu. An dieser Nähe ist nichts Inszeniertes, sie fühlt sich vertraut an, ungezwungen und logisch, wie habe ich sie vermisst.

»Tante Romi klingt cool«, sagt Luca und ich nehme ihn in den Arm.

»Ja, das war sie. Und weißt du was? Manchmal erinnerst du mich an sie.«

»Wirklich?«

Wir lösen uns und ich nicke. »Wirklich. Um sie herum war auch immer ein Geheimnis, so wie bei dir.« Ich tippe ihm gegen die Nasenspitze.

»Glaubst du, die Leute würden mir auch zuschauen, wenn ich im Fernsehen wäre?«

»Redet ihr immer noch über Romi?« Jakob streckt seinen Kopf zur Tür herein. Er sagt, es ist Zeit, schlafen zu gehen.

Ich atme tief ein und zähle im Kopf bis zehn, während Jakob Luca zudeckt und mich von der Bettkante verdrängt.

»Ich bin dran mit Vorlesen«, sagt er.

Ich bin noch damit beschäftigt, den Geschirrspüler auszuräumen, als Jakob aus dem Kinderzimmer kommt. Er hilft mit, verräumt das Besteck in der Schublade und holt, als wir fertig sind, zwei der sauberen Weingläser wieder aus dem Buffet heraus und stellt sie auf die Anrichte.

»Gute Idee«, sage ich und beobachte, wie die rote Flüssigkeit unsere Gläser füllt. Ich trinke lieber Weißwein, aber es geht nichts über das Gefühl, wie der erste Schluck Rotwein den Mundraum auskleidet. Wir trinken im Stehen.

»Hat Romi das wirklich gemacht? Das mit der Ente?«

Ich nicke mit einem Lächeln und behalte für mich, wie die Geschichte ausgegangen ist.

»Respekt. Das sind gemeine Viecher. In unserem Dorf hat es auch so eine gegeben. Schlimmer als jeder Hofhund.«

Er schaut mich an, sein Blick ist weich und voller Mitgefühl. Fast vergesse ich, dass ich sauer auf ihn bin. Als er den Fernseher abgedreht hat, hat es sich für mich so angefühlt, als würde er sich auf die Seite meiner Mutter schlagen.

»Wie du sie vermissen musst. Weil du so wenig über sie redest, vergesse ich das manchmal.«

»Schon okay«, sage ich. »Ich will ja auch nicht darüber reden. Das ist alles schon so lange her.«

»Weißt du, es war richtig schön, dich heute über sie sprechen zu hören.« Er hält inne, ich schlage die Augen nieder, um mich zu wappnen, ich kann sein Aber schon spüren. »Aber vielleicht solltest du das in Zukunft nicht vor Luca tun.«

»Warum?«

»Glaubst du nicht, dass es ihn verwirrt, wenn du Heldinnengeschichten über sie erzählst, er sie aber nicht kennenlernen kann?«

Ich stelle mein Weinglas auf den Tresen.

»Ich meine das wirklich nicht böse. Aber ich finde das ihm gegenüber nicht fair.«

»Nichts davon ist fair«, sage ich und meine Stimme bebt.

»Komm, Pia. Ich bin auf deiner Seite. Wenn du sagst, du willst wieder Kontakt zu ihr, dann bin ich der Erste, der dich dabei unterstützt. Aber so.«

Ich schürze die Lippen und nehme noch einen großen Schluck von dem schweren Blauen Zweigelt, der mit einem Mal bitter schmeckt.

Teil III

I

Am nächsten Morgen liegt Schnee auf den Straßen. Die Temperatur ist über Nacht stark gefallen. Ich schaue aus dem Fenster auf die frische, reine Schicht Weiß, die alles zudeckt, die Kanten glättet, den Schmutz verschwinden lässt. Draußen nehme ich ein paar tiefe Atemzüge, während Luca etwas von dem pulvrigen Schnee in die Hände nimmt und mit der Zunge dagegen tippt, als wäre es Zucker.

Wir blieben oft so lange draußen, bis unsere Wollfäustlinge zuerst komplett durchgeweicht und danach steifgefroren waren und die Finger zurück im Warmen so britzelten, dass es uns die Tränen in die Augen trieb. Unsere Spiele im Schnee. Die Gänsehaut, wenn ein Schneeball im Nacken zerbröselte und die Kälte durch den Spalt zwischen Schal und Schneeanzug den warmen Rücken runterlief. Der Nachmittag mit Vater, als er Romi zum allerersten Mal alleine auf dem Schlitten den Hügel hinuntersausen ließ, obwohl sie geglaubt hatte, er würde mit ihr fahren, und sie ihn dann nicht ohne Stolz einen »Überlisterer« nannte. Das alles erzähle ich Luca auf dem Weg zur Schule, in der Zweisamkeit unserer morgendlichen Fahrt. Es ist, als würden wir ein Geheimnis teilen. Beim Aussteigen strahlt er mich an. Er lacht und fragt, ob wir morgen nach der Schule zusammen rodeln gehen können.

Ich fahre am Regierungsviertel vorbei, Richtung Innenstadt. Seit man am Domplatz nicht mehr parken kann, muss ich auf die andere Seite. Ich habe mir eine Jahreskarte für die Parkgarage gekauft. Heute bin ich spät dran. Zwei Minuten vor acht lasse ich den Rollladen hoch und schalte den elektrischen Weihnachtsmann an. »Hark now here, the angels sing«, tönt es aus den Boxen. Ich singe mit, wo mir der Text einfällt.

Ich habe das Gefühl, Romi zu kennen. Ich bin nicht naiv, ich weiß, dass ich auf Instagram nicht die Wahrheit sehe, aber was ich sehe, ist so anders als mein eigenes Leben. Romi lacht oder lächelt auf jedem Bild. Sie zeigt viel von ihrer Arbeit, von den Veranstaltungen, auf die sie geht, von den Leuten, die sie trifft, wenig Privates. Nur hin und wieder sind Bilder von ihren Urlauben dabei. Romi am Strand, Romi am Berg, Romi auf Städtetrip. Ich kenne sieben Blicke auf ihre Wohnung, sie benutzt immer die gleichen Kamerawinkel, wahrscheinlich räumt sie das Chaos in die nicht gezeigten Ecken. Aus zwei dieser Blickwinkel ist die Lampe zu sehen, vergoldeter Stiel, Bezug aus beigem Leinen, der Sockel aus Marmor. Früher stand sie bei uns im Kinderzimmer, jetzt hat sie einen besonderen Platz neben anderen Erinnerungsstücken, die auf einer modern restaurierten Apothekerkommode mit salbeigrünem Anstrich ausgestellt sind. Dass sie die Lampe aufgehoben hat, denke ich, das muss doch etwas bedeuten. In den Interviews, die sie manchmal gibt, redet sie nicht über ihre Kindheit. Wenn sie direkt danach gefragt wird, erwähnt sie nur Details. Dass sie ein Landkind ist, dass sie aus einem Dorf kommt, dass ihr Elternhaus direkt am Waldrand steht.

Nie fragt jemand nach, und warum sollten die Leute auch nachfragen, das alles klingt so stinknormal, so harmlos. Sie erzählt nicht von Linda. Und sie erzählt auch nicht von mir. Sie behält ihr Privatleben für sich. Ich entdecke Hinweise, dass sie in einer Beziehung lebt. Ob mit einem Mann oder einer Frau, ist nicht ganz klar. Ich weiß nichts über ihre sexuelle Orientierung als Erwachsene. Wir haben für Stars geschwärmt, nicht für Jungs oder Mädchen aus unserer Klasse, weil wir ja sowieso nicht ausgehen durften oder jemanden mit nachhause bringen. Bestimmt hat sie mittlerweile viel ausprobiert. Ich frage mich, ob sie mich prüde finden würde, weil ich schon so lange mit Jakob zusammen bin. Früher hat ihr Mutter Anziehsachen herausgelegt, vermeintlich, damit sie sich dem Wetter entsprechend kleidet. Heute würde ich Romis Stil als expressiv bezeichnen, zumindest in der Öffentlichkeit. Auf privateren Fotos zeigt sie sich oft in einem dunkelgrünen Jogginganzug. Ich weiß, dass Moderatorinnen eingekleidet werden, also sind es vielleicht noch immer andere, die ihre Sachen aussuchen. Sie hat keine Kinder, das ist offensichtlich. Ich frage mich, ob sie Kinder mag, ob sie sich Kinder wünscht. Sie ist ja noch jung, vierunddreißig, sie hat noch Zeit. Oder sie ist eine von denen, die sich, wenn sie in ein schickes Restaurant gehen, über Kinderlärm aufregen. Manchmal postet sie feministische Memes, also glaube ich, dass sie Müttern auffordernd zunickt, wenn sie in der Öffentlichkeit stillen. Sie wirkt wie ein netter Mensch, der von allen gemocht wird, ohne es darauf anzulegen. Sie antwortet auf die Kommentare ihrer Follower, von denen sie viele hat, sie steckt viel Zeit und Mühe in ihren Account. Sie hat einen guten Humor, bestimmt auch abseits der Kamera, sie ist schlagfertig, das war sie schon immer.

Ich kann mir vorstellen, dass sie ihre Kindheit mit einer Therapeutin aufgearbeitet hat. Dass sie der Person, mit der sie zusammen ist, und ihren Freunden und Freundinnen von ihrer Kindheit erzählt, aber ohne Groll. Sie hat uns verziehen, aber sie vermisst uns nicht. Ich glaube wirklich, dass sie glücklich ist. Die Lampe, die so offensichtlich Teil ihres Lebens ist, lässt mich das glauben. Es tut ihr nicht mehr weh. Ob sie an mich denkt, wenn sie die Lampe einschaltet, um ein Buch zu lesen? Ich sehe sie einen Moment innehalten, bevor sie es aufklappt. Aber ich weiß nicht, wer ich in ihren Gedanken bin.

Wahrscheinlich hat sie keine Zeit, zu lesen. Vielleicht sind die Bücher in dem langen Regal nur Zierde. Ich habe hineingezoomt und die Titel im Internet nachgeschlagen. Vor allem Literatur, vor allem Bücher von Frauen. Eines, das ich mal aufgeschlagen auf ihrem Sofa liegen gesehen habe, habe ich nachgekauft. Ich fühlte mich ertappt, als die Buchhändlerin den Namen der Autorin, den ich französisch ausgesprochen hatte, mit englischer Aussprache wiederholte und mich dann sanft fragte, ob ich jemanden verloren hätte. Das Buch ist ein Standardwerk für Trauernde, was der Titel nicht vermuten lässt. *Das Jahr magischen Denkens*. Ich war enttäuscht, dass mein Buchcover ein anderes war als das auf Romis Foto. Als ich anfange, darin herumzublättern, bekomme ich sofort einen Kloß im Hals. Jetzt liegt es halb gelesen in einer Schublade in der Werkstatt.

Wien ist nicht weit entfernt, sechzig Kilometer. Wie oft sie wohl schon in St. Pölten gewesen ist, ohne dass ich davon wusste. Vielleicht sind wir schon am selben Weihnachtsmarkt gewesen, im selben Museum oder am selben Tag im selben Kaffeehaus, nur zu unterschiedlichen Zeiten. Es ist möglich, dass wir schon einmal aneinander vorbeigelaufen sind und ich sie nicht erkannt habe. Nein, das glaube ich nicht wirklich. Insgeheim halte ich immer nach ihr Ausschau. Ich bin im Lager, als ich höre, wie die Tür in den Verkaufsraum aufgeht, ganz altmodisch ist ein Glöckchen am Türstock befestigt. »Ich komme«, rufe ich, mache die Schublade zu und sehe, als ich in den Verkaufsraum trete, meinen Vater.

2

Er betritt den Laden und ich komme nicht umhin, seine gebückte Haltung zu bemerken, dass er beim Gehen einen Fuß leicht nachzieht. Ich erinnere mich nicht daran, ob er sich am Wochenende über Schmerzen beklagt hat. Etwas hält mich davon ab, ihn danach zu fragen. Er begrüßt mich, ich bleibe hinter dem Verkaufstresen stehen und er beginnt sich umzusehen, nimmt Dinge in die Hand, geht zum Schrank und öffnet die Tür, zufrieden stelle ich fest, dass sie nicht mehr quietscht.

»Papa, was willst du hier«, frage ich. »Du suchst doch nicht nach einem alten Schrank.«

»Und was, wenn doch«, sagt er, mit diesem Schalk in der Stimme. *Papa, im Wald gibt es überhaupt keine Wölfe. – Und was, wenn doch.* Und obwohl ich es besser wusste, habe ich von da an bei jedem Geräusch über meine Schulter geblickt.

»Nein«, sagt er und richtet sich den Mantel, »du hast recht. Ich bin wegen etwas anderem hier.«

Er kommt auf mich zu, ich verschränke ganz automatisch die Arme vor der Brust.

»Was hat das sollen am Wochenende«, fragt er mich. »Du bist doch kein Kind mehr.«

Ich zögere. Ob sie ihn geschickt hat? Nein, das würde sie nicht tun. Er hat ihr wahrscheinlich nicht einmal gesagt, dass er hier ist.

»Weiß Mama, wo du bist?«

Er schüttelt den Kopf. »Else muss nicht alles wissen.« Er zwinkert verschwörerisch. Ich lächle nicht zurück.

»Wenn du dir eine Entschuldigung oder so etwas erwartest, bist du umsonst gekommen.«

»Schau«, sagt er. »Es tut mir leid, wenn du der Meinung bist, du hättest es schwer gehabt als Kind. Aber es gab immer ein Essen am Tisch, warme Sachen zum Anziehen und Spielzeug. Es ist euch nicht schlecht gegangen.«

»Das glaubst du wirklich?«

Er sieht mich an wie ein ungezogenes Kind, mit einer gewissen Ratlosigkeit im Blick. Das war schon immer sein Problem, er hat sich darauf verlassen, dass Mutter schon weiß, was zu tun sein wird. Und auch wenn er geahnt hat, dass sie mit ihren Erziehungsmaßnahmen zu weit geht, ist er lieber in den Wald gegangen und hat nach Vögeln Ausschau gehalten.

»Muss angenehm sein, seine Hände einfach in Unschuld zu waschen und so zu tun, als hätten wir eine behütete Kindheit gehabt.«

»Pia, nicht in diesem Ton.«

»*Du* bist an meinen Arbeitsplatz gekommen.«

Er glaubt, er tut es für sie, dass er ihretwegen hier ist, um mich zur Rede zu stellen. In Wahrheit tut er es für sich, weil er seine Ruhe haben will. Weil er so viele widersprüchliche Gefühle nebeneinander nicht aushalten kann.

»Weil ich geglaubt habe, mit dir reden zu können, wie mit einer Erwachsenen.« Er schüttelt den Kopf. »Es war eine schlechte Idee«, sagt er und wendet sich zum Gehen.

Ich greife über den Tresen und packe seinen Arm. So einen festen Griff hat er mir nicht zugetraut, er schaut von seinem Handgelenk in mein Gesicht und schüttelt mich ab. »Ich weiß nicht, was in dich gefahren ist, Pia.«

»Weißt du es wirklich nicht?«, frage ich trotzig. »Wie du nie irgendetwas gewusst hast? Du musst doch gesehen haben, wie sie Romi behandelt? Warum warst du nicht für uns da? Sie hätte dich gebraucht! Aber du hast dich lieber hinter Regeln und Anstand versteckt. Den Klodeckel zuklappen, vorm Sprechen runterschlucken, das Haus aufkehren – dann hättest du halt selbst geputzt! Aber nein, sowas macht ein Mann nicht. Er verbietet nur alles und lässt sich bedienen.«

»Ich bin arbeiten gegangen.«

»Ja, genau – damit wir was? Warmes Essen auf dem Tisch haben! Denn mehr brauchen Kinder ja nicht! Glaub das nur, du Feigling.«

Alles erzittert, als er mit beiden Händen auf den Tresen schlägt. Die Kasse klirrt. Nicht eine Miene verzieht sich in meinem Gesicht. Ich halte seinen Blick. Er blinzelt, bevor er sich abwendet. Und in diesem Blinzeln sehe ich sein ganzes Bemühen darum, stark zu sein, bröckeln.

3

Eine Liste der Dinge, die verboten waren:

- mit auf Schikurs fahren
- ausgehen
- vom Zehn-Meter-Brett springen
- vom Fünf-Meter-Brett springen
- vom Drei-Meter-Brett springen
- mit den Zähnen ans Besteck schlagen
- die Zimmertür absperren
- auf Bäume klettern
- auf Leitern steigen
- fremde Hunde streicheln
- mit Fremden reden
- mit Fremden mitfahren
- mit Freund:innen mitfahren, die schon einen Führerschein haben
- Widerworte
- eine eigene Meinung
- ausschlafen
- Alkohol
- rauchen
- Beine rasieren
- Make-up
- ein fester Freund
- tiefer ins Meer gehen, als man stehen kann
- im Waldsee schwimmen

Was nicht verboten war, was wir aber auch nicht taten:

- über Linda reden
- anderen von zuhause erzählen

4

Beim Zwiebelnschneiden zittert meine Hand noch immer. Ich lasse es zu, dass meine Augen tränen. Ich lasse die Wut zu, sie fühlt sich nicht falsch an, ich muss nur aufpassen, dass ich mir nicht in den Finger schneide. Jakob holt Luca bei Mattis ab. Ich war einkaufen und koche, ich möchte, dass das Essen fertig ist und die Teller auf dem Tisch stehen, wenn sie nachhause kommen. Der Schnee ist schon wieder weggeschmolzen, draußen ist es nass und grau und garstig. Umso wohliger soll es bei uns in der Wohnung sein. Wir sperren die Welt aus, und mit ihr alle Probleme. Hier sind wir sicher. Luca, Jakob und ich, unsere kleine Familie ist alles, was zählt. Erst wenn Luca im Bett ist und schläft, will ich Jakob sagen, dass ich nicht mehr möchte, dass Luca von meinen Eltern abgeholt wird. Luca wird enttäuscht sein, trotzdem, wir sind die Eltern, wir treffen die Entscheidungen. Jakob und ich werden uns besser organisieren müssen, aber wir werden es schaffen, wie alle anderen Eltern, bei denen Oma und Opa nicht zur Verfügung stehen. Ich atme ein und aus.

Wir essen zu Abend. Luca erzählt, dass heute die Rollen für das Weihnachtsstück verteilt worden sind. Dieses Jahr ist er ein Stern. Die schlechten Rollen sind die, von denen es mehrere gibt. Sterne sind es vier. Letztes Jahr hat er Josef gespielt. Josef gibt es nur einen. Jakob wirft mir einen Blick zu. Ich verstehe nicht, was er mir sagen will, ich bin noch immer aufgewühlt und habe nur mit einem halben Ohr zugehört.

»Es gibt keine kleinen Rollen, nur kleine Schauspieler«, versucht Jakob Luca zu trösten. Er versteht das Zitat falsch.

»Aber da sind andere Kinder, die sind viel kleiner als ich.«

Heute bin ich an der Reihe, Jakob verlässt das Kinderzimmer und Luca wartet, bis sich seine Schritte entfernt haben, bevor er mich fragt, ob ich ihm noch einmal Tante Romis Instagram zeigen kann.

»Ich habe mein Telefon im Wohnzimmer«, lüge ich und greife nach dem Pippi-Langstrumpf-Buch. Dabei entgeht mir nicht der Anflug von Enttäuschung in seinen Augen.

»Du willst eine Geschichte über Romi? Romi war mal meine Schwester, aber als sie alt genug war, hat sie uns verlassen. Sie ist von zuhause ausgezogen und hat mich alleine gelassen. Ich habe sie so geliebt und sie ist trotzdem gegangen. Das Ende.«

»Warum«, fragt Luca.

Ich seufze. »Vergiss, was ich gerade gesagt habe.«

»Kommt sie nicht an Weihnachten?«

»Nein, sie wird nicht zu Weihnachten kommen.«

Ich schlage das Buch auf. Ich wünschte, ich hätte mich besser im Griff.

»Und wenn ich ihr ein Bild male?«

»Willst du ihr ein Bild malen?«

Luca ist kein großer Künstler. Wenn, sind es Projekte mit Jakob oder bunte Kritzeleien. Immerhin, mit dem Akkuschrauber ist er geschickt.

»Eigentlich nicht«, antwortet er.

Ich lege das Buch beiseite, rutsche vom Sitzen ins Liegen und sehe ihn an.

»Ich vermisse sie, aber ich weiß eigentlich nicht genau, was ich vermisse.«

Luca lehnt seinen Kopf gegen meine Schulter, wie um mich zu trösten.

»Du bist ein Kind, ich sollte dir sowas gar nicht erzählen. Dein Papa hat recht.«

»Wenn du über sie redest. Dann lacht deine Stimme.«

Ich lege meinen Arm um ihn.

»Mama?«

»Mhm.«

»Ich werde dich nie alleine lassen.«

Jakob hat eine neue Serie entdeckt, er fragt mich, ob ich zuerst noch den Trailer anschauen möchte. Ich schüttle den Kopf und lege meine Füße auf seinen Schoß. Er beginnt sie zu massieren. Später weckt er mich, es ist Zeit, ins Bett zu gehen. Ich bin vor dem Fernseher eingeschlafen. Morgen ist kein Tag, an dem Luca von meinen Eltern abgeholt wird, es eilt also nicht. Ich kann Jakob morgen von meiner Entscheidung erzählen. Oder übermorgen.

5

In den Wald durften wir nur zu dritt. Niemals, ohne vorher Bescheid zu sagen, und nur, wenn wir versprachen, gut aufeinander Acht zu geben. Obwohl wir nur wenige Monate auseinander waren, war ich die Große, die Vernünftige, der Mutter die Verantwortung für uns Schwestern übertrug. Ich entschied, was es zu entscheiden gab. Meinem Wesen entsprach es nicht. Ich war ein schüchternes Kind. Was hinter den Hügeln war, tiefer im Wald oder an der Spitze eines Baumes, interessierte mich wenig, machte mir Angst. Da unterschied ich mich deutlich von Romi, die in fast jeder Hinsicht furchtlos war. Mutter nannte es anders: »Sie kann Gefahren nicht abschätzen«, erklärte sie mir, »deswegen musst du die Vernünftige sein.«

In allem war Romi besser als ich und doch wurde ich von Mutter zur Anführerin gemacht. Romi verstand nicht, warum ich anwesend sein musste, um gewisse Dinge zu dürfen. Keine Sekunde habe ich daran gezweifelt, dass Romi alles getan hat, um Linda zu retten. Aber sie war auch ungestüm und manchmal, ja, da konnte sie Gefahren nicht so gut abschätzen. Deswegen war es gut, dass ich so vorsichtig war. Solange wir drei beisammen waren, war alles gut. Und wenn ich an diesem Tag dabei gewesen wäre, dann ... Wenn – dann. Es ist so gefährlich, das zu denken. Wenn mich Mutter an diesem Tag nicht zuhause gelassen hätte. Wenn ich Romi nicht die Zunge herausgestreckt hätte. Wenn sie und Linda an dem Tag nicht in den Wald gegangen wären.

Ich dachte immer, das halbe Gefühl wäre etwas, das uns beide miteinander verband. Dass wir es teilten, weil wir gleich empfanden. Weil uns das Gleiche geschehen war. Jetzt zweifle ich daran. Uns ist nicht das Gleiche geschehen, nicht wirklich. Ich war in meinem Zimmer, als Romi mit Linda in den Wald gegangen ist. Warum? Linda ist in den See gefallen. Wie? Hat Romi versucht, sie herauszuziehen? Bestimmt. Hat Linda sich am rutschigen Gras festgehalten und Romi ist zurückgelaufen, um Hilfe zu holen? Zu spät.

Dich habe ich geboren, aber Romi habe ich mir ausgesucht.

Ich erinnere mich daran, wie der Bauch meiner Mutter gewachsen ist. Dass wir unsere Hände darauflegen durften und Lindas Tritte durch die Bauchdecke spüren konnten. Romi und ich steckten uns Kuscheltiere unter unsere T-Shirts und spielten Geburt. Ich wünschte mir ein Schwesterchen und Romi wünschte sich ein Brüderchen.

Zu unseren Geburtstagen erzählte uns Mutter die Geschichten, wie wir in die Familie gekommen waren. Sie erzählte, dass die Hebamme lieber die *Schwarzwaldklinik* schauen wollte, anstatt bei ihr im Kreißsaal zu sein. Sie erzählte davon, wie es war, als sie Romi zum ersten Mal im Heim besuchte. Sie nahm sie auf den Arm und Romi kotzte ihr auf die Schulter. Da hat sie es gewusst. Dass dieses kleine haarige Wesen für immer zu ihr gehören würde.

Die Eltern haben nie ein Geheimnis darum gemacht, dass Romi adoptiert worden war. Wenn sie nach der Frau fragte, die sie geboren hatte, erzählten sie ihr, was sie von ihr wussten. Es war wenig. Und Romi fragte selten. Auch als sie älter wurde. Wie muss das für Romi gewesen sein, anders auszusehen, eine andere Geschichte zu haben? Als Kind habe ich nicht darüber nachgedacht. Romi war meine Schwester und Punkt. Wen interessierte schon, was davor geschehen ist. Ihr Leben begann, als sie zu uns in die Familie kam. Mit ihrer Kotze auf Mutters Schulter. Ich habe das nie infrage gestellt und Romi auch nicht. Zumindest nicht laut. Sie hat kaum nach der Frau gefragt, die sie geboren hat. Weil unsere Mutter ihre Mutter war. Oder weil sie spürte, dass Mutter nicht gerne von der anderen Frau sprach.

Aber auch wenn sie nicht laut gefragt hat, da waren Fragen, die Romi beantwortet haben wollte, und zwar um jeden Preis. Wenn sie ins Bett machte. Wenn sie sich im Schrank versteckte. Wenn sie sich an Mutters Brustwarze festsaugte und nicht mehr losließ. Romi trieb es immer weiter. Bis hin zu dem Moment in der Scheune, wo sie sich am Hof der Großeltern vor den Eltern versteckte. Wir hatten schon davor Mutproben gemacht. Im Dunkeln in den Wald gehen und einen Tannenzapfen mitnehmen, zum Beweis. Die nackte Hand in den Schnee legen und abwarten, wer sie als Letzte rauszieht. Sie konnte nicht wissen, dass Blacky mich beißen würde.

Meine Oberlippe wurde mit drei Stichen genäht. Obst konnte ich eine Zeit lang nur essen, wenn ich vorsichtig mit den Schneidezähnen abbiss und meine Unterlippe dabei runterzog. Erst als wir wieder zuhause waren, erzählte ich Mutter, wie es dazu gekommen war. Mutter stand daneben, als Romi sich bei mir entschuldigte. Später sagte Romi mir, es war aber nicht ihre Schuld. Der Hund hatte mich gebissen, nicht sie.

»Aber, ich habe ihn gestreichelt, weil du es so gewollt hast.«
»Ich hab dich nicht gezwungen.«
»Und dass es mir wehtut, tut dir nicht leid?«
»Und dir, tut es dir nicht leid?«
»Was denn?«

...

»Was denn?«

...

»Was soll mir leidtun, Romi?«

Am gleichen Abend lag ich mit pulsierender Lippe im Bett und konnte nicht einschlafen, als ich die gedämpften Stimmen meiner Eltern hörte. Wenn ich sie bis nach oben hören konnte, hieß das, sie streiten sich. Ich drehte mich zur Seite und begann, an der Tapete zu kletzeln. Ich wusste, es war verboten.

Die Tür zu meinem Zimmer wurde aufgerissen.

»Komm, Pia«, sagte Mutter.

Ihre schwarze Silhouette im Türrahmen. Ich dachte an die kaputte Tapete.

Sie nahm mich hoch und trug mich nach unten ins Esszimmer. »Schau sie dir an«, sagte sie zum Vater.

Bier stand auf dem Tisch. Und ein Aschenbecher. Ich hasste es, wenn sie rauchten.

»Schau dir ihr Gesicht an!«

Vater senkte den Blick. »Leg sie wieder schlafen, Else.«

Mutter setzte mich auf der Esszimmerbank ab. »Pia, erzähl dem Papa nochmal, wie es dazu gekommen ist.«

Ich schluckte. »Ich habe Blacky gestreichelt.«

»Warum hast du den Hund gestreichelt?«

»Weil ...«

»Weil Romi es von dir verlangt hat!«

»Ja«, sagte ich.

»Es reicht.« Vater stand auf. Er nahm mich hoch.

»Lass sie«, sagte Mutter, aber er drückte sie weg und trug mich die Treppen hoch in mein Zimmer.

»Du hast nichts falsch gemacht, Pia«, sagte er, nachdem er mich zugedeckt hatte. Er küsste mich auf die Stirn.

»Papa ... kannst du die Tür einen Spalt offen lassen?«
Der Lichtstreif am Boden kam fast bis zu meinem Bett.
Seine Schritte entfernten sich, die Treppe hinunter, den Flur entlang, ins Esszimmer.

Ich verstand nicht, warum er das gesagt hatte. Warum er gesagt hatte, dass ich nichts falsch gemacht hatte. Es war genauso unverständlich wie Romis Frage, ob es mir denn nicht leidtue.

Es ist nur eine ganz kleine Narbe auf der Oberlippe geblieben. Manchmal sehe ich sie gleich, manchmal muss ich nah an den Spiegel herangehen. Eine feine, weiße Linie, die das Lippenrot teilt. Am ehesten bemerkt man es, während ich spreche. Dann entsteht der Eindruck, mein Mund wäre schief.

6

Ich starre auf das Display. Neben mir räkelt sich Jakob, gerade hat der Wecker geläutet. Mein Telefon zeigt mir zwölf verpasste Anrufe von meiner Mutter an. Ich sitze ganz ruhig und aufrecht in unserem Bett, während ich das Blut in meinen Ohren rauschen höre. Ich muss Jakob aufwecken, er muss sich um Luca kümmern, ihn anziehen, ihn in die Schule bringen. Nein. Ich muss meine Mutter zurückrufen. Ich weiß doch gar nicht, warum sie angerufen hat. Zwölf Mal hat das Telefon stumm geklingelt, während ich geschlafen habe. Zwölf Mal hat sie mich nicht erreicht. Ich habe mich noch immer nicht gerührt. Wie als Kind, da bin ich manchmal so lange still gelegen, bis ich mir nicht mehr sicher war, ob ich mich überhaupt noch rühren kann.

Der Lageplan verschwimmt vor meinen Augen. Ich lese: »Der rote Punkt zeigt an, wo Sie sich befinden.« Wo ist der rote Punkt? Ich kann ihn nicht finden. Haben sie vergessen, ihn einzuzeichnen? Es riecht nach Formaldehyd. Nein, es riecht nach Desinfektionsmittel, weiß ich denn, wie Formaldehyd riecht? Wenn, nur aus dem Chemieunterricht, da haben wir es bei Experimenten verwendet. Gibt es einen Unterschied zwischen Formaldehyd und Desinfektionsmittel? Wir sind nicht mehr in den Fünfzigern, wird Formaldehyd überhaupt noch verwendet? Ich muss aufhören, dieses Wort zu denken. Wie ein Ohrwurm gräbt es sich in mein Hirn. Formaldehyd – Formaldehyd – Formaldehyd. Ich ziehe an meinem Schal, er liegt mir zu eng um den Hals. Es ist zu warm hier, die

Temperatur kriecht mir unangenehm unter die Kleidung, ich fühle mich, als hätte ich Fieber. Ich hasse Krankenhäuser. Am liebsten hätte ich Luca zuhause auf die Welt gebracht. Wir waren nicht in diesem Krankenhaus, obwohl es das nächste ist, wegen des schlechten Rufs der Geburtenstation. Ich erinnere mich an die Autofahrt, an die Schmerzen im hinteren Rücken, an den unglaublichen Druck. Wie ich mich unter dem Gurt gewunden habe, um eine Position zu finden, in der es sich irgendwie aushalten ließ. Vierzig Minuten hat die Fahrt in das Krankenhaus gedauert, das Jakob ausgesucht hat.

Ich finde die Station, ich finde das Zimmer. Mein Vater ist bei Bewusstsein, ein feines Netz in Form einer Sturmhaube hält Watte an seinem Hinterkopf. Er sieht verletzlich und ein bisschen lächerlich aus. Da ist ein Widerstand in mir, aber ich gehe trotzdem zu ihm, umarme ihn und lasse die Tränen zu. »Ist ja nix passiert«, sagt er. Sein Zimmernachbar schielt zu uns herüber, ich fühle mich wie eine Schauspielerin auf der Bühne. Ich grüße höflich. Es kommt mir falsch vor, so intim zu sein, so angreifbar, und dann ist auch noch ein Fremder dabei. Ich lächle gegen die Scham, als ich mich von meinem Vater löse und mir mit dem Handrücken über die Augen wische. Da kommt meine Mutter ins Zimmer, am Telefon klang ihre Stimme tiefer als normal und bemüht ruhig. Gefasst, wie immer bei schlechten Nachrichten. Wie meine Stimme, wenn ich dem vierjährigen Luca sagte, dass wir jetzt vom Spielplatz nachhause gehen werden, und ich wusste, dass ich gleich seine großen Gefühle würde aushalten müssen. Vielleicht habe ich wegen ihres Tonfalls damit gerechnet, meinen Vater im Dämmerschlaf vorzufinden, an irgendwelche Maschinen angeschlossen. Jetzt ist da nur dieses Häubchen, sonst wirkt er ganz normal.

Mutter hat mir erzählt, was passiert ist. In der Nacht ist sie von einem lauten »Pumperer« aufgewacht, sie hat im Bett nach der Hand meines Vaters getastet, aber er war nicht da. Auf dem Toilettenboden hat sie ihn gefunden. Sie hat ihn ins Sitzen gezogen, er ist aufgewacht, doch als sie ihm ein Glas Wasser holen wollte, hat er wieder das Bewusstsein verloren, und nicht nur das, er hat sich den Kopf am Türstock gestoßen. Eine Ärztin hat ihnen erklärt, es gibt zwei Arten von Ohnmachten. Entweder es liegt am Kreislauf oder am Herz. Schlimm ist es nur, wenn es am Herzen liegt. Jetzt behalten sie ihn im Krankenhaus, um Tests zu machen.

»Ich habe nichts«, sagt mein Vater. Das Gewese um ihn ist ihm unangenehm. Er ist niemand, der gerne im Mittelpunkt steht. Diesen Platz überlässt er meiner Mutter, die sich Vorwürfe macht, ihn nach der ersten Ohnmacht zu schnell alleine gelassen zu haben. Er mag es auch nicht, woanders zu schlafen, mit Mühe reden wir ihm aus, auf Revers nachhause zu gehen, es gelingt erst, als ich ihm verspreche, heute Nacht bei Mutter zu bleiben.

Ich lege meine Tasche auf dem Bett ab. Die Möbel sind zurück an die Wände geschoben, sie leuchten in kräftigem Blau. Hier werde ich heute Nacht schlafen, in »Lukis Zimmer«, doch davor war es Romis Zimmer, davor Romis und Lindas Zimmer, davor Romis und mein Zimmer. Es ist viele Jahre her, seit ich zuletzt hier geschlafen habe, in diesem Haus, aber speziell in diesem Raum. Ich lausche und erinnere mich an die Geräusche, das Surren der Lampe, die Zweige, die an die Regenrinne schlagen, das Wasser in den Rohren. In unserer Wohnung mitten in der Stadt ist es, gleich zu welcher Tageszeit, lauter als hier und doch fallen mir die Geräusche dort weniger auf.

Ich habe ihr vorgeschlagen, bei uns zu schlafen, das wollte

sie nicht. Aber sie hat auch nicht gesagt, dass es nicht notwendig ist, dass ich komme, dass ich mir keine Umstände machen soll. Luca wollte mit herkommen und auch Jakob hätte nichts dagegen gehabt, eine Nacht im Haus meiner Eltern zu verbringen. Das hätte meiner Mutter gefallen, also habe ich nein gesagt.

Sie richtet in der Küche das Abendessen für uns, ich kann sie über den Flur hören. Ich habe meinem Vater nur versprochen, dass ich hier schlafen werde. Mehr nicht. Eigentlich könnte ich die ganze Nacht in diesem Zimmer absitzen. Wenn es nicht so kindisch wäre. Die Türklinke in meiner Hand fühlt sich an wie immer, wie all die Male, die ich sie seit meiner Kindheit betätigt habe.

»Ich habe geglaubt, jetzt stirbt er«, sie erzählt mir noch einmal, wie sie ihn gestern gefunden hat. Wir sitzen im Wohnzimmer bei dem zweiten Glas Wein. Das Licht von oben macht ihr Augenringe und Schatten unter den Wangenknochen. Jetzt erzählt sie es anders, mit einer höheren Stimme, mit anderen Worten. Dass er beim zweiten Mal nicht gleich aufgewacht ist, sondern am ganzen Körper gezittert hat, wie bei einem Krampfanfall. Ganz weiß ist er geworden, vor allem an seinen Lippen hat sie gesehen, wie das Leben aus ihm schwindet, und es war ihr, als hätte er zu atmen aufgehört.

Sie sieht durch mich hindurch und nippt, ganz in Gedanken, an ihrem Weinglas. Deswegen wollte mein Vater nicht, dass sie heute alleine ist. Es ist eben doch etwas passiert, der Tod hat an die Tür geklopft. Ich ahne, wie es ihr geht, hinter ihrer Fassade, hinter die sie so selten blicken lässt. Heute Morgen, als ich im Bett gesessen bin und die ganzen Anrufe gesehen habe, da wusste ich, dass es um Vater geht, weil sie angerufen hat. Wenn er angerufen hätte, wäre es umgekehrt gewesen. Wäre er tatsächlich gestorben, dann wäre unser letztes

Gespräch ein Streit gewesen. Ich hätte mir niemals verziehen und er, er hätte automatisch mit allem recht gehabt, allein deswegen, weil er gestorben ist. Natürlich nicht in Wirklichkeit. Aber es hätte sich trotzdem kurz so angefühlt. Mutter blinzelt und lächelt. Nur für einen Augenblick hat sie zugelassen, dass die Wand zwischen Gegenwart und Vergangenheit so dünn wird wie Papier. Wenn ich mir vorstelle, wie sie meinen Vater geschüttelt hat und langsam panisch wurde, frage ich mich, ob ihr das Gefühl vertraut vorkam und ob es ihr dadurch mehr Angst machte oder weniger?

»Aber mach dir keine Sorgen«, sagt sie. »Dein Vater ist stark. Er hat ein starkes Herz. Bestimmt war es der Kreislauf.« Sie lächelt noch einmal. Alles lächelt sie einfach weg. Wenn sie so tut, als würde sie die Geister nicht sehen, dann verschwinden sie. Nie will ich so werden wie sie.

»Aber was, wenn nicht«, sage ich.

»Ich bin mir sicher, alles wird gut.«

»Wenn er doch sterben würde, käme Romi dann zur Beerdigung? Habt ihr euch dazu was überlegt?«

Sie hält einen Moment inne. Starrt in die Luft, schließt die Augen, öffnet sie wieder. »Du willst über Romi reden?«

Ich nicke.

»Frag mich, was du willst.«

Ich stutze.

»Aber nur heute, und dann ist Ruhe.«

»Glaubst du, du kannst sie für immer aussperren? Eben, spätestens wenn einer von euch stirbt, muss sich der andere mit ihr auseinandersetzen.«

»Dafür haben wir gesorgt.«

»Wie?«

Sie zögert.

»Du hast gesagt, ich kann dich alles fragen.«

»Es gibt ein Grundstück. Und ein paar Wertpapiere. Die sind für sie.«

»Und das regelt ein Notar?«

»Wer denn sonst?«

»Na, ich zum Beispiel.«

»Pia, wir haben dir nie verboten, zu ihr Kontakt zu haben. Das ist deine Entscheidung.«

»Ja, so wie es als Kind meine Entscheidung war, mich mit dir über sie lustig zu machen? Findest du es normal, wie du sie behandelt hast?«

»Ihr wart Kinder. Du warst ein Kind. Es gibt Sachen, die du nicht gesehen hast.«

Meine Hände ballen sich zu Fäusten. »Du sagst es! Sie war ein Kind. Und so wie du sie behandelt hast, das war Missbrauch.«

Ich will ihr alles vor die Füße werfen, es tut gut, keine Rücksicht mehr zu nehmen.

»Nenn es, wie du willst. Wir haben viel mit dem Kind mitgemacht. Wir haben uns immer um sie gekümmert.«

»Gibst du ihr die Schuld an Lindas Tod?«

»Du weißt nicht, wovon du sprichst.«

»Gibst du ihr die Schuld?«

Wieder dieser undefinierte Blick ins Nichts. Wie ein Kind, das ins Narrenkastl schaut. Ich will meine Finger vor ihrem Gesicht schnippen. Hier, hier spielt die Musik. Oder so, wie sie es damals bei Romi gemacht hat, ein Schlag auf den Hinterkopf für erhöhtes Denkvermögen.

»Irgendetwas war mit Romi. Da war etwas Dunkles in ihr und ich habe mein Bestes gegeben, sie davor zu schützen. Euch davor zu schützen ... Und du hast das auch gesehen, Pia. Vielleicht erinnerst du dich nur mehr daran, was ich falsch gemacht habe, aber damals hast auch du sie nicht verstanden.

Du hast ihr so viel Liebe gegeben, aber es war nie genug für sie. Glaubst du, ich war gerne so streng? Aber es hat nur so funktioniert mit ihr. Ich habe ihr das gegeben, was sie gebraucht hat. Mir ist das nicht leichtgefallen.«

»Das glaubst du nicht wirklich.«

»Du hast etwas anderes gebraucht.«

»Kein Kind *braucht*, dass es geschlagen wird.«

»Egal wie viele Fragen du stellst, ich werde es dir nicht so erklären können, dass du es verstehst. Und genau das ist gut.«

Ich hasse es, wie ruhig sie bleibt, wie sicher sie ist. Wenn ich in meinem Kopf dieses Gespräch mit ihr durchgegangen bin, mir vorgestellt habe, was sie antworten würde, dann waren da immer nur zwei Möglichkeiten: Entweder ist sie wütend geworden oder sie hat ihre Schuld eingestanden. Aber das? Das habe ich nicht erwartet. Es ärgert mich, wie überrascht ich bin, ich kenne sie doch.

»Du glaubst, ich weiß nicht, wie es ist, als Mutter an seine Grenzen zu geraten?«

Sie lächelt milde. Wir haben ihnen nichts von Lucas Problemen in der Schule erzählt. Sie glaubt, er ist ein kleiner Engel, wie Linda, die auf ewig vier Jahre alt bleiben wird, nichts als Unschuld.

»Es ist kein Wettbewerb«, sagt sie. »Aber glaube mir, dass ich Romi geliebt habe. Dass ich sie noch immer liebe. Oder glaube es mir nicht. Es geht beides.«

In der Nacht liege ich wach. Ich bin es nicht gewohnt, in einem schmalen Bett zu schlafen. Ich bin es nicht gewohnt, in der Nacht alleine zu sein. Wieder spüre ich den Puls in meinen Schläfen. Ich denke an meinen Vater, der im Krankenhaus liegt, an meine Mutter im Zimmer neben mir. Ich bin die Tochter, die geblieben ist. Auch wenn mein Vater keinen Unfall gehabt hätte, hätte ich meinen Plan, den Kontakt abzubrechen, niemals in die Tat umgesetzt. Wahrscheinlich hätte ich nicht einmal Jakob eingeweiht. Wenn mein Vater stirbt, dann sind nur mehr Mutter und ich übrig. Ich denke an sie, wie sie neulich so in sich versunken am See stand. Und im Gegensatz dazu, ihr aufgesetztes Lachen, ihre imperative Fröhlichkeit. Ich versuche mich zu erinnern, seit wann sie sich dahinter versteckt. Zuerst denke ich, dass es nach Romis Auszug begonnen hat, aber nein. Es muss angefangen haben, nachdem ich mein Studium geschmissen habe. Es gab einen großen Streit, aber ich hatte mir den Lehrplatz in der Tischlerei schon selbst organisiert. Ich war volljährig, es war meine Entscheidung. Sie drohten damit, mir die finanzielle Unterstützung zu streichen, aber ich wusste, dass es eine leere Drohung war. Nie hätten sie riskiert, auch noch mich zu verlieren. Ich denke an unsere Nähe nach Lindas Tod. Wie Mutter mich ins Vertrauen gezogen hat. Wie es mir gefallen hat, wenn sie mit mir gesprochen hat wie mit einer Erwachsenen. Über Vater zum Beispiel, dessen Vorschriften ihr nicht immer recht waren. Dann konnte sie richtig lustig sein, ihn imitieren, einen Streit nachspielen. Oder wenn ich bis spät in die Nacht mit ihr Filme schaute, während Vater einen seltenen Abend im Wirtshaus verbrachte. Sie hat mir das Gefühl gegeben, nicht nur ihre Tochter, sondern auch ihre Freundin zu sein.

Ich höre Schritte, die Zimmertür öffnet sich. »Pia?«, sagt ihre Stimme in die Dunkelheit. »Pia, legst du dich bitte zu mir?«

Sie ist kleiner als ich. Ihre Hand in meiner kommt mir nur etwas größer vor als Lucas. Ich spüre, wie die Haut zu groß ist für die Knochen und das bisschen Fleisch darunter. Wir schrumpfen, wenn wir älter werden, die Haut schrumpft nicht mit. Neben der Stärke, die sie ausstrahlt, hat sie auch etwas Zerbrechliches, das uns alle, Vater, mich, vielleicht auch Luca, so vorsichtig mit ihr umgehen lässt. Dass sie direkt gefragt hat, dass sie mich um etwas gebeten hat, muss bedeuten, dass sie wankt, zumindest ein wenig. Erst als letztes Mittel setzt sie ihre Zerbrechlichkeit ein, um zu bekommen, was sie braucht. Als ich ein Kind war, hat sie mich gehalten. Jetzt halte ich sie. Nichts in diesem Haus ist nur das eine, nichts ist, wie es scheint. Alles hat noch eine weitere Ebene, einen doppelten Boden. Es fällt mir schwer, das auszuhalten.

»Mama«, sage ich. Sie antwortet nicht, aber ich spüre, dass sie noch wach ist. Die Nacht ist noch nicht vorbei. Sie hat gesagt, dass sie antworten wird. Die Abmachung ist wie ein Zauberspruch, an den sie sich halten muss. »Was ist an diesem Tag passiert. Wie genau ist Linda gestorben?«

7

Sie hat im Keller die Wäsche aufgehängt, als ihr plötzlich die Stille aufgefallen ist. Für Eltern gibt es wenig, was bedrohlicher ist als plötzliche Stille. Zuerst ist sie nur in Hausschuhen nach draußen gegangen, bis zu dem Zaun und hat in den Wald hineingerufen. Dann ist sie noch einmal ins Haus, in die Stiefel und in die Jacke und dann in den Wald. Ein ziemliches Stück ist sie gegangen, sie hat sich gefragt, ob die Kinder vielleicht doch ins Dorf sind und nicht in den Wald, aber dann ist Romi dagestanden, mitten am Weg. Sie erinnert sich genau, dass sie sich nicht gerührt hat. Als hätte sie auf Mutter gewartet. Wo ist deine Schwester, hat Mutter gefragt. Und da hat Romi sie bei der Hand genommen und hinter sich hergezogen. Sie hat Mutter zum See gebracht. Mutter hat nicht gleich verstanden. Bis Romi einen Schrei losgelassen hat, einen so unmenschlichen Schrei, Mutter sagt, sie hört ihn noch manchmal in ihren Träumen und wacht davon auf. Am Ufer war das Gras ausgerissen, Linda muss sich daran festgehalten haben. Mutter hat die Jacke abgestreift und ist ins Wasser gewatet, es war die Stelle, wo es gleich tief ins Wasser geht, sie, als Erwachsene, hat gerade so stehen können. Sie ist getaucht, der See war trübe. Sie hat nichts gesehen, mit den Armen hat sie blind in alle Richtungen gerudert, dazwischen musste sie auftauchen, und jedes Mal wenn sie auftauchte, war da Romi am Ufer. Bleib da stehen, hat sie ihr zugerufen, und Romi hat sich nicht gerührt. Wann hörst du auf zu tauchen, hat sie sich selbst gefragt. Es war ihr egal, dass es kalt war, aber sie hat gespürt, wie die Kraft sie verlässt. Sie hat zu früh zu viel Kraft verbraucht, sie hätte sie sich besser einteilen müssen. Noch ein verzweifelter Griff, und sie hat etwas zu fassen bekommen, das sich wie Wasserpflanzen angefühlt hat, aber es waren Lindas Haare. Sie hat an ihr gezogen, der rechte Fuß hatte sich unter Wasser in einem Ast verfangen. Dann hat sie Linda an Land gehievt, sie aus dem nassen Schianzug geschält und das Wasser aus ihrem Brustkorb gedrückt. Sei still, sei still, hat sie in Gedanken ihrem laut schlagenden Herzen zugerufen und einen schwachen Puls an Lindas Halsschlagader gespürt. Mit Linda in ihren Armen ist sie durch den Wald gelaufen und hat über ihre Schulter geschaut, um sich zu vergewissern, dass Romi hinter ihr war. Sie haben nicht den Weg zu unserem Haus genommen, sondern den Weg zur Hauptstraße. Dort hat Mutter das erste Auto angehalten. Der Mann hat die drei ins Krankenhaus gebracht, Mutter triefend nass, Linda in ihren Mantel eingeschlagen, bewusstlos, aber atmend, darauf hat Mutter sich die ganze Fahrt über konzentriert; und Romi, die seit dem Schrei keinen Mucks mehr gemacht hatte. Niemand weiß, wer der Mann war, Mutter erinnert sich nicht an seinen Namen, nicht einmal daran, wie er ausgesehen hat. Im Krankenhaus gaben sie Mutter ein trockenes Gewand. Linda haben sie sofort auf die Intensivstation gebracht. Mutter hat Vater in der Fabrik angerufen. Vater hat die Nachbarin verständigt, die Romi abholen kam.

Als Romi wegfuhr, war Linda noch nicht tot.

»Warum war die Haustür offen«, frage ich in die Dunkelheit.

»Welche Haustür?«

»Als ich aufgewacht bin und ihr nicht da wart, da war die Haustür offen.«

»Die Haustür war nicht offen.«

»Doch, bestimmt.«

»Ich weiß nicht, wieso sie hätte offen sein sollen.«

Das ist das Detail, auf das sich mein Gehirn konzentriert.

»Jetzt habe ich dir alles erzählt«, sagt meine Mutter. »Geht es dir jetzt besser?«

»Ich weiß nicht«, sage ich und denke wieder an die offene Haustür.

»Lass uns jetzt schlafen.«

Ich starre in die Dunkelheit und langsam dämmert mir, warum mir dieses Detail so wichtig ist. Wenn wir uns nicht über die Haustür einigen können, dann ist alles andere auch fragwürdig.

8

Und dir, tut es dir nicht leid? Romi wusste schon lange vor mir, dass sich alles verändert hatte. Aus den liebevollen Ermahnungen, wenn sie so in sich versunken war, dass sie nicht hörte, wenn jemand mit ihr sprach, wurden Schläge auf den Hinterkopf. Wann ist das passiert? Nachdem mich der Hund ins Gesicht gebissen hatte. Aber es gab schon davor Anzeichen, als Mutter am Bahnsteig Romis Geschenk in die Manteltasche sinken hat lassen, ohne eine Regung zu zeigen. Das Stirnband, das nie getragen wurde. Das Bettnässen, die zunehmend brutaleren Streiche. Die Geschichte mit der Ente, ich habe sie Luca nicht zu Ende erzählt. Romi hat das Maschendrahtgefängnis über sie gestülpt. Ein kleiner Verschlag, gerade groß genug, dass die Ente sich um die eigene Achse drehen konnte. Die Sonne hat über den Tag den Schatten vom Baum weiterwandern lassen und die Ente ist an einem Hitzschlag gestorben. Hat Romi die Ente vergessen? War es Achtlosigkeit oder war es Absicht?

Bisher gibt es Erinnerungen, die ich betrachten kann wie Indizien. Momente, gestochen scharf und in sich abgeschlossen, die sich aneinanderreihen und auffädeln lassen. Eine Beweiskette. Die Ohrfeige, die Mutter Romi gegeben hat, nachdem diese gerufen hatte, Linda sei zurückgekehrt. Mutters Blick, als sie neben Romi stand, die sich bei mir für den Biss entschuldigen musste. Mutters leere Umarmungen. Romis Wutanfälle. Wann hat es angefangen, dass Mutter sich die Ohren zugehalten hat und Romi auf ihr Zimmer schickte, wo sie erst wieder herauskommen sollte, wenn sie sich beruhigt hatte? Zuerst sind es Kleinigkeiten, die sich damit rechtfertigen lassen, dass Romi ein Lausekind ist und Mutters Nerven nach Lindas Tod empfindlich geworden sind. Sie hatte nicht mehr die Geduld, uns zu trösten und lange Weinkrämpfe zu begleiten.

Sosehr ich es versuche, ich kann den Finger nicht drauflegen und sagen, da schau, da ist es passiert.

9

Mein Vater wird aus dem Krankenhaus entlassen. Kreislauf, nicht Herz. Wir können alle aufatmen. Ein kleiner Schreck, der ohne Konsequenzen bleibt, und ich denke an die Zeit, die wir noch haben, die mir plötzlich so kostbar erscheint. Es ist gut, dass er auch da war, all die Jahre. Dass er dabei war und ich irgendwann auch ihn werde fragen können. Vielleicht weiß er Dinge, die meine Mutter nicht weiß.

Am Abend streichelt mir Jakob den Rücken. Ich liege bäuchlings auf der Couch, er sitzt an der Kante neben mir. Er lehnt sich vor. »Ich habe dich gestern vermisst«, flüstert er in mein Ohr.

Ich drehe mich zu ihm. »Die eine Nacht? Du bist doch der, der wegen Auftritten immer mal wieder weg ist.«

Er drückt meinen Oberkörper sanft zurück ins Liegen. »Entspann dich, das war kein Vorwurf«, sagt er. »Ich weiß, dass es kein Spaß für dich war.«

»Bin ich so wie sie«, frage ich und denke, als Jakob nicht gleich antwortet, man soll keine Fragen stellen, auf die man die Antwort nicht hören will.

»Zu mir ist sie anders als zu dir. Du weißt, dass ich deine Eltern mag.«

»Sie vergöttert dich.«

Ohne es zu sehen, kann ich spüren, dass Jakob lächelt. »Blödsinn«, sagt er.

Ich muss daran denken, wie wir hergezogen sind. Das Zurückkommen in die Stadt, die so nah an meinem Heimatdorf liegt, der Ort, vor dem ich geflohen bin. Weit habe ich es nicht geschafft. Es war vernünftig. Meine Eltern haben es vorgeschlagen und Jakob hat nichts dagegen gehabt. Ihm war Wien ohnehin zu groß und zu teuer. Ich hätte mich wehren sollen, das bisschen Abstand, das ich mir erkämpft hatte, nicht einfach aufgeben.

»Sie findet, du bist gut für mich.«

»Und was findest du?«

Ich drehe meinen Kopf zur Seite. An der Wand hängt ein Bild von uns, eine vergrößerte Fotografie, Jakob hat den dreijährigen Luca auf den Schultern, ich laufe neben den beiden her.

Ich spüre Jakobs Finger tief zwischen meinen Rippen.

»Au«, sage ich.

»Das muss raus«, sagt er und reibt seine Fingerknöchel in kreisenden Bewegungen über meine Wirbelsäule. »Das ist der Vorfall in der Schule«, seine Hand rutscht tiefer, »das ist der Besuch bei meiner Schwester«, und noch tiefer, »das ist der Unfall von deinem Vater.«

»Ist schon gut«, sage ich, »deswegen musst du mir ja nicht den Rücken brechen.«

»Du weißt schon, dass du es dir selber so schwermachst?«

Ich seufze.

Er beugt sich wieder über mich: »Ich will dich nicht ärgern, ich wünsche mir nur, dass du dich entspannen kannst. Dass es leichter wird für dich.«

Es ist nicht nur so dahingesagt. Ich weiß, dass er sich Sorgen macht um mich. Da sind Teile von mir, die gerade zum Vorschein treten, die er noch nicht kennt, die auch mich überraschen. Es macht mich rasend, wenn Mutter sagt, dass es Dinge gibt, die ich nicht verstehen werde, auch wenn sie versucht, sie zu erklären. Doch zwischen Jakob und mir ist es auch so.

Ich wünschte, es bräuchte keine Worte. Seine warmen Hände auf meinem Rücken fühlen sich gut an.

Ich seufze leise.

Kann man jemand anderen überhaupt verstehen? Ich meine ganz? Und wenn es gar nicht nötig ist? Jakob ist sanft und er ist da. Manchmal vergesse ich, wie sehr ich ihn liebe. Dann glaube ich, dass wir nur aus Gewohnheit zusammen sind, dabei stimmt das nicht. Er läuft nicht weg, selbst wenn er meine Abgründe zu Gesicht bekommt.

»Als wäre mit deiner Familie alles so leicht«, murmle ich.

»Hast du nochmal über Romi nachgedacht?«

Das Bild – es strahlt eine Leichtigkeit aus, ich im Sommerkleid, Jakob im Leinenhemd, Luca auf Jakobs starken Schultern. Nur eines ist ihm wichtiger, als ich es bin. Wenn er sich zwischen mir und Luca entscheiden müsste, ich weiß, wie seine Wahl ausfallen würde.

»Ich werde mich nicht bei ihr melden«, sage ich entschieden. »Sie hat ihr Leben und wir haben unseres.«

Jakobs Hände wandern weiter zu meinem Nacken. Seine Berührungen sind wieder sanfter. Er ist mit meiner Antwort zufrieden. Müde schließe ich die Augen. Ich werde Romi nie fragen. Ich werde nie erfahren, wie genau die Momente ausgesehen haben, bevor Linda in den See gefallen ist. Ob sie »Blinde Kuh« gespielt haben, ob Linda einen Fisch im Wasser gesehen hat, den sie greifen wollte, oder ob es ganz anders war.

10

Ich sitze auf dem Teppich und schaue Romi dabei zu, wie sie ihre Taschen kontrolliert. Sie hat die Regalbretter leergeräumt. Das Zimmer ist erfüllt von dem Abschied, der gleich bevorstehen wird, mit angehaltenem Atem und kalten Händen lasse ich die Zeit verstreichen, sie tropft zähflüssig wie in diesem Gemälde, wo die Uhr zerrinnt. Ich habe nicht geglaubt, dass es so weit kommen wird, ich habe geglaubt, dass Romi noch einen Rückzieher machen oder dass Mutter es verbieten wird. Der Ausdruck auf Romis Gesicht belehrt mich eines Besseren. Und ich begreife, dass sie wirklich geht, dass jetzt die letzten Momente sind, in denen wir unter einem Dach wohnen. Diese Einsicht sitzt in meinem Bauch und breitet sich von dort in alle Richtungen aus. Als sie die Tasche auf- und dann wieder zuzippt, sehe ich etwas Rotes hervorblitzen. Ich frage, ob das mein Pulli ist. Sie schaut mich an, sagt aber nichts. Ich stehe auf, schiebe sie zur Seite. Ich ziehe den Pullover am Ärmel aus der Tasche, andere Kleidungsstücke wollen mit, quellen aus dem offenen Reißverschluss wie Gedärm.

»Lass es«, möchte ich der Pia von früher zuraunen. »Schenk ihr doch den Pulli, verdammt.« Keine Chance. Wir streiten, so laut, dass Mutter dazukommen muss. Unter Tränen rennt Romi mit ihren Taschen aus dem Haus und wartet an der Straßenecke auf das Auto der Eltern ihrer Freundin, zu der sie ziehen wird. Und ich stehe in diesem verfluchten Zimmer mit dem roten Pulli in der Hand, Mutter bei mir. Ich bei Mutter. Und Romi ist fort.

Es ist nicht das letzte Mal, dass ich Romi sehe. Aber es ist jedes Mal seltsam, sie in der Stadt zu treffen, wo wir beide in unterschiedliche Schulen gehen, und dann nicht mit ihr im Bus nachhause zu fahren. Dass sie jetzt woanders wohnt. Bei der anderen Familie besuche ich sie nur einmal. Dieses Gefühl, dass sie dort Dinge über uns wissen, die wir doch niemandem erzählen sollen. Wir sprechen nie darüber und doch ist klar, dass Romi uns verraten hat.

II

Das Haus sieht unserem nicht ähnlich. Es ist eines von diesen modernen Fertigteilhäusern. Die Mauern atmen anders, wegen der großen Fenster ist es hell. Romi schiebt eine Tiefkühlpizza in den Ofen. Sie erzählt, dass es hier mehr wie in einer WG zugeht als in einer Familie. Als in unserer Familie. Die Eltern sind beide berufstätig, die Freundin hat einen älteren Bruder, junge Erwachsene – das ist, was wir jetzt sind, deswegen kocht jeder für sich selbst. Nur beim Frühstück kommen sie zusammen und plaudern, philosophieren, diskutieren. Aber sie streiten nicht, immer sind es Gespräche auf Augenhöhe. Jeder darf seine Meinung sagen, jedem wird zugehört. Am Ende wird kein Machtwort gesprochen.

Romi führt mich durch die Räume, es ist luftig und die Türen stehen offen. Romi schläft bei ihrer Freundin im Zimmer. Die Freundin liegt mit ihren Schulheften auf dem Bett, Kopfhörer auf den Ohren. Sie muss die Schularbeit wiederholen, weil sie beim Schummeln erwischt worden ist. Der Boden ist nicht zu sehen, wegen all der Kleidung, die darauf verstreut herumliegt. Einmal in der Woche kommt eine Putzfrau, erzählt Romi mir, nur nicht in das Zimmer der Freundin. Sie verteidigt ihre Privatsphäre, auch die Eltern dürfen es nicht betreten. Ich kann nicht glauben, dass die sich daran halten. Romi zuckt mit den Schultern und führt mich in den nächsten Raum. Ich gehe ihr hinterher, mir fällt auf, dass sie eine Jeans trägt, die ich nicht kenne. Entweder ist sie neu oder von ihrer Freundin. Ich frage nicht nach. Wir essen die Pizza am Tresen auf den Barhockern, die Freundin ist jetzt auch dabei, am Ende geht sie wieder lernen und wir räumen die Spülmaschine aus, um danach unsere Teller einräumen zu können. Romi erzählt, dass ihre Freundin das Geschirr immer einfach stehen lässt. Sie und ihr Bruder helfen nicht im Haushalt. Hier stört sich niemand an ein wenig Unordnung. Der Vater kommt nachhause und begrüßt mich beiläufig, erst als Romi mich als ihre Schwester vorstellt, kommt es mir vor, als würde ich etwas in seinen Augen aufblitzen sehen. Er macht einen Scherz, weil wir das Geschirr wegräumen, er sagt, dass ich immer willkommen bin. Romi begleitet mich zur Tür. Wir umarmen uns zum Abschied. Als ich mich endlich ein paar Schritte von dem Haus entfernt habe, kommen die Tränen wie von selbst.

Ich bin nur einmal dort gewesen, aber ich träume von dem Haus. Immer wieder. Ich versuche, mir unsere Familie darin vorzustellen. Wie wäre es gewesen, dort aufzuwachsen? In diesen hellen, weitläufigen Räumen ohne schwer zugängliche Winkel? Ein Haus, in das jemand kommt, um den Dreck wegzumachen. Vielleicht beeindruckt mich das am meisten: Dieses Haus wird von seinen Bewohnern benutzt. Die Bewohner sind nicht dafür da, es instand zu halten, das Haus dient als Zuhause. Das Verhalten der Kinder kann ich nicht verstehen. Der Boden bedeckt mit Kleidungsstücken, zurückgelassenes schmutziges Geschirr. Bei uns steht nichts einfach herum, alles ist angeordnet wie Ausstellungsstücke im Museum. Bisher war das selbstverständlich für mich, aber jetzt frage ich mich, für wen all diese Mühe? Denn Besuch bekommen wir selten. Mit welcher Beiläufigkeit mich der Vater begrüßt hat, in diesem Haus gehören Gäste zur Tagesordnung. Alles ist offen, Leute gehen ein und aus, Kinder anderer Eltern werden aufgenommen, alles kein Problem.

Als ich Romi wiedersehe, in der Stadt, in einem Café, sage ich ihr, dass ich finde, diese Familie macht es sich zu leicht. Dass ihre Kinder verwahrlosen, dass ihre Freundin deswegen so schlecht in der Schule ist, weil sich ihre Eltern nicht für sie interessieren. Und ich sage ihr, dass mir etwas klargeworden ist: Was unsere Eltern tun, die Strenge, die sie an den Tag legen, die Regeln, die es zu befolgen gilt, sind nichts anderes als ein Ausdruck ihrer Liebe zu uns.

12

Ich nehme das Buch, das ich Romi nachgekauft habe, aus der obersten Schublade, das weiche Licht in der Werkstatt eignet sich gut zum Lesen. Ich habe noch einmal von vorne begonnen. So knapp vor Weihnachten kommt zwar mehr Kundschaft, aber ich finde genügend Momente, in denen ich mich zurückziehen kann. Manchmal kommen mir die Tränen. Wie jung Mutter war, wie sehr sie versucht hat, stark zu sein. Sie ist in den See gesprungen, sie hat das Wasser aus Lindas Lungen gepresst, sie hat sie durch den Wald getragen. Und sie hat sie gehen lassen müssen. Wenn da jemand gewesen wäre, der sich um sie gekümmert hätte. Jemand, dem sie sich hätte anvertrauen können. Sie hat niemanden gehabt außer Vater. Und uns.

Am Ende klappe ich das Buch zu, bleibe sitzen und starre noch eine Weile ins Leere. Ich lasse die Worte in mir nachhallen, die Gedanken der Autorin kommen mir so vertraut vor, fast als wären es meine eigenen. Es ist so, wie sie schreibt, die Toten werden begraben, ihre irdischen Sachen werden weggeräumt, aber sie bleiben in unseren Köpfen. Wenn wir nicht aufpassen, werden sie zu Gespenstern. Mit Geistern zu leben hat seine Verlockungen. Aber Luca ist nicht Linda, weil er ihr ähnlich sieht, und er ist auch nicht Romi, weil er ihr manchmal ähnlich ist. Wie bin ich nur auf die Idee gekommen, mein Kind mit ihnen zu vergleichen? Er ist ein eigener Mensch, ein Mensch aus Fleisch und Blut, nicht aus Erinnerungen.

Ich stehe von meinem Platz auf, das Buch in der Hand, und gehe vor in den Verkaufsraum. Ich werde es einpacken und meiner Mutter zu Weihnachten schenken. Die Zeit fliegt nur so dahin, jeden Tag wird ein neues Türchen geöffnet. Wir gehen eislaufen und auf den Weihnachtsmarkt. Wir schreiben Wunschlisten und knacken Nüsse. Luca fragt mich noch einmal, ob er ein Bild für Tante Romi malen soll, als Weihnachtsgeschenk. Ich wuschle ihm durch die Haare und sage, mal lieber der Oma ein Bild. Es ist eine Erleichterung, in Luca nichts anderes als ein Kind zu sehen. Mein Kind. Mein Luca.

In den letzten Wochen hatte er einen Wachstumsschub. Plötzlich entdecke ich mehr Züge von Jakob an ihm. Die breite Stirn, die definierten Wangenknochen. Die Ärmel seines Pullovers bedecken die Handgelenke nicht mehr, es wird Zeit für die nächste Größe. Irgendwann wird er mir über den Kopf gewachsen sein. Er wird in den Stimmbruch kommen, Bartflaum an seiner Oberlippe und Pickel im Gesicht haben. Wenn eine Schulklasse am Geschäft vorbeigeht, sehe ich mir die Jungs an und denke, bald ist Luca einer von ihnen. Eines Tages wird Luca so alt sein wie ich und an mich denken, wie ich jetzt über meine Mutter nachdenke. Er wird die Fehler sehen, die ich gemacht habe. Sie werden ihren Teil dazu beitragen, zu was für einem Menschen er wird. Zu was für einem Mann. Die Fehler, aber auch das Gute. Ich erinnere mich an den Satz meiner Mutter, dass sie Romi das gegeben hat, was sie brauchte. Ob sie es als ihr Verdienst sieht, dass Romi heute so erfolgreich ist? Als Romi in unsere Familie kam und es geheißen hat, es ist fraglich, ob sie jemals wird gehen können oder ohne Hilfe essen, da hat meine Mutter allen das Gegenteil bewiesen. Nein. Romi hat allen das Gegenteil bewiesen. Dass die Liebe meiner Mutter Romi geheilt hat, ist eine von den Erzählungen, mit denen ich aufgewachsen bin. Ich denke, vielleicht stimmt beides. Vielleicht ist nicht alles schwarz oder weiß. Es ist Zeit, in den Schattierungen zu leben.

13

Wie jedes Jahr kommt Weihnachten schneller als gedacht und wie jedes Jahr geht sich trotz zwischenzeitlicher Verzweiflung alles so aus, dass am Tag vor Weihnachten der Baum geschmückt ist und die Geschenke verpackt sind. Morgen werde ich sie darunterlegen, die Kerzen anzünden und mit der kleinen Glocke läuten. Wir werden uns vor dem Baum versammeln und ein Weihnachtslied singen. Etwas Ruhe wird uns guttun, die letzten Wochen waren anstrengend. Nur durch die Weihnachtsaufführung in der Schule müssen wir heute Abend noch durch.

Jakob hat Luca aus zwei Pappkartons ein Sternkostüm gebastelt. Sie haben zwei große Sterne ausgeschnitten, gelb angemalt und an den Seiten mit Bändern verbunden, so dass Luca in der Mitte hineinschlüpfen kann, wie in einen Pullover. Drum herum trägt er noch eine Lichterkette mit Akku, als er auf die Bühne kommt, funkelt er. Wir Eltern haben unsere Telefone gezückt und sehen über die kleinen Displays dem Spektakel zu. Später werde ich das Video und die Fotos in die Gruppen von Jakobs und meiner Familie stellen, dass meine Eltern neben uns sitzen und selber Videos und Fotos machen, ändert daran nichts. Wir sind in der Turnhalle, nach der Aufführung wird das Buffet eröffnet, zu dem die Eltern Essen beigesteuert haben, man konnte sich dazu in eine Liste eintragen. Ich suche Luca in der Menge und entdecke ihn auf der Bühne, wo die Klasse für ein Gruppenfoto zusammengestellt wird. Lucas Kostüm strahlt mit den grinsenden Kindern um die Wette.

»Ich kann einfach nicht verstehen, wieso Luki dieses Jahr nicht wieder der Josef war«, höre ich Mutter sagen. »Dieses andere Kind hat ganz schrecklich genuschelt, man hat ja fast gar nix verstanden.«

»Mama«, sage ich und halte Ausschau nach Tobias Eltern, sie sind außer Hörweite, trotzdem lege ich meinen Finger an den Mund.

»Ist doch wahr«, jetzt flüstert sie zumindest.

»Wir waren auch überrascht«, gibt Jakob zu.

»Wenn immer nur ein Kind die großen Rollen kriegt, ist das auch unfair«, sage ich.

»Vielleicht, aber Luki hätte es viel besser gemacht.«

In dem Moment kommt er angelaufen und meine Eltern sagen, was für ein fantastischer Stern er war, der beste von allen. Jakob streicht ihm über die Wange und fragt, ob es ihm Spaß gemacht hat. Nicht das Kind loben, sondern den Vorgang, Kinder sollen Dinge nicht wegen des Lobes machen, sondern aus eigenem Antrieb. Wir stellen uns in die Schlange zum Buffet. Mutter möchte wissen, welches Gericht Jakob gekocht hat. Er deutet auf eine Auflaufform, und wirklich, von der Ciabatta-Frittata fehlt bereits das meiste. Ich bemerke den zufriedenen Ausdruck, der Jakobs Mundwinkel umspielt, und verdrehe innerlich ein wenig die Augen.

Die frische Luft schlägt mir angenehm entgegen, als ich die Tür nach draußen aufdrücke. Ich fühle mich immer noch unwohl zwischen den anderen Eltern, nicht dass ich mich jemals wirklich wohlgefühlt hätte. Auf solchen Veranstaltungen habe ich schon immer eine Rolle gespielt. Ich glaube nicht, dass sie mich seit dem Vorfall kritischer beobachten, und trotzdem habe ich das Gefühl, mich noch mehr bemühen zu müssen, um nicht aufzufallen. Es strengt mich an. Wenn zumindest Sophie da wäre, aber sie ist mit Mattis schon auf dem Weg nach Berlin, um ihre Familie zu besuchen. Ich hoffe, hier draußen jemandem zu begegnen, von dem ich eine Zigarette schnorren kann. Ich werde sie nicht ganz rauchen, nur ein paar Züge nehmen, um mein Nervensystem zu beruhigen. Ich sehe den leichten Eisregen in den Lichtkegeln der Straßenlaternen, die den Parkplatz ausleuchten. Wie schön wäre es, einfach loszugehen, die eineinhalb Kilometer nachhause zu spazieren. Jakob könnte ich eine Nachricht schreiben: Warte zuhause auf euch, sag meinen Eltern liebe Grüße. Für Luca muss ich durchhalten. Ich habe ihn in den letzten Wochen mit meinem Verhalten zu oft verunsichert.

Ich drehe mich um die eigene Achse, aber ich bin ganz alleine, kein Vater, der sich zum Telefonieren nach draußen gestohlen hat, keine Lehrerin, die versucht, der Veranstaltung zu entfliehen. Nur der kalte Regen, jetzt ist er schon beinahe Schnee. Er setzt sich auf meine Haare und auf meinen Wollmantel. Ich höre, wie sich die Tür hinter mir öffnet, ich drehe mich um und da sind Birgit und Alenas Vater. Sie sprechen aufgeregt. Aus Reflex verstecke ich mich hinter einer Säule. Sie haben mich nicht gesehen, ein Glück. Sie streiten, aber mit gepresster Stimme, ich kann nicht verstehen, was sie sagen. Er berührt sie am Handgelenk, sie schüttelt ihn ab. Ob es um uns geht? Um Luca? Vielleicht hält sie es nicht aus, ihn mit Alena auf der Bühne stehen zu sehen. Die Schule hat sie mit ihrer Bestürzung alleingelassen, die anderen Eltern haben sie zwar aufgefangen, aber gemacht hat keiner etwas. Und jetzt stolzieren wir hier herum, als wäre nie etwas passiert.

»Du bist ja ganz nass«, sagt meine Mutter, als ich wieder hereinkomme. Ich sehe, wie sich ihre Nasenflügel blähen. Sie überprüft, ob ich geraucht habe.

14

Da ist ein hoher, schriller Ton, er ist nur in meinem rechten Ohr. Ich nehme die Umrisse meines Telefons wahr, die obersten Glieder meiner Finger, die es halten. Die Sprechblasen auf dem kleinen Bildschirm verschwimmen vor meinen Augen. Luca und ich haben uns noch eine Tasse heiße Schokolade gemacht, zur Feier des Tages. Mein Telefon hat vibriert und ich habe es zur Hand genommen, um zu sehen, was Jakob schreibt. Er hat uns vorhin nur bei der Wohnung abgesetzt und ist dann weiter aufs Land zum Haus meiner Eltern gefahren. Als wir uns am Parkplatz von ihnen verabschieden wollten, konnte mein Vater den Autoschlüssel nicht finden. Mutter hat ihm keinen Vorwurf gemacht, seit seinem Unfall ist es leicht, alle Auffälligkeiten als Vorboten einer Krankheit zu deuten. Wie er immer hektischer seine Manteltaschen durchsuchte – war das ein Anzeichen beginnender Demenz? Jakob fragte nach dem Ersatzschlüssel. Er beschloss, erst uns nachhause zu bringen und dann mit meinem Vater weiter zu ihnen zu fahren, um den Schlüssel zu holen. Weil in unserem kleinen Ford nicht genug Platz war, blieb Mutter bei dem Fest.

Wir haben überall nachgesehen, steht da. Die Nachricht kommt nicht von Jakob.

Wir können sie nicht finden.

Alena. Der sirrende Ton in meinem Ohr wird lauter. Ich sehe auf und blicke zu Luca. Er schaut mich über den Küchentisch hinweg an. Zögernd oder neugierig? Er liest die Anspannung in meinem Gesicht, aber ich kann sein Gesicht nicht lesen. Er sagt nichts, auch als ich aufstehe und aus dem Zimmer gehe, es ist nur sein Blick, der mir folgt.

Im Flur atme ich tief durch. Ich muss ihn nicht fragen. Ich weiß, dass er etwas mit Alenas Verschwinden zu tun hat. Es ist meine Schuld. Ich hätte meinem Instinkt trauen müssen. Aber ich habe die Warnsignale abgewiegelt. Ich wollte so sehr glauben, dass sich alles nur in meinem Kopf abspielt. Dabei habe ich es gewusst.

Im Kopf gehe ich die letzten Stunden durch, während ich mich in Lucas Zimmer umsehe, Sachen in die Hand nehme, Schubladen aufziehe, mich auf den Boden knie und unter dem Bett nachsehe. Luca auf der Bühne, Luca, der sich seinen Weg durch die Menschenmenge zu uns bahnt, Luca, der in ein Plätzchen beißt, etwas Staubzucker bleibt auf seiner Oberlippe zurück. Er hat mit seinen Freunden gespielt. Ich habe es zugelassen, dass er aus meinem Blickfeld verschwindet. Ich kann nicht sagen, ob er die ganze Zeit während des Festes im Turnsaal war. Einzelne Momente aus den letzten Wochen blitzen auf: meine Hand auf seiner Schulter, das Lächeln auf seinem Gesicht, die Nähe zwischen uns, wenn wir Geschichten über Romi teilten. Unser Wettrennen am Eislaufplatz, wie wir auf dem Weg in die Schule herumalberten. Alles war wie früher. Ich schlucke. Ich habe ihm von der Ente erzählt. Dass sich Romi nichts gefallen lassen hat. Vielleicht denkt er, Alena hat ihn verraten. Vielleicht haben die anderen Kinder etwas mitbekommen und grenzen ihn aus, und das ist sein Versuch sich zu wehren.

Wieder schaue ich auf mein Telefon. Neue Nachrichten. Noch bin ich im Elternchat, niemand hat mich entfernt, noch haben sie Luca nicht damit in Verbindung gebracht, aber es kann nicht mehr lange dauern. Bestimmt hat schon jemand eine Nachricht getippt, aber zögert noch, sie abzuschicken: Warum fragt niemand Pia, ob Luca etwas weiß. Ich greife nach einem Stapel loser Blätter und sehe sie durch. Seine Zeichnung von neulich, eine Figur, schlampig gekritzelt. Ich drehe mich um. Luca ist im Türrahmen aufgetaucht. Er drückt sich gegen den Türstock, ganz klein macht er sich, als würde er sich in Luft auflösen wollen. Ich schaue noch einmal auf die Zeichnung und dann wieder zu ihm.

»Luca ...«, sage ich, während ich nach Worten suche.

»Ja, Mama«, da ist etwas wie Hoffnung in seiner Stimme. Ich schlucke. Weil er eigentlich gut sein will. Ich knie mich zu ihm und nehme ihn in den Arm. Ich muss ihm helfen. Ich halte ihn an meine Brust gedrückt und weiß, wenn ich die richtigen Worte finde, dann.

Die Zeichnung raschelt in meiner Hand.

»Hab keine Angst«, sage ich und spüre, wie die Anspannung aus seinen Schultern weicht. »Ich weiß, du willst es gut machen, du bist ein gutes Kind.« Luca nickt. »Deine Tante Romi hat auch manchmal komische Sachen gemacht, obwohl sie ein gutes Kind war. Das kann passieren. Das ist nicht schlimm. Man muss nur immer die Wahrheit sagen, das verstehst du doch, oder?« Ich spüre Lucas warmen Atem durch den Stoff meines Pullovers. »Sag mir, wo Alena ist.«

»Alena?«

Ich halte ihn, ich lasse ihn nicht los. »Alena ist verschwunden.«

»Oh.«

»Und du weißt, wo sie ist.«

Er sagt nichts. Ich drücke ihn fester an mich.

»Aua, Mama.«

»Sag es mir, Luca.«

Mein Telefon vibriert, ein Anruf diesmal. Ich lasse Luca los und hole es von seinem Schreibtisch, wo ich es liegen gelassen habe. Jakob ruft an. Auch er hat von Alenas Verschwinden gelesen, vielleicht ist er mit meinem Vater schon wieder bei der Turnhalle. Vielleicht ruft er an, um zu sagen, dass er bei der Suche helfen oder dass er auf schnellstem Wege nachhause kommen wird. Dass ich auf ihn warten soll. Dass ich nichts Unüberlegtes tun soll. Ich starre das Telefon an, bis es aufhört zu vibrieren. Dann blicke ich auf. Luca sitzt auf dem Boden. Er hält die Zeichnung in der Hand, seine Mundwinkel zittern.

15

In der Nacht kletzle ich an der Tapete, am Tag sehe ich das Ausmaß der Zerstörung. Ich mache mein Bett jeden Morgen und lege die Kissen so, dass die kahlen Stellen nicht zu sehen sind. Ich schiebe mich unters Bett und sammle die Tapetenfetzen ein. Es hilft nichts, sosehr ich mir vornehme, es nicht mehr zu tun, in der Nacht ist die Versuchung zu groß. Wenn Romi dann nachts zu mir kommt, kletzeln wir zusammen. Ich habe ihr gezeigt, wie es geht. Dann kommt die Nacht, in der Mutter es entdeckt. Wir hören nicht, wie sie die Tür ins Zimmer öffnet, wir wachen von dem Licht auf, das auf mein Bett fällt und uns so sehr blendet, dass wir die Augen nicht gleich aufmachen können. Mutter packt Romi an Schulter und Haaren und zerrt sie mit beiden Händen aus dem Bett, ich verstehe erst gar nicht, was passiert. Dann entdeckt sie die Tapete. Sie lehnt sich über mich. Ich sehe, wie ihr Finger ein Stück Tapete berührt, das absteht. Meine Augen brennen noch von dem Licht, deswegen bin ich mir nicht sicher, aber Romi liegt auf dem Boden und wimmert. Es ist nicht das Weinen, das ich von ihr kenne. Es ist viel leiser. Ich springe auf und schreie, dass ich das war mit der Tapete, ich war das! Mutter nimmt Romi hoch, ein kleines Häufchen Elend, und trägt sie aus dem Zimmer. Die Tür fällt zu und das Licht erlischt. Ich knie im Dunkeln auf der Matratze und das Herz schlägt mir bis zum Hals. Ich war das mit der Tapete. Ich war das!

Ich erkläre es mir so: Mutter ist in der Nacht in Romis Zimmer gegangen und hat ihr Bett leer vorgefunden. In Panik hat sie das ganze Haus nach ihr durchsucht. Zumindest für einen Moment wird sie Romi tot geglaubt haben, dass sie fortgelaufen ist und schwer verletzt im Wald liegt. Dann hat sie Romi bei mir im Zimmer gefunden. Die Wut war stärker als die Erleichterung. Ich kenne das Gefühl, wie gut es tun kann, sich nicht mehr zurückzuhalten. Wie gut es tut, nachzugeben, zumindest für einen kleinen Moment.

Armer, schwarzer Kater – drei Mal muss ich es sagen und Romi dabei über den Kopf streicheln, ohne zu lachen. Wir sitzen im Kreis auf dem Boden. Wir sind beide in der Theatergruppe der Volksschule, und bevor für das Stück geprobt wird, spielen wir. Romi hat sich mich ausgesucht. Sie ist auf allen vieren, hebt übertrieben die Schultern, während sie auf mich zukrabbelt. Ich ziehe meine Mundwinkel nach unten und es fühlt sich an, als würde ich sie einhaken, damit sie sich ja nicht nach oben bewegen. Sie streicht mir um die Beine, ich streichle ihr über den Kopf.

Armer, schwarzer Kater.

Sie vergräbt ihren Kopf in meinem Schoß und miaut dabei kläglich. Meine Mundwinkel zittern.

Armer, schwarzer Kater.

Sie hebt ihren Kopf und sieht mich an. Miau? Dann dreht sie sich um, hebt ihr Bein und tut so, als würde sie gegen meinen Fuß pinkeln. Alle Kinder lachen. Ich schaue in ihre Gesichter, dann sehe ich Romi an, die mich mit ihren großen, braunen Augen anschaut und ihre Mundwinkel zu einem zufriedenen Grinsen verzieht. Miau!

Und wer lacht, der kriegt a Watschn mitten ins G'sicht.

16

Der Regen hat sich in Schnee verwandelt, es knirscht unter unseren Füßen. Ich spüre Lucas Hand in meiner, unsere Hände stecken in meiner Manteltasche. Eine unfreiwillige Nähe herrscht zwischen uns, ich halte ihn fest, als könnte er sich losreißen, in das Schneegestöber laufen und in der Dunkelheit verschwinden. Lucas Zeichnung habe ich in meine andere Manteltasche gesteckt, darauf zu sehen ist eine kleine Figur, als Mädchen nur wegen der langen, leuchtend gelben Haare zu erkennen, das Gekritzel könnte auch von einem Kindergartenkind stammen. Mit Wassermalfarbe in Rot und Schwarz und mit verschiedenen Pinselstärken sind schlampige Kreise um das Mädchen gemalt. Wenn ich daran denke, wird mir schwindelig. Es sieht aus wie ein Strudel, der das Mädchen mit sich reißt. Er sagt, dass ich das Mädchen bin, dass das Bild mein Weihnachtsgeschenk hätte sein sollen. Deswegen war er zerknirscht, weil ich es heute schon entdeckt habe und es doch eine Überraschung hätte werden sollen. Ich habe nicht gesagt, dass ich ihm nicht glaube. Ich habe ihn sogar getröstet und diesen Ausflug in die Nacht vorgeschlagen. Er liebt den Laden. Der elektrische Weihnachtsmann wird ihm gefallen.

Er versucht, mit mir Schritt zu halten, wir hinterlassen deutliche Abdrücke auf dem frischen Schnee. Ich denke, dass es zu spät zu schneien angefangen hat. In meinem Kopf sind Bilder aus Filmen, die Fußspuren eines Kindes im frischgefallenen Weiß, Polizisten mit Suchhunden an der Leine, die das

Waldstück neben der Turnhalle durchkämmen. Eine Kommissarin, die sagt, dass die ersten vierundzwanzig Stunden entscheidend sind. Wurde die Polizei überhaupt schon gerufen? Mein Telefon ist jetzt stummgeschaltet, damit ich nicht jedes Mal höre, wenn Jakob anruft. Ich schaue nur kurz darauf, um zu sehen, ob sich im Elternchat etwas getan hat, aber dort ist es schon länger ruhig. Auf den Straßen ist kaum etwas los, nur von Zeit zu Zeit fährt ein Auto an uns vorbei. Dann betreten wir die Fußgängerzone. Aus manchen Lokalen leuchtet es, ich kann das Gewirr von Stimmen hören. Es ist der Abend vor Weihnachten, die Leute gehen aus oder sind zuhause bei ihren Familien. Ich muss an Mutter denken, die in der Turnhalle geblieben ist. Sie weiß nichts von Luca und Alena, ich habe es ihr nicht erzählt, weil ich ihren Blick nicht ausgehalten hätte. Ein Blick, der sagt: Jetzt siehst du selbst, wie das ist. Sie kann Alenas Verschwinden nicht mit Luca in Verbindung bringen, darüber bin ich froh, aber es wird etwas anderes in ihr auslösen. Es wird sie zu dem Tag von Lindas Tod katapultieren, sie daran erinnern, wie sie selbst nach ihrem verschwundenen Kind gesucht hat. Wie relativ die Zeit ist, denke ich, wie all diese Ereignisse, die einander ähneln, plötzlich direkt nebeneinanderstehen, egal wie viele Jahre dazwischenliegen.

Wir gehen am Rathausplatz vorbei, an der großen Eisfläche, das Eis sieht matt aus und reflektiert die Weihnachtsbeleuchtung nicht, wir überqueren den Ohrwaschlplatz, von der Skulptur sagt man, es sei das Ohr des Bürgermeisters, der die Passanten belauscht, aber wir sprechen nicht. Wir gehen stumm nebeneinander her. Ich ziehe den Rollladen nicht ganz hoch, das Glöckchen bimmelt, selbst Luca muss sich bücken, um über die Schwelle in den Laden zu treten. Ich drehe eine Stehlampe auf, absichtlich nicht das Deckenlicht, und zeige ihm den elektrischen Weihnachtsmann im Schaufenster. Aber

Luca guckt sich lieber die ganzen neuen Möbel an, er war schon lange nicht mehr hier, den ganzen Herbst nicht.

»Spielen wir ein Spiel«, sage ich, meine Stimme ist tiefer als sonst, Luca sieht zu mir hoch. Ich kann beim besten Willen nicht deuten, was hinter seinen Augen vor sich geht. Er wird es mir sagen. Wir werden das Mädchen finden. Ich weiß es, ich bin mir ganz sicher, ich muss es nur geschickt anstellen. Um mir Zeit zu verschaffen, bin ich mit ihm hierhergekommen. Damit wir nicht gestört werden. Fast jeden Tag seines Lebens haben wir miteinander verbracht, das Band zwischen uns ist noch da. Ich verstehe jetzt, was meine Mutter gemeint hat. Ich muss Luca das geben, was er braucht. Ich lege meine Hand auf seine Wange, seine Haut ist kalt und samtig. All das Auf und Ab, die vielen Gespräche mit Jakob, die Erziehungsratgeber, die Gedanken an die anderen Eltern, an meine Eltern, all diese Stimmen, die ich ständig in meinem Kopf höre, die jede meiner Entscheidungen als Mutter begleiten, ich lasse sie verstummen. Ich sehe mein Kind vor mir, unverstellt und wahrhaftig. Er ist nicht perfekt. Er muss es nicht sein. Ich weiß schon lange, was zu tun ist, aber es ist nicht leicht, sich selbst zu vertrauen. Hier im Laden schaut niemand zu. Es gibt nur Luca und mich. Ich glätte mein Gesicht und sehe ihn ernst an, in meine Augen lege ich meine ganze Zuversicht. »Gott«, sage ich, »der weiß doch alles – das hast du selbst einmal gesagt.«

17

Ich sitze im Dunkeln, hier ist gerade genug Platz für mich. Ich rieche die Holzpolitur, die ich vor Wochen aufgetragen habe, ich spüre, wie mein Atem die Luft erwärmt. Auf der anderen Seite des doppeltürigen Schranks sitzt Luca in einem spiegelverkehrten Raum. Nur eine Holzplatte trennt uns. Wir spielen Beichtstuhl. Daran hat mich der große dunkle Schrank von Anfang an erinnert. Ich bin der Pfarrer: »Was hast du zu beichten, mein Sohn«, frage ich laut, mit leicht verstellter Stimme.

Ich höre Luca dumpf husten. »Mama, du musst zuerst: ›Im Namen des Vaters und des Sohnes und des Heiligen Geistes‹ sagen.«

»Was hast du zu beichten, im Namen des Vaters, des Sohnes und des Heiligen Geistes.«

»Nein«, sagt Luca. »Anders herum. Zuerst das mit Vater und Sohn.«

Ich schließe die Augen. Die Riten, die Abläufe, das ganze Prozedere. Es ist eine Choreographie, ein Zauberspruch, sage die Worte in der richtigen Reihenfolge und ich mache deine Seele gesund.

Und nun schweigen wir für jene Person in unserer Mitte, die der Herr als Nächstes zu sich rufen wird. Das hat der Pfarrer bei Lindas Beerdigung gesagt und ich erinnere mich daran, wie ich stumm in die Gesichter der Erwachsenen geblickt habe.

Die Zeit drängt. Wer weiß, wo Alena ist. Ob Luca sie irgendwo eingesperrt hat. Er hat ein Talent dafür, Verstecke zu finden. Aus dem Regen ist Schnee geworden, die Temperatur ist unter den Gefrierpunkt gefallen. Alena hat einen Engel gespielt im dünnen Kleidchen.

»Ich bin die Geistliche, also! Was hast du auf dem Herzen, mein Kind.«

Ich warte auf eine Antwort. Es ist ganz still.

»Du kannst es mir sagen«, rufe ich. »Du weißt doch, was man beichtet, wird einem vergeben. So sind die Regeln. Ich muss dir also verzeihen, egal was es ist.«

Ich höre ein leises Murmeln.

»Lauter!« Ich halte mein Ohr an die Trennwand. »Lauter.«

»Ich weiß nicht, was!«

Ich schlage mit der Hand gegen das Holz. »Natürlich weißt du es!«

»Das ist ein blödes Spiel!« Ich höre es rumoren, Luca muss aufgestanden sein. Ich drücke die Türe auf und springe aus dem Schrank. Kühle Luft strömt mit entgegen, gierig ziehe ich sie in meine Lungen. Kein Luca. Ich höre ihn klopfen, die rechte Schranktür klemmt, Luca bekommt sie nicht auf. Er drückt fester, ich sehe, wie sie beginnt sich zu bewegen. Schnell drücke ich meinen Körper dagegen.

»Mama!« Er klingt ängstlich. »Mama, ich kann nicht raus!«

»Sag mir, wo Alena ist.«

»Was? Das weiß ich nicht!«

Ein Schrei entfährt mir. Ich bin stärker als er.

18

Die böse Stiefmutter aber war eine Hexe und hatte alle Brünnlein im Wald, in den Brüderchen und Schwesterchen geflohen waren, verwünscht. Als Brüderchen nun aufwachte, hatte es einen so großen Durst, dass es sein Schwesterchen an der Hand nahm. Und als sie an ein Brünnlein kamen, hörte das Schwesterchen es rauschen:

Wer aus mir trinkt, wird ein Tiger.
Wer aus mir trinkt, wird ein Tiger.

Und das Schwesterchen hielt das Brüderchen zurück.

Liebes Brüderchen, trink nicht, sonst wirst du ein wilder Tiger und zerreißt mich.

Sie gingen weiter und kamen bald zu einem zweiten Brünnlein.

Wer aus mir trinkt, wird ein Wolf.
Wer aus mir trinkt, wird ein Wolf.

Wieder konnte nur das Schwesterchen das Rauschen verstehen.

Liebes Brüderchen, trink nicht, sonst wirst du ein Wolf und frisst mich.

Das Brüderchen, das nun schon sehr durstig war, willigte ein, auf das nächste Brünnlein zu warten, aber sprach:

Beim nächsten muss ich trinken, sonst verdurste ich.

Als sie zum nächsten Brünnlein kamen, hörte das Schwesterchen:

Wer aus mir trinkt, wird ein Reh.
Wer aus mir trinkt, wird ein Reh.

Und sie weinte und sagte:

Liebes Brüderchen, trink nicht, sonst wirst du ein Reh und springst mir davon.

Das Brüderchen aber konnte nicht mehr warten. Es nahm das Wasser mit beiden Händen auf und führte es an seinen Mund.

Meine Schwester hat nicht aus dem See getrunken, wie das Brüderchen aus der Quelle.

Sie ist hier bei uns im Wald, da bin ich mir ganz sicher.

Dieser Satz meiner Mutter am See. Nach Lindas Tod hat sie aufgehört, uns Märchen zu erzählen, aber es war schon zu spät. Die Geschichten formen unser Denken. Märchen sind Versprechungen. Was stirbt, muss nicht tot sein. Das Gute gewinnt, wenn du nur das Richtige tust und sagst. Die Bösen verbrennen im Feuer.

Als das Wasser seine Lippen benetzte, verwandelte sich das Brüderchen in ein Reh. Das Schwesterchen nahm sein goldenes Strumpfband ab und band es dem Reh um den Hals. Es sprach:

Ich verlasse dich nimmermehr.

Das Wasser hat Linda nicht verwandelt. Linda ist ertrunken. Meine Mutter lässt Linda nicht gehen. Sie behält sie hier in unserer Mitte. Ich habe ihren toten Körper nie gesehen. Da bin ich mir fast sicher. Ich halte bei dem Gedanken inne, dieses ganze Denken ist ein Innehalten. Als würde es einen Unterschied machen. Ob ich ihren Körper gesehen habe, ob ich die genaue Abfolge der Ereignisse kenne, die zu ihrem Ertrinken geführt haben. Es ändert nichts: Linda ist am 11. November 1992 gestorben. Sie ist nie älter als vier Jahre alt geworden. Ob wir wissen, was damals passiert ist oder nicht, es macht nur für uns Lebende einen Unterschied. Was ich als Kind erlebt habe und wie ich als Erwachsene darauf zurückblicke. Als Mutter. Irgendwo dort versteckt sich etwas. Je mehr ich nachdenke, desto sicherer bin ich. Aber ich muss vorsichtig sein. Das Erinnern ist ein Tasten im Ungefähren. Vielleicht führt zu Vielleicht. Das ist die Gefahr, wenn man versucht, sich sein Ich aus der Vergangenheit zu zimmern. Ich darf keine voreiligen Schlüsse ziehen. Denn es gibt auch noch das, was zwischen den Erinnerungen liegt, die aufblitzen, wie Leuchttürme in der Nacht: Alles, was ich vergessen habe, was aber vielleicht (hier ist es wieder) genauso wichtig ist.

Manche Erinnerungen sind ganz klar:

Wir sitzen auf der Wippe. Unser Vater hat sie für uns gebaut. So wie die Schaukel. Und das Klettergerüst. Und die Sandkiste. Wir haben unseren eigenen Spielplatz im Garten. Wir sind beide gleich schwer. Ich stoße mich ab und gleite in die Höhe, Romi sinkt hinunter. Kaum berühren ihre Füße den Boden, drückt sie mit Schwung das Brett nach unten. Am anderen Ende hüpft mein Körper, mein Popo landet hart. Das nennen wir überschwappende Milch. Sie streckt die Beine aus und macht sich schwer. »Ich lass dich da oben verhungern«, ruft sie. Der Satz gehört zum Spiel dazu. Ich hopse in der Höhe auf dem Brett herum, will die Schwerkraft für mich nutzen. Sie lacht. Mit der Brille im Gesicht habe ich sie noch nicht lachen sehen. Die Brille ist neu, sie trägt sie seit heute. Bisher hat sie ein saures Gesicht gemacht. Es ist gut, sie wieder lachen zu sehen.

Bei anderen bin ich mir nicht sicher, ob ich sie erlebt oder nur geträumt habe:

Ich schlafe schlecht, wache mitten in der Nacht auf, untersuche die Dunkelheit. Dann öffnet sich die Tür. Auf nackten

Füßen tappt ein kleines Wesen herein. Es sagt nichts und ich sage nichts. Es schlüpft zu mir unter die Bettdecke, drückt seinen Körper an meinen und so schlafen wir. Als ich aufwache, ist Romi nicht mehr da, so geht es weiter, nicht jede Nacht, aber manche. Wenn sie aufsteht, um zurück in ihr Zimmer zu gehen, ist es noch dunkel. Manchmal erwache auch ich und sehe ihr nach. Wenn ich nicht wieder einschlafen kann, ziehe ich die Vorhänge zurück und sehe vom Bett aus der Sonne beim Aufgehen zu. Nachdem Romi gegangen ist, dauert es nie lange, bis die Sonne kommt.

Die Sammlerin, die ich geworden bin, nimmt die Erinnerungen und hält sie gegen das Licht. Schaut, ob sie ihrem prüfenden Blick standhalten. *Die guten ins Töpfchen, die schlechten ins Kröpfchen.* Noch kann ich nicht entscheiden, was gut und was schlecht ist, also lege ich sie auf verschiedene Haufen. So war es – vielleicht – oder auch nicht.

Trauer, Ungewissheit und die dritte Gestalt, die sich, gut verhüllt, eingeschlichen hat in unser Haus am Wald. Was ich bisher erinnert habe, gehört den ersten beiden Besucherinnen. Der dritten ins Gesicht zu sehen, verlangt die allergrößte Sorgfalt. Weil es angenehmer ist, falsche Schlüsse zu ziehen. Die letzte Besucherin, ich will sie beim Namen nennen. Ihr Name ist Schuld.

19

Es ist Weihnachten. Es läutet an der Tür und Romi steht da mit ihren Taschen. Ich helfe ihr, sie hereinzutragen. Mutter und Romi umarmen sich, sie bewegen sich etwas steif, aber ich will glauben, dass es reicht. Vater und Romi umarmen sich richtig. Er flüstert ihr etwas ins Ohr, er hat sie vermisst. Wir nehmen am Esstisch Platz, glücklich schaue ich von einem Gesicht ins andere. Aber Romi will nicht essen, sie sagt, dass es ihr nicht schmeckt. Ich blicke erschrocken zu meiner Mutter, ihr Gesicht ist ohne Ausdruck, nur ihre Lippen werden schmal. Wir bemühen uns alle, alle, bis auf Romi. Es ist, als wollte sie Mutter herausfordern. Sie weigert sich, ihre Rolle zu spielen.

Wir gehen ins Wohnzimmer, tauschen unterm Baum unsere Geschenke aus. Ich habe ein besonderes Geschenk für Romi und für Mutter auch, mein ganzes Erspartes ist dafür draufgegangen, keine soll sich ausgestochen oder vernachlässigt fühlen. Ich bin nervös und ein bisschen peinlich berührt, als sie ihre Päckchen öffnen. Romi hat keine Geschenke für uns. Bis zuletzt habe ich gebraucht, sie zu überreden, erst gestern hat sie eingewilligt. Sie verhält sich wie ein Gast, sitzt ganz am Rand des Sofas. Vor dem Baum halten wir eine Schweigeminute für Linda, so wie jedes Jahr. Während wir alle still sind und die Augen geschlossen halten, verlässt Romi den Raum. Ich sehe, wie Mutter sich auf die Lippe beißt. Mir wird erst heiß, dann kalt in der Brust. Ich spüre, wie alles dabei ist, zu zerfallen, aber ich will es nicht wahrhaben und gehe Romi hinterher. Ich glaube, dass ich es noch retten kann. Ich finde Romi im Kinderzimmer. Da steht sie mitten im Raum, ohne sich zu rühren. Sie sagt, sie will das nicht. Jedes Mal wenn so etwas wie die Schweigeminute in unserer Familie passiert, ist es für sie so, als würden wir alle ihr die Schuld geben. Ich sage, so ist es nicht. Aber sie schneidet mir das Wort ab. Doch. Genauso ist es. Sie zeigt auf das Bett, das da noch immer steht. Lindas Bett. Wir müssen versprechen, damit aufzuhören, uns an Linda zu klammern, nur dann kann sie bleiben. Dass das nicht ihr Ernst sein kann, sage ich. Dass sie Mutter nicht sagen kann, dass sie Linda vergessen soll. Romi sieht mich ruhig und bestimmt an. Heute ist Weihnachten, sage ich, aber Romi ist das egal. Sie will an mir vorbei, sie will ins Wohnzimmer gehen und den Eltern ihre Bedingungen sagen. Ich bin schneller, dränge an ihr vorbei in den Flur und werfe die Tür zu. Bevor Romi sie aufdrücken kann, stemme ich mich dagegen. Das Einzige, worin ich besser bin als sie, mit den Jahren bin ich die Stärkere geworden.

»Pia! Lass mich raus!«

»Lass mich raus!«
Die Worte hallen in meinem Kopf.
»Lass mich raus! Mama, bitte, bitte, lass mich raus!«
»Sag die Wahrheit!«
»Ich weiß es nicht! Ich weiß nicht, wo sie ist, bitte Mama, das ist die Wahrheit!«

Ich nenne sie eine Verräterin. Ich sage, dass sie verdient hat, keine Familie mehr zu haben, ich frage, was zum Teufel nicht mit ihr stimmt. Als ich aufschaue, steht da Mutter im Flur und Vater kommt ihr hinterher, ohne ein weiteres Wort trete ich zur Seite. Romi wirft die Tür auf. Mutter sagt, dass Romi nun besser gehen soll. Weihnachten endet damit, dass Romi nach draußen in den Schnee läuft. Ihre Geschenke lässt sie zurück. Ich stehe am Fenster und sehe ihr nach. Ich habe sie nicht nur gehen lassen, ich wollte, dass sie geht.

Schnitt.

Armer, schwarzer Kater.
Romi vergräbt ihren Kopf in meinem Schoß und miaut dabei kläglich. Meine Mundwinkel zittern.
Armer, schwarzer Kater.
Sie hebt ihren Kopf und sieht mich an. Miau? Dann dreht sie sich um, hebt ihr Bein und tut so, als würde sie gegen meinen Fuß pinkeln. Alle Kinder lachen. Ich schaue in ihre Gesichter, dann sehe ich Romi an, die mich mit ihren großen, braunen Augen anschaut und ihre Mundwinkel zu einem zufriedenen Grinsen verzieht. Miau!
Ich schlage zu. Ich will, dass sie weint. Ich will, dass es ihr wehtut.

Schnitt.

Meine Augen brennen noch von dem Licht, Romi liegt vor dem Bett auf dem Boden und wimmert. Es ist nicht das Weinen, das ich von ihr kenne. Es ist viel leiser. Ich will aufspringen und sagen, dass ich das war mit der Tapete, ich war das. Mutter nimmt Romi hoch, ein kleines Häufchen Elend, und trägt sie aus dem Zimmer. Die Tür fällt zu und das Licht geht aus. Ich knie im Dunkeln auf meinem Bett und das Herz schlägt mir bis zum Hals. Die Worte sind darin stecken geblieben.

Schnitt.

Romi sitzt beim Frühstück mit eingezogenen Schultern. Mutter stellt mir ein Marmeladenbrot vor die Nase. Wir sprechen nicht von der Nacht davor. Ich lasse zu, dass Mutter Romi die Schuld gibt, dass sie Fernsehverbot bekommt und nicht ich.

Schnitt.

Die zerbrochene Vase. Es wird leicht, Romi etwas in die Schuhe zu schieben. Es wird leicht, von mir abzulenken.

Schnitt.

Ich sehe Romi mit den Augen meiner Mutter: schusselig, schlampig, schlecht in der Schule, faul, jemand, dem man nicht trauen kann. Eine, die nicht weiß, wie gut sie es eigentlich hat.

Schnitt.

Ich spüre die Nähe zwischen Mutter und mir, wenn wir über Romi lachen, eine Nähe, die ich vermisst habe, eine Nähe, die Romi ausschließt.

Ich will es nicht wahrhaben, aber ich habe mich entschieden. Gleich da, ganz am Anfang habe ich mich entschieden. Ich war ein Kind. Aber das entschuldigt mich nur zum Teil.
    Der Satz von meinem Vater: *Du hast nichts falsch gemacht.*
    Wir haben alles falsch gemacht.

Ich zittere, ich stehe an den Schrank gelehnt, meine Schulter drückt die Türe zu, obwohl von der anderen Seite kein Gegendruck mehr kommt. Das Schluchzen ist auch verstummt. Dass Luca wie ich ist, daran muss ich wieder denken. Dass ich deswegen seine Abgründe kenne, aber auch weiß, dass er gut sein will.

Ich ziehe die Luft tief und langsam in meine Lungen, drehe den Schlüssel vorsichtig im Schloss herum und ziehe ihn ab. Langsam gleite ich an der Schrankwand entlang zu Boden.

»Wo ist sie«, frage ich noch einmal, mittlerweile ohne Druck, fast kleinlaut. Luca sagt nichts mehr. Ich wiederhole den Satz, murmelnd, rhythmisch, verfalle in einen Singsang.

Wie hilflos wir unseren Kindern ausgeliefert sind.

20

Ich höre ein Raunen neben meinem Ohr. Es kommt aus dem Schrank, gegen den ich meinen Oberkörper gelehnt habe, ich drehe meinen Kopf, damit ich besser hören kann. Leise Worte, aber ich kann nichts verstehen.

»Luca«, flüstere ich, während mein Blick zur Wand mit den Uhren schweift. Einmal die Woche mache ich mir die Mühe, sie alle einzustellen. Mit der Zeit beginnen sie sich zu verschieben. Es ist irgendetwas zwischen 20:30 und 22:00 Uhr. Ich drücke mein Ohr fester gegen das Holz, meine Hand auf die glatte Oberfläche.

»Mit wem sprichst du?«

Es ist viel zu leise.

»Mit wem sprichst du!«

»Tut es dir nicht leid«, zischt es aus dem Schrank.

»Was? Was meinst du? Luca!«

»Wann geht sie wieder weg?« Ich zucke zurück. Luca muss seine Stimme verstellt haben, sie klingt hoch und hohl. Sie geht mir unter die Haut.

»Was ...«, mein Mund ist trocken, ich sammle mich, »was hast du gesagt?«

»Sag ihnen nicht, wo ich bin.«

Ich kenne diese Sätze, ich habe sie schon einmal gehört.

»Hör auf damit!«

»Ohne dich fahren sie aber nicht!«

Die Stimme schwillt an und wieder ab. Wie eine Sirene dringt sie in mein Ohr, durch den Gehörgang in mich hinein.

Die Worte hallen in meinem Kopf, erfüllen mich. Ich ramme meine Stirn gegen die Holzwand.

»Hör auf, hör auf!«

Dann ist es still. Mir ist schwindelig, mein Blick findet meine Hände, sie fühlen sich taub an. Sind sie eingeschlafen? Der Schlüssel gleitet mir aus der Hand. Ich schaue zu, wie er auf den Boden fällt. Ein Klirren, zu laut und gleichzeitig die Stimme: »Sie ist wieder da!« Ich vergrabe meinen dröhnenden Kopf in meinen Händen. »Doch, sie ist draußen!« Die Stimme wird nicht leiser und ich begreife, die Stimme ist in mir, in meinem Kopf. Wie ich damals in die Dunkelheit gestarrt habe, in der offenen Haustür bin ich gestanden und habe nach Linda Ausschau gehalten, die Romi wieder auferstehen hat lassen in einem Versuch, Mutter das zu geben, was sie am meisten wollte. Es war alles für Mutter. Dass Romi mich herausgefordert hat, den Hund zu streicheln, es war ein Aufbäumen, um zu sehen, ob Mutter sie liebt. Sogar dass sie gegangen ist, das hat sie gemacht, damit Mutter weitermachen konnte, sie hat das Haus für Linda freigegeben. Bei dem schrecklichen Weihnachtsfest hat Romi es gesagt: Dass wir Linda gehen lassen müssen, damit sie bleiben kann. Mutter hat unser Denken geprägt, zuerst mit den Märchen, die sie erzählt hat, danach mit ihrem Schweigen, das aber nicht still war, sondern geschrien hat vor Sehnsucht.

Ich greife nach dem Schlüssel. Mein Blick fällt auf Lucas Zeichnung, die am Boden liegt. Dieses Strichmännchen, die blonden Haare – das bin ich. Es ist genau, wie Luca gesagt hat, er hat seine Mutter gemalt.

Sie haben das Zimmer gestrichen, mit blauer Farbe. Es hat mich so unglaublich wütend gemacht und ich habe nicht verstanden, warum. Aber jetzt verstehe ich es. Weil ich Linda auch nicht gehen lassen kann. Meine Hände zittern, nach mehreren Versuchen schaffe ich es, ich stecke den Schlüssel ins Schloss, drehe ihn herum – es war ich, die Romi an Weihnachten dazu gebracht hat, zu gehen. Ich bin es, die Geister sieht. Ich habe mein Kind in den Schrank gesperrt, weil ich lieber glaube, dass es böse Kinder gibt, als schlimme Dinge, die ohne Grund passieren, oder Fehler, die aus Liebe gemacht werden. Ein Kind kann nur das glauben, was die Mutter glaubt.

Ich reiße die Tür auf. Was ich sehe, bricht mir mein Herz. Mein Kind kauert in der Ecke. Er kneift die Augen zu, das plötzliche Licht blendet ihn. Seine Wangen sind tiefrot, sein Pullover ist tränendurchnässt. Ein Schluchzen geht durch seinen Körper. Ich will ihn umarmen, ich weiß aber nicht, ob ich das darf.

»Mama«, sagt Luca schwach. Er traut sich nicht, mich anzusehen. »Mama, ich weiß wirklich nicht, wo sie ist.«

Ich greife nach ihm, ziehe ihn heraus aus dem Schrank. Und er lässt es zu, lässt sich in meine Umarmung fallen. Die Anspannung weicht aus seinem Körper, dass er sich nach alledem noch in meine Arme flüchtet.

Ich höre das Glöckchen.

»Hier seid ihr!«, es ist Jakobs Stimme, ich drehe mich nicht nach ihm um, mein Gesicht ist tief in Lucas Nacken vergraben.

Er kniet sich zu uns. »Ich versuche seit einer Stunde, dich zu erreichen.«

»Wo ist Alena?«

»Alena? Sie war zuhause. Ist alleine vom Fest weggegangen, weil sich die Eltern scheiden lassen wollen. Das arme Kind, da gibt es wohl schon länger Probleme.«

All die Fragen der Lehrerin zu unserer familiären Situation. Ich nicke nur erschöpft und ziehe auch Jakob in die Umarmung.

»Geht es euch gut? Was macht ihr denn hier?«, fragt er.

»Ja«, sage ich und lasse das Wort langsam in der Luft verklingen. »Alles wird gut, jetzt wird alles gut«, sage ich ruhig. Ich will mir selber so gerne glauben. Und ich denke an diesen Satz, der mir schon immer ein Trost war: *Wir drei sind eins.* Jakob, Luca und ich, wir sitzen vor dem Schrank am Boden und halten uns aneinander fest.

21

Ich habe nicht verstanden, warum Romi sich nicht mehr angepasst hat. Warum sie nicht auf Zehenspitzen den Flur entlanggegangen ist, warum sie nicht einfach ihre Aufgaben ohne Murren erfüllt hat. Als Kind habe ich es nicht verstanden. Jetzt als Erwachsene bin ich froh, dass sie Widerstand geleistet hat. Weil ich weiß, dass es im Leben anders ist als in den Märchen. Da gibt es keine Prüfungen zu bestehen, um den Zauber zu brechen. Keinen Spruch, der einen befreit. Ich weiß, es ist gut, dass sie gegangen ist. Dass sie den Absprung geschafft hat. Ich wünsche mir nur, dass sie mich dafür nicht hätte verlassen müssen. So denke ich, so fühlt es sich an. Dabei habe ich sie gehen lassen.

Das Märchen vom Aschenputtel mochten wir nicht, weil sich die Schwestern Zehen und Fersen abschneiden mussten, um in den Schuh zu passen. Die Tauben gurrten: Kru – kru – Blut ist im Schuh. Linda und ich waren Aschenputtels Schwestern. Unsere Mutter war die Stiefmutter. Die Stiefmutter im Märchen ist immer böse. Aber unsere Mutter war nicht böse. Nicht immer. Nicht von Anfang an.

Romi hat Mutter geliebt. Und sie hat darum gekämpft, auch von ihr geliebt zu werden. Um mich hat Mutter immer Angst gehabt. Sie wollte immer wissen, wo ich bin, wer bei mir ist und wie sie mich erreichen kann. Bei Romi war es anders. Sie durfte die gleichen Dinge nicht und noch mehr. Aber mir wurden die Dinge aus Liebe verboten.

Und doch beginnt die Geschichte mit Liebe. Ich bin mir

jetzt ganz sicher, wo sie beginnt. Mit Romis Kotze auf der Schulter meiner Mutter. Diese Geschichte hat sie erzählt, mit folgenden Worten: *Da habe ich gewusst, dass dieses kleine haarige Wesen für immer zu uns gehört.* Und es war nicht gelogen. In diesem Moment war es so wahr, wie nur irgendetwas wahr sein kann.

Und dann kommt das Leben.

22

Der Thonet-Stuhl unter meinen Sitzbeinhöckern fühlt sich hart an, aber ich vermeide es, herumzurutschen. Nur ganz vorsichtig verlagere ich mein Gewicht von der einen auf die andere Pobacke, während mein Blick weiterhin auf ihrem Gesicht ruht. Ich konzentriere mich auf die Details. Ihre Wimpern sind voll und lang, auch ohne Wimperntusche, zumindest glaube ich, dass sie keine trägt, oder es ist eine teure, eine, die keine Klumpen macht. Sie wirkt sowieso ungeschminkt. Ich kann die Poren ihrer Haut sehen. Um die Augen sind feine Falten. Ihre Lippen sind ein dunkles Braun, sie hält sie leicht geschürzt. Ich bemerke, wie meine Lippen ihren Ausdruck imitieren, und will es schon weglächeln, doch dann besinne ich mich. Beim Spiegelspiel geht es um mehr als um die Frage, wer länger stillhalten kann. Es geht darum, sich gegenseitig anzusehen, wie sich selbst in einem Spiegel. Es geht darum, die Nähe auszuhalten, also lasse ich sie zu und spüre, wie sich auch unsere Atmung aneinander angleicht.

Mein Puls beruhigt sich. Vorhin noch hat mein Herz so stark geklopft, es war mir, als wollte es aus meiner Brust springen. Zuerst die Fahrt nach Wien, das Parkplatzsuchen, das Zurückgehen, um zu kontrollieren, ob ich nicht doch in einem Halteverbot stand. All die Stimmen um mich herum im Kaffeehaus haben mich verwirrt. Ich habe immer wieder auf die Uhr am Telefon geschaut, über meine Schulter, der Kellner kam und fragte mich nach meiner Bestellung, ich sah mein Spiegelbild in der Scheibe und dann, in dem einen Moment, in dem ich nicht aufgepasst habe, hat Romi gegenüber von mir Platz genommen. Seitdem habe ich die Augen nicht von ihr abgewendet. Wir haben beide noch kein Wort gesagt. Wir haben einfach begonnen dieses Spiel zu spielen. Und wie vertraut es sich anfühlt.

Ich blinzle, Romi blinzelt gleichzeitig, zumindest kommt es mir so vor. In zwei Körpern zu einer Bewegung werden. All die Jahre, die zwischen diesem Blinzeln liegen, es ist fast so, als hätten sie kein Gewicht. Im Augenwinkel sehe ich, wie sich der Kellner unserem Tisch nähert. Vorhin habe ich ihn wieder weggeschickt, gesagt, ich warte noch auf jemanden. Er kann ja nicht wissen, was diese Begegnung für uns bedeutet. Für alle anderen sind wir zwei Frauen, die sich schweigend gegenübersitzen. Aber wer sind wir für uns? Wer werden wir sein? Ich möchte nach ihrer Hand auf dem Tisch greifen, ohne den Blick von ihrem Gesicht abzuwenden sehe ich, sie trägt fliederfarbenen Nagellack. Ich halte mich zurück. Wenn der Kellner bei unserem Tisch ankommt, wird eine von uns als Erste ihren Blick heben. Ich will nicht, dass sie wegsieht. Ich sehe in ihre Augen, in ihre Pupillen, schwarze Stecknadelköpfe, und ich erkenne mich darin.

Die Autorin dankt:

Caterina Schäfer, meiner engsten Verbündeten in literarischen Dingen und der Agentur copywrite.

Laura Dshamilja Weber, die über die Arbeit am Roman zu meinem Leuchtturm geworden ist. Lina Muzur für das Vertrauen und den Titel.

Nurten Zeren für das Cover, das die Seele des Romans einfängt.

Der Schreibwerkstatt der Jürgen Ponto-Stiftung im Herrenhaus in Edenkoben, zu der mich Olga Grjasnowa und Christopher Kloeble 2019 mit den ersten Seiten dieses Textes eingeladen haben.

Der FLORIANA, Biennale für Literatur, die mich 2022 wieder an diesen Text hat glauben lassen. Und den Begegnungen mit Autor:innen bei diesen Anlässen, die so viel in Bewegung bringen.

Meinen Erstleser:innen für ihre Gedanken und ihr Wohlwollen: Stefanie Lehrner, Matthias Writze, Anna Kirst und Clara Stern.

Meinen Eltern Gabriela und Hans für ihren Glauben an mich und mein Können. Meinen Schwestern Barbara, Magdalena und Maria, die mein Antrieb sind.

Meinen Kindern, deren Abenteuerlust mich ansteckt und die mich alles fühlen lassen, und meinem Partner David, der alle Gefühle abbekommt und mit dem ich mein Leben teile.

Rosi für die geschenkten Stunden.

Und der gemieteten Federwiege.